D1569686

MATILDE

La primera médica mexicana

MATILDE

La primera médica mexicana

Carlos Pascual

Grijalbo

El papel utilizado para la impresión de este libro ha sido fabricado a partir de madera procedente de bosques y plantaciones gestionadas con los más altos estándares ambientales, garantizando una explotación de los recursos sostenible con el medio ambiente y beneficiosa para las personas.

Matilde
La primera médica mexicana

Primera edición: febrero, 2021

ISBN: 978-607-319-585-0

Impreso en México – *Printed in Mexico*

A mi madre,
Esperanza Quiroz Edwards
a quien he visto siempre
con un libro entre las manos,
con una luz de inquietud en la mirada,
con una sed inagotable de poblar sus pensamientos
y dibujando entre los labios una sonrisa y un anhelo

I

PLANTEAMIENTO

1

ARGUMENTO INDUCTIVO

Ya en el peñón del Cáucaso
no gime Prometeo;
El fuego que a los númenes
robó, ya es su trofeo,
y anima el grande espíritu
de un siglo redentor.

Miguel Gutiérrez
Himno al siglo XIX

Mientras que el péndulo de Foucault oscila de manera casi perpetua en el Museo de Artes y Oficios de París, dibujando sobre la arena surcos elípticos y concéntricos que demuestran y confirman la rotación de la Tierra, en la otra orilla del estrecho de Dover, en el condado de Kent, el siempre enfermizo y tempranamente avejentado Charles Darwin se sienta al escritorio, en Down House, para iniciar los apuntes de lo que se publicará bajo el título de *El origen de las especies*, estudio que habrá de cambiar la faz del pensamiento humano, como sólo antes lo hicieran Copérnico, Galileo y Newton.

Y mientras el péndulo de Foucault sigue marcando en grados diferentes pero equidistantes el movimiento terráqueo, en Nueva York, atendiendo a las leyes gravitacionales heredadas de Europa, Elisha Graves Otis construye e instala el primer ascensor para personas, signando así el destino de la isla de Manhattan, que se puede soñar ahora poblada de rascacielos.

Un nuevo trazo marca el péndulo sobre la arena y en México, el oftalmólogo José María Vértiz perfecciona el método de Desmarres, su maestro en Francia, para la operación de cataratas, al extraer el cristalino opaco de manera completa, vía intracapsular, evitando la fragmentación del mismo como sucedía con las técnicas anteriores.

Al mismo tiempo, 400 kilómetros al sureste de París, en Arbois, Louis Pasteur descubre que la fermentación de la leche se debe a un microorganismo, dando lugar a la teoría microbiana de la enfermedad, que echa por los suelos las ideas milenarias de que eran los miasmas de la tierra y los lechos acuosos los únicos y taimados causantes de los quebrantos en la salud. Pasteur da así un giro tal a la historia de la medicina que sólo puede compararse, en magnitud, con el movimiento de traslación de nuestro planeta alrededor del Sol.

Que los eventos antes descritos hayan ocurrido el mismo año, en 1857, no dice ni demuestra otra cosa que el simple hecho de que el espíritu creador del ser humano se eleva siempre sobre las alas del Conocimiento, sin importar épocas ni calendarios. Nada más. Pretender una explicación atribuible al acaso o al azar —muy afortunados, es cierto—, convertiría este escrito en un vago intento de creación ocultista plagado de analogías a las que los esotéricos son tan afines. Aunque... si nos permitiésemos esta licencia, podríamos apostar por una tesis: que 1857 fue el "Año de las Promesas". Porque Darwin prometió, al momento de sentarse a escribir en Down House, cambiar la visión que el hombre tenía sobre sí mismo; porque Otis prometió una nueva era en la industria y Pasteur hizo lo propio en la medicina; porque en ese año Léon Foucault prometió —y lo cumplió poco después— medir la velocidad de la luz; porque la nueva Constitución de México, de corte liberal y adelantada en más de cincuenta años a las constituciones europeas, prometía un mundo más libre, equilibrado y racional y porque en 1857, también en Francia *—toujours la France!—*, Emma Bovary, *alter ego* de Flaubert, cumplió también con la promesa de echar la primera paletada de tierra sobre el ataúd de Auguste Comte, muerto, por supuesto, en ese año peculiar.

Comte, el creador del positivismo, que se habría de convertir en la mejor garantía del nuevo orden social en el siglo XIX. Comte, quien basaba ese mismo orden en la sumisión absoluta de la mujer al hombre, tanto en el ámbito familiar como en el intelectual, argumentando que "la mayor fuerza de la mujer radicaba en superar su dificultad para obedecer". Comte, a quien la señora Soledad Lafragua le habría dicho dos frescas de haberlo tenido frente a frente en esa noche de parto en la que, entre dolores de tormento, demostraba una fuerza inaudita —que ciertamente iba más allá de la obediencia— al dar a luz, el 14 de marzo de 1857, en la Ciudad de México, a su hija Matilde Petra Montoya Lafragua quien traía consigo, sellada en la frente, guardada en el pecho —ya fuese por alguna razón profética, por algún decreto cósmico o simplemente por las veleidades de la casualidad—, una de las más grandes promesas que han nacido en las tierras del valle del Anáhuac; un juramento solemne, el de Matilde, que habría de cumplirse de manera inexorable, de una forma tan clara y precisa como el modo en el que el péndulo de Foucault surca, hasta nuestros días, la arena en el Museo de Artes y Oficios de París, demostrando que la Tierra gira sin descanso sobre su eje y se desplaza a velocidades inauditas por la ruta de su elipse, uniendo su canto a la armonía celeste, al compás de la música de las esferas planetarias, inventando y completando la vastedad del universo.

2

¡Y bien! Aquí estás ya... sobre la plancha
donde el gran horizonte de la ciencia
la extensión de sus límites ensancha.

Manuel Acuña
Ante un cadáver

Matilde observa, desde el quicio de la puerta, la tenue penumbra que se apodera del anfiteatro del Hospital Militar de Instrucción de San Lucas cuyo piso ajedrezado comienza a gravitar sobre sí mismo ante la refracción de los rayos lunares que se cuelan, indiscretos, por los ventanales. Al centro de la sala, unas llamas encendidas proyectan sus reflejos danzantes tanto en las alturas de la techumbre abovedada, surcada por nervaduras inalcanzables, como en la gradería semicircular que converge en la mesa de disección.

Matilde, lozana juventud, nerviosismo a flor de piel, labios carcomidos por la duda, dedos entrelazados en sudor y angustia, pretende avanzar aunque reprime su paso, pues sabe que no son esos los resplandores sobrenaturales de ninguna zarza ardiente, sino más bien, la fugaz chamuscada, picante humareda que lanza el zacate hecho lumbre —con su buena ración de brea en el fondo de una palangana— por el doctor Francisco Montes de Oca.

—Pase, Matilde. ¿O se piensa que esto va a arder toda la noche?

Matilde se sobresalta al escuchar la voz rasposa, de hombre curtido y viejo —un viejo de cuarenta y seis años— de Francisco Montes de Oca, quien ha manejado el bisturí lo mismo que la espada y el sable, quien ha visto cara a cara a la Muerte igual en una sala de operaciones que en los campos de batalla. Y como está acostumbrado a ella, a la Muerte y a los rastrojos que deja su guadaña, descubre la cabeza, colgante por el borde de la plancha, del cadáver macilento ahí depositado. Matilde respira e intenta controlar el desasosiego que le produce, no el cadáver que la espera, sino el mismo doctor Montes de Oca, una "leyenda viva" de la cirugía. Y la leyenda, mientras tanto, coloca la palangana ardiente en el piso, permitiendo que el fuego se apodere de la cabellera del fiambre, pútrida ya de sangre seca y que en vida fue tan zacate como el que ahora la consume.

—Acérquese, Matilde. Pero no se ocupe de estos despojos. Sólo acérquese. Baje la mirada y siga la cuadrícula que pisan sus pies.

Matilde obedece. Extiende el pie derecho. Debajo de él hay un cuadro blanco y uno negro, vecinos inmediatos. Duda unos segundos y posa el escarpín, sin saber por qué, sobre un mosaico blanco.

—¿Lo ve? Así es su vida, Matilde, porque así ha decidido usted que lo sea, nunca lo olvide: un juego de opuestos, de blancos y negros, un tablero donde nos aguarda lo mismo el bien que el mal, la desgracia y la fortuna…

La joven se acerca pisando un mosaico blanco y después uno negro, uno negro y uno blanco.

—Un péndulo donde oscilan nuestro valor y nuestra cobardía, Matilde, nuestras dudas y certezas. El camino tortuoso entre la negligencia y la estulticia, los últimos obstáculos para alcanzar el Conocimiento…

Matilde ha llegado hasta él, guiada, hipnotizada por sus palabras y por su voz, oscura y dulce, imperiosa y reconfortante.

—Espero que sepa disculparme, pero no he podido conseguirle un mejor cadáver —sonríe de manera lacónica—. El doctor Andrade se lleva siempre los mejores…

Matilde no lo escucha, tan inmersa como se encuentra en la observación del verdoso y tumefacto rostro del anciano decrépito, puro pellejo pegado al hueso, que yace sobre la plancha. Su cuerpo está cubierto hasta el pecho por una tosca manta. Su cabello, ahora inexistente, ha mutado en volutas vacilantes de humo gris.

La jarra de agua que el médico arroja al fuego saca a la joven de su mórbida contemplación.

—Con eso es suficiente. No podemos permitirnos una epidemia de pulgas o de piojos…

El hombre respira hondo, se acerca a una de las bancas y toma de ella un abrigo, un par de libros, un cuaderno de apuntes, un bastón y una pistola. Médico militar, al fin y al cabo.

—Bien, señorita, es todo suyo. Ya me platicará mañana.

Matilde se apresta para ayudarlo a colocarse el abrigo, tarea que se antoja complicada con las manos tan ocupadas como las tiene Montes de Oca, quien le agradece con secos gruñidos, guardándose la pistola en una faltriquera de burdo paño, abotonando su abrigo.

—Doctor… —la joven no sabe cómo decirlo—. Nunca he hecho una amputación tan compleja...

El hombre se vuelve hacia ella. Con enojo, con incomprensión. Y la mira, no el cirujano, sino el general brigadier don Francisco Montes de Oca, el mismo que combatió a los franceses en la batalla de Puebla. La mira el niño que vivió —y vive aún— la gloriosa orfandad que le heredó su padre, muerto en la defensa de la patria en Angostura, frente a las fuerzas invasoras de los Estados Unidos, en el 47. La mira el joven que se salvó milagrosamente de ser uno más de los Mártires de Tacubaya, después de la feroz carnicería contra médicos y estudiantes de medicina que Miguel Miramón siempre negó haber ordenado. La mira, pues, como se mira a un soldado raso indisciplinado, a un auxiliar de artillería que se espanta ante el primer rugido del cañón.

—No estire tanto la cuerda, señorita Montoya. Ya bastante pongo en juego proporcionándole cadáveres más o menos frescos para sus estudios, como para que me pida diseccionar, junto a usted… a un hombre desnudo…

Categórico, le entrega su propio cuaderno y un lápiz.

—Lo único que le estoy pidiendo es una amputación a la altura de la articulación coxofemoral. Haga aquí sus apuntes y mañana los coteja conmigo.

Se coloca el sombrero como quien se encasqueta un chacó de infantería.

—Que el trabajo le sea provechoso...

Sin despedirse, camina sobre el ajedrez de mármol y se da cuenta de que ha pisado, en dos ocasiones seguidas, un par de cuadros negros, como si fuese un alfil. Detiene su andar. Inclina la cabeza. Retrocede y se vuelve hacia la joven.

—No se preocupe tanto, Matilde. Si en alguna de las incisiones le corta la arteria femoral a este pobre infeliz... le aseguro que a él no le importará gran cosa...

Toca el ala del sombrero y sale con gallardía militar.

La joven permanece ahí, quieta, observando ahora cómo el cráneo del cadáver comienza a rezumar purulencias, viscosidades malolientes que caen en la palangana y se mezclan en un charco de cenizas y agua. Y aquel goteo monótono y angustioso que se funde con los sonidos del exterior —algún carruaje, algún sereno—, así como con los crujidos de la madera del anfiteatro, encogida por el frío, reverbera en una vaga salmodia crepuscular, en una antífona tenebrosa contrapunteada además por lejanos relámpagos y truenos, conocidos heraldos de una nueva tormenta que amenaza con inundar al valle de México.

Matilde Montoya, veintiséis años, cuerpo firme, con vigor de campo —más mujer de Renoir que de Rossetti—, de formas circulares, aunque anilladas por cintura breve, de rasgos hermosos sin pecar de soberbios, tez color de olivo, labios carnosos, ojos de negra refulgencia y cabello siempre recogido, se dispone a continuar con la empresa demandada: realizar una amputación coxofemoral.

Matilde se ajusta un delantal, una cofia y un tapabocas. Prepara su instrumental: escalpelos, lancetas y bisturíes, cuchillos curvos y seguetas, así como la cuerda para el torniquete, si bien este último sólo tendrá sentido como un mero procedimiento en atención a los manuales, dada la ya inexistente circulación sanguínea en el cuerpo de ese hombre. Matilde se coloca al costado de la mesa. Toma un bisturí y con decisión, descubre por completo el cadáver. Pero sus sentidos se rebelan y siente arcadas al comprobar la extrema descomposición del cuerpo. Matilde desfallece, seca con el dorso de la mano la frente perlada de sudor y su corazón galopa desbocado en el pecho.

—No te vas a asustar ahora, ¿verdad?

Matilde se sobresalta, sabiéndose tan sola como lo está en la sala y busca por todos lados el origen de la voz que ahora la llama por su nombre.

—¡Matilde! ¿Vas a vivir con miedo o vas a hacer lo que tienes que hacer?

Desde el fondo de la sala, por entre la penumbra, se acerca Soledad Lafragua, mirada penetrante y un cuchillo ensangrentado entre las manos.

—¿Mamá...?

Matilde habla en un suspiro, sorprendida de ver a su madre mucho más joven de lo que es en realidad; sorprendida de verse transformada en una niña de diez años y aún más atónita al atestiguar que el anfiteatro del hospital, por algún mágico conjuro, se ha trocado en un establo, mal iluminado por unas rústicas lámparas de aceite: entre ella y su madre, median ahora una vaca echada en lecho de paja y el pequeño becerro que ésta acaba de parir, criatura desprotegida que, apenas naciendo, tiene ya que luchar por su vida entre estertores de sangre, cárcel de placenta y un grueso cordón umbilical por cadena.

—¿Quieres saber a qué le tengo yo miedo, hija? —se relaja el rostro de Soledad, voz atenuada, mirada ya tranquila—. Le tengo miedo a que este pobre animal se muera porque mi hija se dejó vencer por su falta de entereza...

Y sin mediar pregunta alguna, toma la mano de la niña, le da el cuchillo y con su otra mano la obliga a sostener el cordón umbilical.

—El corte tiene que ser rápido, preciso, sin dudar por un segundo, Matilde, ¿me estás escuchando?

Soledad Lafragua levanta la barbilla de la niña. La reta.

—¿Para qué está tu madre aquí? Recuerda que sólo los débiles se atreven a dudar. Así que dime, hija, ¿vas a ser débil o le vas a dar vida a este becerrito?

Y ante el desafío, Matilde reacciona vivamente. Olvida su miedo de niña y su rostro se transforma en el signo de la determinación. Acerca el cuchillo al cordón umbilical y con una decisión que no admite duda alguna, Matilde Montoya, la primera mujer en México y aun en buena parte de Europa en ser aceptada como estudiante de medicina en una Escuela Nacional, en esa noche de 1883, hiende el bisturí con un corte certero y preciso que se abre camino desde el torso hasta la ingle del cadáver que la ha estado aguardando en la mesa de obducción. Y sabe Matilde que al hacerlo, no sólo encontrará en su interior músculos, tendones y sangre seca, arterias, venas, nervios, grasa, cartílagos y huesos; sabe Matilde que en el interior de ese cuerpo se encuentra, antes que nada, el Conocimiento, su dios único y verdadero, la fuente primigenia de su voluntad, el fin último de sus desvelos, el origen de todas sus desdichas y de su olvidada gloria.

3

(…) la noche en que yo nací
tronaba la tempestad,
y alaridos de ansiedad
la gente aturdida alzaba;
porque el cólera sembraba
el terror y la orfandad.

Antonio Plaza
Abrojos

La vida en México está marcada por la muerte. Eso lo sabe bien Soledad Lafragua. Pero no es la muerte de azúcar y de ofrendas la que determina la existencia de Soledad y de la república. La muerte que extiende su manto sobre México no es motivo de celebraciones. Es una muerte muy distinta, de ropajes desgarrados y negros, que escurre bilis, que asfixia con su fétido aliento, que secreta humores nauseabundos y que destroza los vientres a fuerza de largarlos en deposiciones interminables. La muerte que se ceba sobre México es una mancha negra que nació en China y en Borneo, que irrumpió en Ceylán y ya soliviantada, se lanzó sobre el imperio Persa y sobre Arabia. Desde allí, alcanzó el Mar Caspio y a través de él, llegó a los márgenes del Volga para invadir la Rusia de los zares, con ánimos napoleónicos reivindicatorios. Más adelante continuó, altanera, la conquista de Europa, descendiendo sobre París, y una vez que hubo sometido también a España y Portugal, se lanzó allende los mares y se fue a hacer la América. Arribó a Quebec a bordo de un barco tripulado por cadáveres, cruzó sin pasaporte alguno hacia Nueva York, buscó el clima caluroso de Texas y ya de ahí, Tampico le quedó sólo a unos pasos. En Veracruz juntó su mano derecha con la izquierda, la misma que había invadido ya la isla de Cuba, Guatemala, Belice, Honduras y hasta Colombia, atacando Cartagena de Indias. Sucumbieron también Tabasco y Campeche y la Gran Segadora, que cobró cientos de miles de vidas en su largo andar, fue llamada "cólera morbus" y encontró en México bravos secuaces para sus fechorías en las interminables guerras intestinas, en las sequías y en las hambrunas que asolaban de continuo a esta tierra, hundiéndola en un espantoso abismo de silencio y soledad, cuya custodia pareciera, como escribió Guillermo Prieto, "haber sido encomendada al terror de la muerte". O a la ira de Dios, si se prefiere seguir el pensamiento providencialista, manifestada dicha ira en esa única y espantable aurora boreal que tiñó de rojo el cielo entero, signo inequívoco de que Dios castigaba al pueblo mexicano por atender a las reformas luciferinas de Valentín Gómez Farías. ¿Quería el impío presidente acabar con la potestad de la Iglesia de Dios en estas tierras? ¡Pues que sean entonces arrasados sus campos, sus playas y sus peñas, sus bosques y ciudades con la peste del cólera, como antes fue aniquilado el soberbio Egipto con úlceras, tinieblas, granizo y fuego! Que si las aguas del Nilo se convirtieron en sangre bermeja, ahora el cielo de los valles aztecas se pintaba también de rojo porque era el mismo Dios quien derramaba lágrimas de sangre por nuestras culpas.

Con estas historias de terror creció Soledad Lafragua, guardada desde niña en un convento, llena de inquietudes y temores que, para su desgracia, no resultaron infundados pues a la vuelta de veinte años, el cólera, en apariencia sosegado, llegó ahora desde el norte, en desbandada, como llegan las tolvaneras. Y lo hizo con bríos renovados gracias al reposo, pues asoló a la nación con fiereza tal, que sucumbieron más de trescientos mil mexicanos, cuando la población del país sobrepasaba apenas los ocho millones, según el censo de Antonio García Cubas.

Una de las víctimas fue la pequeña Josefa Montoya Lafragua, hija de Soledad y de su marido, el comandante José María Montoya. Fita era la luz de su madre, su alegría y su contento. Y también su esperanza pues el primogénito, que nació hombre —y siendo ella una madre tan joven, como se puede ser al tener un hijo a los quince años—, le fue recogido por la suegra, doña Amparo, alegando que "la mocosa" era incapaz de criar de manera correcta a un varón y más si éste era el vivo retrato de su José María, ahora militar, ocupado en otros afanes y ya ido por otros caminos y andanzas, lejos de los cuidados maternos de doña Amparo quien vida propia, casi se puede asegurar, no tendría mucha.

En 1855 la bóveda celeste se abrió para dar paso, una vez más, al Dedo de la Muerte, ahora en venganza divina por la promulgación de la Ley Juárez. Pero cuando el dedo mortal tocó a la puerta de la familia Montoya, hizo una excepción nunca explicada y no se llevó al primogénito como dicta la bíblica costumbre. No. El nuevo brote de cólera morbus se llevó a la pequeña Fita, de un año apenas, y muy cerca estuvo de acabar también con la vida de la joven Soledad, quien no vio morir a su hija, no pudo abrazar ni velar su cuerpo, no pudo acompañarla a su eterno descanso en el panteón de San Dieguito, pues ella misma se encontraba en el trance de luchar no sólo contra el reumatismo, la bronquitis, los vómitos y la diarrea provocados por la enfermedad, sino también contra los agresivos tratamientos de ácido carbónico, éter sulfúrico y hasta de mercurio metálico que le prescribían unos u otros médicos, quienes buscando salvarle la vida con los remedios conocidos para el caso, muy cerca estuvieron de llevarla en compañía de Fita, la triste niña.

Algunos meses pasaron en los que el luto cubrió de negrura y tristeza la casa de los Montoya, al igual que lo hizo en las moradas de otras diez mil familias de la Ciudad de México. Muchos rosarios se dijeron, muchos responsos se cantaron, a muchas misas de difuntos se acudió y sobre todo, muchos crucifijos y Divinos Rostros adornaron las paredes de los Montoya, así como las más variopintas advocaciones marianas poblaron cada mesa, cada cómoda, vitrina y *secrétaire* de la casa: la Guadalupana y la del Rosario, la Macarena y la del Pilar y sobre todo, la mismísima y muy novedosa Inmaculada Concepción. A doña Amparo, viuda de Montoya, muy poco le importaba, por ejemplo, que por esos tiempos se hubiese puesto en funcionamiento el primer telégrafo electromagnético en México o que se hubiera logrado, en Rusia, la tan anhelada producción industrial de la leche en polvo que tantas bondades aportaba a la salud; lo que le interesaba era que el papa Pío Nono recién le había dado carácter de dogma a la Inmaculada Concepción de María; que debía cuidar, como si estuviese por debajo de un capelo, al nieto amado, con la secreta esperanza de convertirlo en hombre de Dios, y que debía rezar, rezar todos los días y a todas horas, repasando, hasta gastarlas, las cuentas del rosario, para que el enésimo levantamiento militar en contra del Gobierno federal, encabezado por el presidente Comonfort, al grito de "¡Religión y fueros!", tuviera éxito y redimiera a esta tierra tan dejada de la Divina Mano, caída en las perversidades de esos que empezaban a conocerse como reformistas, puros indios levantiscos, leguleyos de faldones y sobacos raídos.

Doña Amparo, junto al nuevo José María, se santiguaba con afán de posesa mientras esperaba el aniquilamiento de esa raza maldita de la faz de la tierra... "La impiedad de los piadosos", como escribiera Herbert Spencer.

4

Y en medio de esos cambios interiores
tu cráneo, lleno de una nueva vida,
en vez de pensamientos dará flores...

Manuel Acuña
Ante un cadáver

El luto, como todo en esta vida, pasó. Los negros crespones que adornaban los dinteles de las puertas se guardaron. Las negras gasas que cubrían los espejos se lavaron, como se doblaron y almidonaron los negros listones de los candelabros y tiestos. Los ropajes, negros también y por obligación, a fuerza de uso percudidos y malolientes, se desecharon y hasta se le retiró al viejo piano la mantilla negra que lo cubría, levantándole el castigo por mostrar en sus pinturas laúdes, flautas y tímpanos, así como frondosos racimos de uvas y hojas de acanto en su marquetería, temas muy impropios de mostrarse en libertad cuando el alma precisa de paz y silencio para llorar lo que es debido.

Así que todo lo negro fue mutando de color, menos el carácter de doña Amparo, quien afinaba constantemente sus baterías de encono en contra de su nuera, incluso a costa de que el pequeño José María dejara de ver a Soledad como a su madre que era. "Señora" empezó a llamarla el niño y "mamá Amparito" a la abuela, quien no cabía de gozo ante el redoblado parentesco. "Que se quede con él", habrá decidido Soledad. Inclusive ella también empezó a sentir animadversión por el pequeño infame, sin importar lo que supuestamente debía dictarle el instinto maternal. Quizá era su destino no tener hijos, razonaba. Fita había muerto. José María le había sido arrebatado de las manos. Soledad decidió no pelear esa batalla. Sabía que la tenía perdida de antemano. Doña Amparo era ama y muy señora de su casa, mientras que ella era, en efecto, una mocosa, casi una intrusa cuyo esposo, el comandante Montoya, se encontraba siempre ausente como dictan la suerte y la disciplina del soldado. Pocas veces paraba en casa y, cuando lo hacía, sólo buscaba desfogar antojos sobre el cuerpo de Soledad sin tener el mínimo interés en escuchar peroratas, quejas ni cantinelas de aquellas dos enemigas.

En las mañanas que seguían a las esporádicas visitas de José María y sus correspondientes desahogos de virilidad, un silencio monacal se apoderaba de la mesa del desayuno en donde la madre no hacía ningún intento por ocultar el llanto que había arrasado sus ojos durante la noche, ni sus mejillas inflamadas de vergüenza y escándalo, al imaginar la nefanda coyunda que se daba en el cuarto contiguo entre espasmos y gemidos venidos del averno. Y la esposa guardaba un humillado mutismo, sabiendo que los ojos de la suegra le gritaban "ramera" con escandaloso disimulo. Mientras tanto, el hijo y esposo no se daba por enterado pues le importaba muy poco, o más bien nada, lo que le pasara a la una y a la otra.

Más tarde, cuando en el traspatio de la antigua casa de los Montoya, convertido en establo y gallinero, en huerta y en rastro, perdido ya el lustre solariego, el joven José María se encargaba de cepillar a la vaca, recolectar huevos y limones, cambiando la bayoneta por la pala y el sable por el trinche, Soledad lo miraba desde su ventana tratando de recordar cómo, dónde y por qué se había enamorado de él… ¿Se había enamorado de José María? ¿O le representó tan sólo un vehículo, un buen pretexto para huir del destino monjil al que la había condenado la prematura muerte de su padre, Andrés, cuando ella tenía sólo dos años de edad? Eran preguntas que se hacía Soledad de continuo. La muerte de su padre las había lanzado, a ella y a Rita Romero, su madre, al arroyo de la incertidumbre, pues las guerras y las asonadas militares no terminaban nunca. ¿Fue la invasión de Estados Unidos a México, en 1846, lo que llevó a la inesperada viuda a abandonarla, a sus escasos seis años, en el Convento de la Enseñanza? Nunca lo sabría. Pero lo cierto fue que, una vez finalizado el conflicto, la madre nunca más volvió por ella y al cumplir los once años, Soledad fue trasladada al Colegio de las Hermanas de la Caridad, en el que debía esperar el tiempo debido, unos cinco años, para poder tomar los hábitos como hija de san Vicente de Paul. ¡Qué desgracia la suya, tan inquieta de mente y de espíritu! Sin embargo, un brote de cólera la liberó del convento, pues las Hermanas de la Caridad respondieron al llamado de las autoridades y solicitaron voluntarias entre las novicias y hermanas para aligerar en algo la pandemia que desbordaba una vez más los hospitales de la ciudad. Soledad, de trece años, fue la primera en levantar la mano. Así llegó al Hospital de San Andrés y vivió con frenesí de aventura y conocimientos nuevos su posición de enfermera. Poco le importaba que, por las noches, tuviera que volver a los responsos y a las jaculatorias del Colegio de la Caridad. Sabía que al día siguiente regresaría al Hospital de San Andrés y fue tan bueno su desempeño, que se le retiró del servicio de limpieza de los enfermos y del deshilachado de sábanas viejas para crear compresas —predecesoras de las gasas—, para encomendarle el delicado papel de cloroformista en algunos casos en los que la anestesia era requerida. No existía nada de la vida del hospital que no indagara, que no investigara y que no conociera... Hasta que conoció a José María. La deslumbraron su botonadura de oro, impecablemente paralela, sus botas altas, lustradas como espejos, y sus charreteras de seda que le ensanchaban todavía más los hombros.

Sucedió que un trabajador de la casa Montoya se encontraba internado en el hospital. El militar fue a visitarlo y al no dar con él, se acercó a la niña enfermera y le preguntó por el hombre. Ella tuvo que darle la noticia: había muerto el día anterior. José María, sin saber qué hacer con los modestos obsequios que le llevaba, un pañuelo de seda que envolvía algunos bizcochos y cigarros, se los dio a Soledad. Se despidió de ella besándole la mano, un hecho a todas luces incómodo y fuera de lugar para el momento y el sitio en el que estaban.

Por la noche, Soledad le mostró a la abadesa, la hermana María Encarnación, el pañuelo y su contenido, preguntando qué debía hacer con ello. La abadesa aconsejó que lo guardara por si aquel joven regresaba a buscarlo. La muchacha obedeció y esperó, aunque lo hizo por poco tiempo, pues a la vuelta de unos cuantos días, José María Montoya volvió y no lo hizo sólo para reclamar el famoso pañuelo de seda, sino para solicitarle a la niña que se convirtiera en su esposa. De nueva cuenta, Soledad levantó la mano de inmediato y a los trece años era ya una mujer casada que iba en pos de la anhelada libertad del yugo religioso... aunque, para su mala fortuna, fue a recalar en la casa de los Montoya, bajo la égida de doña Amparo, sus rosarios, sus vírgenes y sus ansias enfermizas de halagar a Dios a través del tormento, el ayuno y las lágrimas.

A la mañana siguiente de consumar el matrimonio, el comandante Montoya tomó su camino y no volvió en varios meses. Igual que lo hizo durante algunos años. Así, con la ausencia del padre, nació el pequeño José María y así fue secuestrado por la abuela; y así nació también y murió Josefita. Con el padre ido.

Y por eso la mirada que Soledad vierte sobre su esposo desde la ventana de su alcoba no es una mirada buena, ni amorosa, ni siquiera compasiva, viéndolo sudar como un jumento al acarrear baldes de agua y desperdicios. La mirada de Soledad Lafragua está cargada de rencor, de indolencia, de un poco de odio y también, aunque sea en menor medida, de un inconfesable deseo sexual que los incautos confunden siempre con amor.

El comandante José María Montoya volvió a ausentarse y a las pocas semanas de que había partido, dos extraordinarios eventos tuvieron lugar en México, aunque los anales de la historia los tengan olvidados —si es que alguna vez los consignaron—, pues ya se sabe que tan sólo son las tragedias, las guerras y sus felonías, los héroes y villanos a modo, sus desastres políticos, así como sus alianzas y traiciones, las que campean soberanas en la memoria de las naciones.

En 1856 el eminente farmacéutico Leopoldo Río de la Loza logró aislar, por primera vez en su laboratorio, los elementos O y N y el compuesto CO_2, es decir, el oxígeno, el nitrógeno y el anhídrido carbónico. Por este logro, Río de la Loza recibiría la Medalla de la Sociedad Protectora de las Artes Industriales de Londres, en la Gran Bretaña.

El segundo evento notable ocurrió la mañana del sábado 2 de agosto, cuando Soledad Lafragua se levantó apresuradamente de su lecho para vomitar en la bacinica de su cuarto. No tenía razones para temer un nuevo ataque de cólera. Estaba embarazada. Tenía siete semanas de preñez y la futura Matilde Montoya era apenas un embrión del tamaño de un garbanzo.

5

La madre es sólo el molde en que tomamos
nuestra forma, la forma pasajera
con que la ingrata vida atravesamos.

Manuel Acuña
Ante un cadáver

Está embarazada. Por tercera ocasión. Soledad pierde la mirada en la taza de atole caliente que se le ha servido, mientras doña Amparo se queja de los precios escandalosos de los productos más elementales y eso, cuando no hay desabasto. ¿Embarazada por qué o para qué? ¿Qué sentido tiene la consecución irracional de tantos dolores, de tantos fracasos, de tantos desapegos? Soledad escudriña el cielo desde su ventana sin darse siquiera cuenta de que José María le jala el cabello y se echa a correr. ¿Para qué traer a un hijo más a este país, a este mundo tan desolado, tan desolador? ¿Para qué? Soledad repasa, sin leer, las páginas del diario que ofrecen las mismas historias: un arzobispo es asesinado en París, los Estados Unidos decretan que los negros, libres o esclavos, no tienen derecho a la ciudadanía, Comonfort promulga la nueva Constitución en México... ¿Para qué tener un hijo más? ¿Para satisfacer la hombría de un padre ausente o la vanidad de una abuela obtusa y fanática? ¿Para justificar el papel que la sociedad y su femineidad le imponen? ¿Su "natural inclinación" al cuidado de un bebé, una inclinación que jamás ha sentido? "¿Por qué te engañas, Soledad?", habla en ocasiones para sí misma. ¿Y qué hay de ella? ¿Qué queda de ella? ¡De su vida, de sus anhelos! Soledad lustra una y otra vez las portadas y los lomos de los libros de medicina que posee y que no son más que diez, aunque ella los procura como si de la Biblioteca de Alejandría se tratase. ¿Por qué no aprovechar la enésima ausencia de José María y romper amarras con doña Amparo y el niño robado? ¿Por qué no extender las alas y salir volando por la puerta principal? ¿Por qué encadenarse a otra criatura? ¿Por qué no hacer uso de sus escasos conocimientos para dar fin a esa historia? ¿Por qué no puede dejar de sentirse tan miserable, tan desalmada por tan sólo pensar en lo que piensa y sí consiente que su vientre se abulte más y más con el correr de los días? ¿Por qué sufrir de nuevo de flebitis y dolor de espalda y convertirse en una inválida temporal? ¿Por qué ver otra vez su cuerpo arrasado como por un huracán? ¿¡Y por qué poner en riesgo su vida!? "¿O no sabías tú, necia y estúpida Soledad, y ya que tantos pasillos recorriste en el Hospital de San Andrés, que las muertes puerperales alcanzan al treinta por ciento de las parturientas? ¿¡Entonces, por qué te embarazaste una vez más, grandísima inconsciente!? ¡Mujer irracional y lasciva! ¡Obcecada e ignorante!", se grita a sí misma, golpeándose las mejillas, mientras que del otro lado de la puerta, doña Amparo, acongojada, se persigna y se encomienda a la divina protección, convencida de que la mujer de su hijo está perdiendo el juicio. Pero Soledad no está loca. Bien sabe que las mujeres se juegan la vida en cada embarazo sólo para entregar, además de la existencia o la salud, una nueva alma a la Iglesia o un nuevo ciudadano a la república. Como sabe también que ni a una ni a otra, Iglesia o república, les importa un comino la vida de sus mujeres, dispensables, al parecer, siempre y cuando mueran reventadas en aras de la gloria de Dios o del Supremo Gobierno. Soledad llora en silencio todas las noches y todas las mañanas al contemplar el inexorable crecimiento del intruso dentro de su cuerpo, al atestiguar el desgarramiento de su piel. Llora cuando se baña y se talla el cuerpo hasta lastimarse, pues lo hace con la fuerza que le impone la vergüenza, el miedo, el enojo. Soledad llora cuando ríe y llora aún más cuando vuelve a llorar. "¿Y si José María muere en alguna batalla? ¿Quedaré viuda y con un hijo al igual que mi madre? ¿O dos, si la vieja doña Amparo se muere de pronto y tengo que cargar también con el niño insoportable?". ¿Qué hará ella sin una casa, sin un marido, sin un oficio y con dos hijos de la mano? ¿Qué destino les depara? ¿A sus niños un hospicio y a ella la calle, la miseria, un trabajo vil? Soledad, insomne y sudorosa, da vueltas en la cama, aterrada, al sentir las primeras patadas que ese ser extraño le propina y al descubrir el ritmo desacompasado de dos corazones latiendo en el mismo cuerpo. Soledad ahoga sus gemidos en la oscuridad, mientras que los perros noctívagos ladran a las sombras de los faroles o la luna, el pequeño José María sueña con sus infantiles quimeras y doña Amparo repasa, con religioso frenesí, las cuentas del rosario, único instrumento que tiene, al fin y al cabo, para solicitar el bienestar de lo que le es querido: la vida para su hijo, la salud para su nieto, la bonanza para su casa, la paz para su patria y un poco de calma, que sólo se alcanza a través de la fe, para la muchacha aquella que, de la nada, enamoró a su hijo; de la nada, invadió su hogar con su carácter tan enojosamente firme, aunque ahora se encuentre al borde de la locura, y que de la nada también, está a punto de lastrar a la familia con una nueva carga, un nuevo problema. "¿Por qué permitiste que se preñara otra vez, Señor?", clama a la pared de la que cuelga una imagen de la Trinidad Divina. "¡Embarazada! ¿Por qué o para qué, Dios mío?". Doña Amparo entrecierra los ojos e intenta, si no comprender, sí al menos aceptar los siempre misteriosos e inescrutables designios del Creador.

El tiempo no le daría a Soledad Lafragua la oportunidad de entender que, dentro de su cuerpo, una oleada, un tsunami de hormonas era lo que la estaba conduciendo a ese remolino incomprensible de locura, de fatiga y de ansiedad. No logró enterarse, pues moriría ocho años antes de que el médico japonés Takamine Jōkichi descubriera, en 1901, la primera hormona conocida, la adrenalina, y que el fisiólogo inglés William M. Bayliss acuñara el término "hormona", precisamente, poco tiempo después.

Sin embargo, Soledad Lafragua no necesitó saber de hormonas, de mensajeros químicos ni de neurotransmisores para encontrar la calma, para volver al sosiego, para aligerar la pesadumbre. Soledad necesitó encontrarse cara a cara, después del parto, con el rostro regordete de esa pequeña que nada sabía de los estragos causados al "molde en que su forma había tomado". Dormía tranquila, inspirando y exhalando aire tibio en suave cadencia, en una clara armonía con la vida, acompasado ya el latido de su corazón con el de Soledad.

Sólo hasta entonces, después de tantos y tan fragorosos meses, Soledad Lafragua pudo sonreír sin culpa, mirar sin ansias, llorar sin miedo, pensar sin sombras, y pudo convertirse en madre por tercera ocasión, derribando las barreras, sorteando los caminos que conducen a los ignotos confines de aquello que, al no tener una palabra más certera para definirlo, llamamos maternidad. El reino de lo inefable.

6

Del sepulcro voraz somos tributo:
somos al reino de pavor y luto
ofrenda funeral:
inevitables víctimas nacemos;
y en sacrificio al cielo nos debemos
con término fatal.

José Joaquín Pesado
Invocación al Dios de la Guerra

El primer año de vida de Matilde Montoya fue un año de supervivencia. Un año de lucha constante entre los cuidados escrupulosos de Soledad Lafragua y la amenaza, no del cólera por el momento, pero sí de la terrible pandemia de sarampión que asoló a la ya exhausta Ciudad de México, una población de por sí debilitada por los ataques infinitos de la fiebre tifoidea, salida de las acequias y los canales de agua estancada, casi lodazales, secos durante las canículas, o del tifus, conocido también como *tabardillo*, portado con esmero por los piojos, las pulgas y las ratas que pululaban sin control y sin descanso por las zonas marginales de la ciudad. Y ya que en esos años se forjaba un incipiente nacionalismo, los mexicanos podían contar para sí con dos males endémicos: el temible *matlazáhuatl*, que proliferaba en épocas de inundaciones y cuyos síntomas eran parecidos a los de la peste o a los del cólera, y el feroz *cocoliztli*, dado en época de sequías, que provocaba fiebre, dolor abdominal, coloración amarilla y locura.

Que la población del país decreciera en aquellos terribles años, a diferencia de otras regiones y latitudes, se explica de manera lógica ante la desmedida masacre provocada por las guerras, las enfermedades, la pobreza…

Y ahora, además, por el sarampión. Los hospitales de la ciudad eran tan sólo diez y como era ya costumbre, no se daban abasto: el de San Andrés, siendo el principal, junto con el Municipal de San Pablo, a cargo de la mitra el primero y del Ayuntamiento el segundo, se desbordaban de pacientes. El Militar tuvo que abrir sus puertas a los civiles; el de San Pedro, para sacerdotes dementes, dio cabida a muchos laicos, mientras que el del Divino Salvador y el de San Hipólito, uno para mujeres y otro para hombres, respectivamente, también en condición de locura, acogieron a muchos cuerdos pero en trance de morir por la epidemia. El Hospital de Jesús, de carácter particular y el Hospital de Terceros, para los franciscanos, aunque pequeños, recibieron a muchos dolientes. Sólo el de San Juan de Dios, para mujeres sifilíticas y el de San Lázaro, para leprosos, no recibieron nuevos enfermos, pues muchos se resistían a curarse de una enfermedad y contraer otra todavía peor. Soledad Lafragua pensaba lo mismo, aunque ella por razones empíricas, pues su trabajo como enfermera en el Hospital de San Andrés, aunque de corta duración, le había ofrecido un horizonte mucho más amplio de conocimientos y sabía, sin constatar el por qué ni el cómo, que los hospitales podían ser fuentes inagotables de contagios e infecciones. Estaba decidida a no llevar nunca a la pequeña Matilde a un hospital, pues no iba a exponer a su hija a que la tocara o le estornudara encima algún posible tuberculoso o algún contagiado de erisipela, fuese médico o fuese paciente, faltaba más.

Soledad había decidido expandir sus conocimientos de manera autodidacta allegándose algunos libros y manuales que la ayudaban a solventar sus carencias clínicas. Así, fueron dos sus libros de cabecera durante el primer año de la vida de Matilde. Uno de ellos, premonitorio, del entonces joven doctor Francisco Montes de Oca: *Breve exposición de la epidemia que está reinando en México y sus alrededores*, en el que se denomina por primera vez al brote de sarampión ya como "epidemia", y el segundo, posterior, escrito en los años treinta del siglo, por el doctor Miguel Muñoz: *Método sencillo, claro y fácil de asistir á los niños en la actual epidemia de viruelas naturales, arreglado á las nuevas y mejores doctrinas médicas del día*, salido de la imprenta de Uribe y Alcalde.

Con un libro en la mano y un candelabro en la otra, Soledad desnudaba el cuerpo de la niña todas las noches en su cuna, para confirmar que no existía alguna erupción en su piel o alguna coloración fuera de lo normal. Con sumo cuidado, le apretaba el cuadrante inferior derecho del vientre, buscando descartar algún dolor agudo que delatara la presencia del "cólico miserere", una de las complicaciones más graves del sarampión y frecuentemente mortal, en el caso de los infantes. Matilde no tenía una madre. Tenía a su servicio a una meticulosa enfermera que velaba por su sueño y por su salud, las veinticuatro horas del día.

Doña Amparo condenaba las que según ella, lo había decidido ya, eran precauciones innecesarias considerando que la ayuda o la voluntad de Dios era todo lo que bastaba a la plañidera humanidad: "En lugar de leer tanto libro inútil, deberías encomendar a tu hija al Señor, que sólo Él sabe por qué da y quita la vida". Doña Amparo suspiraba y meneaba la cabeza, reprobando el silencio de Soledad, quien la ignoraba de manera tajante. "Contigo no hay nada que hacer. Es por demás... ¡Eres una descreída! Dios se apiade de la suerte de esa niña...". Y remataba con melodramático gesto, cerrando la puerta tras de sí: "¡Gracias al Cielo que yo me hice cargo de José María!".

Soledad Lafragua, en efecto, callaba. No respondía jamás a las escaramuzas del enemigo para iniciar ningún combate pues si alguna determinación había conquistado a sus dieciocho años era ésta: que nadie, jamás, le arrebataría de las manos a su hija. Matilde era suya. Era su sangre, era su carne misma que no volvería a ser desgarrada de nuevo. La defendería con uñas y dientes, así fuera en contra de la Muerte misma, de la suegra o del marido, así fuera en contra de la nueva guerra, la más cruel, brutal y devastadora que hubiese estallado en México hasta ese entonces, la que duró tres años, la guerra de Reforma que provocó, en su desmedida violencia, nuevas hambrunas y epidemias; la que fue el preámbulo de una nueva invasión extranjera y del estallido de más y más hechos bélicos, de más muerte y desolación, ya insoportables, en una patria hecha jirones, abandonada a la suerte de las fieras de la noche y la rapiña.

Quizá fue en esa única ocasión, durante la nueva partida del comandante José María Montoya al frente de batalla, en la que Soledad lloró con verdadero dolor y con angustia creciente, apretando contra su pecho a la pequeña Matilde quien le cruzaba sus bracitos regordetes alrededor del cuello en íntima comunión, fundiéndose una con la otra, convirtiéndose en cómplices de por vida, jurándose lealtad imperecedera.

7

(...) nuestras vidas son péndulos...

Dos péndulos distantes
que oscilan paralelos
en una misma bruma
de invierno.

Ramón López Velarde
Nuestras vidas son péndulos

El péndulo de Foucault, ajeno a la pasión y al odio, ateo y apolítico, surca sin descanso y sin desvelos durante diez años más —una fracción infinitesimal de tiempo para el universo— la arena de la plataforma circular instalada en el piso del Museo de Artes y Oficios de París, mientras que Edwin Drake, también sin desvelo alguno, surca, perfora y pulveriza la tierra y las rocas de Pennsylvania para construir el primer pozo petrolero de la historia, marcando el derrotero del mundo, sin saberlo.

Matilde Montoya inicia su educación formal, siempre bajo la dirección de su madre. Habla con tal elocuencia, que doña Amparo se santigua al escucharla. "Esa niña no está bien, se los digo yo…", repite a quien le presta oídos, "que no es de criaturas normales interesarse tanto por unas aburridas letras impresas, en lugar de jugar al sol…".

El péndulo hiende la arena del mismo modo en que los tajamares de los buques militares de España, Inglaterra y Francia lo hacen en las aguas del Atlántico en ordenada y amenazante marcha hacia las costas de México, anunciando una nueva invasión en respuesta a la moratoria de pago de la deuda externa decretada por el presidente Juárez, quien se encuentra con las arcas de la nación vacías de tanto repeler las cruzadas conservadoras que han asolado a la república.

Matilde lee con toda fluidez antes de cumplir los cuatro años. Devora los viejos libros que se encuentra en la casa de los Montoya y todos los que la madre le consigue donde puede y como puede. El comandante Montoya mira todo esto con el ceño fruncido, pero calla. No entiende lo que Soledad está haciendo, pero como militar que es, sabe esperar.

En un nuevo trazo, el péndulo de Foucault separa, en París, los granos de arena, como Gregor Mendel, en Moravia, separa los alelos dominantes de los recesivos en las arvejas, dando origen al estudio de la genética, y en los Estados Unidos, la esclavitud y su infame derecho a existir o no separa al norte del sur y a sus habitantes todos, en una guerra civil de proporciones inverosímiles.

Soledad Lafragua le muestra a Matilde las ilustraciones de sus libros y manuales de medicina y al tiempo que la niña aprende a identificar los nombres de los diferentes instrumentos clínicos, en los campos de guerra se libran batallas tan gloriosas o vergonzantes, según sea el bando, como la de Puebla, la de Gettysburg o la de Bezzecca, que le ofrecen sus triunfos a Juárez, Lincoln y Garibaldi y sus dolorosas derrotas a Lorencez, a Lee y a Kuhn. Mientras tanto, en los campos de la ciencia, por su cuenta y riesgo, prestando oídos sordos a la barbarie, Louis Pasteur y Claude Bernard, en Francia, establecen el proceso térmico de la pasteurización; el doctor Rafael Lucio, en México, identifica las tres formas de la lepra: tuberculosa, anestésica y lepromatosa, conocida ésta aún en nuestros días como la "lepra de Lucio", y Florence Nightingale, en Inglaterra, funda la primera escuela de enfermeras.

Y si el péndulo de Foucault —una masa de plomo de 28 kilos que pende de un cable metálico de 67 metros de largo— va y viene, viene y va sobre el mar de arena, las aguas del Golfo de México ven llegar a la fragata *Novara*, de 77 metros de eslora y con un desplazamiento de 2 615 toneladas, trayendo a Maximiliano, altivo y hermoso, con anhelos de libertad y de grandeza en la mirada, soñándose emperador de México. Sin embargo, serán esas mismas aguas las que verán regresar a la Novara, al cabo de tres fugaces años, ahora para llevar de vuelta a Europa el cadáver del mismo Maximiliano, emperador de la ínsula Barataria, inclinada la cerviz y la mirada transfigurada en un par de ojos de vidrio negro, pues no es común que los embalsamados por estos lares tengan los ojos azules.

Diez años pasan, no más, en los que el mundo es testigo de la creación de la Cruz Roja, de los estudios del médico inglés Joseph Lister quien, uniendo sus propias investigaciones a las de Pasteur y a las del médico húngaro Ignác Semmelweis, funda la cirugía antiséptica en Europa; diez años en los que el sueco Alfred Nobel inventa la dinamita; diez años en los que el científico mexicano Maximino Río de la Loza realiza las investigaciones que lo conducen a crear las primeras píldoras para combatir la epilepsia; diez años, en fin, que concluyen con la publicación de *El capital* de Karl Marx y con el término de la educación primaria, anticipado por tres o cuatro años, de Matilde Montoya, demostrando que los humanos tienen siempre prisa por saber, por descubrir o por crear, cosa que al planeta le tiene muy sin cuidado, que para eso está ahí su segundero: el impasible péndulo que oscila siempre, en un suave vaivén, sin guardar miramiento alguno por nuestros afanes, sin importarle el bien ni el mal, recordándonos la fútil impermanencia de nuestras vidas, existencias que se pierden y se alejan "en una misma bruma de invierno...".

II

HIPÓTESIS

1

ARGUMENTO DEDUCTIVO

No es posible vivir en un tiempo y respirar en otro.

Ramón de Campoamor
Poética

El hombrecillo encorvado, con gafas de oro antiguo, barba desaliñada, dientes ausentes, levita vieja, olor a pepino agrio y naftalina, lee una y otra vez las cartas de solicitud presentadas ante su venerable autoridad por aquellas dos mujeres, madre e hija, a quienes no les ha dedicado ni siquiera la cortesía de ofrecerles un asiento.

—Señora, esto es improcedente. Su hija, la señorita… Petra… no puede acreditarse como aspirante a profesora… —y le extiende, displicente, los papeles a Soledad Lafragua.

Es Matilde quien pregunta con pasmo enorme:

—¿Puedo preguntar por qué, Su Señoría?

El hombre la mira por encima de las gafas y al tiempo en que lo hace, la ignora.

—El asunto, señora Montoya, no sólo es improcedente. Es también inapelable.

Soledad Lafragua contiene el enojo, sabiendo que la diplomacia, sin ser la mayor de sus virtudes, es el mejor camino a seguir en algunas situaciones de las que dependen asuntos importantes, como lo es éste.

—Me gustaría entender sus razones, Señoría.

—He utilizado, si no me equivoco, la palabra "inapelable", señora.

Soledad respira hondo ante el carcamal a quien adivina nacido en las postrimerías del siglo XVIII, considerando que sobrepasa por mucho los setenta años, que da aire libre a unos ademanes pomposos y a un inaudito ceceo de sainete de Luceño.

—La utilizó, en efecto, Su Señoría… pero mi madre no apela su decisión, sino sus motivos —insiste Matilde.

El viejecillo bufa, se quita las gafas y las limpia con parsimonia. De nueva cuenta, ignora a la niña.

—¿Qué edad tiene su hija, señora?

Matilde responde de nuevo:

—Tengo doce años, Su Señoría…

—¡Usted no intervenga en las pláticas de sus mayores, jovencita! —se enfurruña el hombre. Y se va sobre Soledad—: ¿Usted se piensa, señora, que yo me voy a creer que una niña de esa edad ha concluido los estudios primarios y está lista para ser profesora?

Soledad coloca de nuevo los papeles y las actas en el escritorio.

—Aquí están los documentos que lo acreditan. Y los culminó a los once años, no a los doce.

—Ya leí sus documentos, señora —se impacienta el hombre.

—¡Entonces no entiendo, Su Señoría, por qué mi hija no puede ser admitida como estudiante…!

El vejete golpea la mesa.

—¡No es admitida, en primer lugar, porque no me creo que su hija haya terminado sus estudios primarios a los once años…!

—¿No "se lo cree"? —Soledad enarbola los papeles—. Entonces, ¿tendría que estar escrito todo esto en una bula papal para que "se lo crea" usted…?

—Madre… —la toma por el brazo Matilde, atemorizada al constatar que el tono airado de ambos empieza a llamar la atención de los demás, aunque ninguno de los contrincantes le hacen caso.

—¡Señora! ¡Morigérese usted!

Algunos profesores y alumnos se acercan curiosos, al igual que un segundo catedrático, tan dieciochesco como el primero, con levita y plastrón, cráneo reluciente y patillas de proporciones bíblicas.

—¿Me permite unas palabras, doctor? No he podido evitar escuchar su conversación con las señoras y quisiera, si usted me lo permite, abonar en su favor.

—Se lo permito y se lo agradezco, doctor.

El recién llegado carraspea, rumia un escupitajo y lo deposita en su pañuelo, mismo que se guarda en el saco.

—Vamos a ver, niña. Su madre y usted, por lo visto, exigen argumentos claros y aquí les presento los míos, con la venia del doctor.

Una nueva inclinación de cabeza entre ambos sella la cortesía.

—¿No sabe usted acaso, niña, que la actividad intelectual, según va creciendo, va menguando en directa proporción otras funciones del organismo?

Soledad y Matilde se quedan sin habla.

—¿Señoría…?

—Por lo tanto, niña, los abstrusos esfuerzos del raciocinio podrían impedir el sano desarrollo de su matriz… con perdón, sea dicho, y obstaculizar sus funciones maternas. ¿Es eso lo que desea?

—Su Señoría, yo…

—¡Permitir el desarrollo intelectual de las féminas no sólo es una aberración! ¡Es también un atentado contra el sacrosanto pedestal que Dios y nuestra sociedad les ha encomendado como dulce sostén de la familia!

—¡Soy de la misma opinión! —sentencia el primer anciano y empieza a pontificar sabiéndose apoyado por su colega y constatando además que es dueño de la atención de un grupo cada vez más nutrido—. Por eso siempre he considerado que la superioridad intelectual de la mujer con respecto al hombre viene muy poco a propósito para la que debe ser una compañera leal y sumisa, responsable de conservar la paz doméstica, como el ángel del hogar que debe ser.

Comentarios van y vienen. Soledad empuja de nuevo y de manera discreta sobre el escritorio los documentos.

—Respeto sus opiniones, señores…

—¡Señores "catedráticos", por favor!

—¡Y no son nuestras opiniones, estimadas señoras! —argumenta el de las patillas increíbles—. ¡Son las de los grandes sabios y médicos europeos que han señalado el hecho indiscutible de que el tamaño inferior del cráneo femenino, con respecto al masculino, las coloca en una categoría intermedia entre un hombre y un infante!

Soledad dice adiós a la diplomacia y desenvaina el florete.

—¡No queremos seguir escuchando sus ridículas argumentaciones, señores...!

—¡No las quieren escuchar porque quizá no las entiendan! ¿No es así, colega? —se regodean los dos cómplices—. ¡Si todo aquel que ha estudiado la fisiología humana sabe muy bien que las circunvoluciones cerebrales de las mujeres son escasas! Más cercanas, por lo tanto, a las razas inferiores...

Madre e hija hacen un esfuerzo por no zarandear al par de viejos. Matilde los enfrenta:

—¡Pienso, caballeros...!

—¡Lo dudamos mucho, señorita, porque ustedes, al estar sojuzgadas por la sensiblería, no tienen tiempo para pensar!

Ahora es Soledad quien da un manotazo sobre la mesa.

—¡No hemos venido aquí para escuchar sus necedades, caballeros!

El anciano de gafas se levanta de su sillón con rechinidos de herrumbre y artritis.

—La ciencia no dicta "necedades", señora, sépalo bien. ¡Y por ello ha demostrado que ustedes —las apunta con dedo flamígero—... que ustedes son incompatibles con las ideas abstractas de "relación, causa, espacio y tiempo"!

Entonces, existiendo "relación" y "causa" y estando en el "espacio" y "tiempo" correctos, un sainete real se representa en el Colegio de San Ildefonso en el que los gritos de unos y otros crecen por entre los pasillos, se estrellan contra las puertas y las abren de golpe liberando a los estudiantes de sus aulas, dándoles paso libre para correr y no perderse ni un solo diálogo en aquel improvisado corral de comedias.

—¡Plugo al Cielo que ustedes, las *cerebrales*, acabarán con la civilización! —amenaza el de las patillas—. ¡Desaparecerán las madres y las esposas, escuchadme bien...! ¡La subversión del mundo...! ¿Qué será de los matrimonios cuando la mujer, henchida de soberbia por tener una mayor preparación intelectual que su marido, pretenda reclamar para sí el gobierno de su hogar?

La carita aún regordeta de Matilde, una manzana roja por la vergüenza y la impotencia, grita una callada petición de auxilio a quien quiera que la escuche y su mirada se topa con la de un hombre de cincuenta años, nariz afilada, como de marfil, y mirada severa. A su paso, todos guardan silencio.

—¿Me permiten, señores doctores?

El de las gafas está por contestar de mala gana, envalentonado como se encuentra, pero se contiene de inmediato.

—Por supuesto, doctor...

—Yo me ocupo —y la sentencia es una discreta orden para que se retiren de ahí.

Los desairados hombrecillos rumian su dolor y desaparecen de inmediato, de la misma forma en que habían visto desaparecer, apenas cuatro años antes, a la Real y Pontificia Universidad de México, por "inútil, irreformable y perniciosa", siendo su ejecutor nada menos que el muy liberal emperador Maximiliano.

Ante la mirada del recién llegado, la barahúnda concluye y todos regresan a sus actividades.

El doctor Gabino Barreda, director de la Escuela Nacional Preparatoria, invita a Matilde a tomar asiento. Toma los documentos y los revisa con cuidado. Pasea la mirada por los papeles y mira de vez en vez a la ansiosa Matilde.

—¿Qué edad tiene, señorita?

—Doce años, Señoría...

—Doctor… —corrige, dando por terminada la revisión. Sonríe—. Será un honor recibirla en esta escuela, señorita Montoya… dentro de cuatro años. La edad más corta permitida para los aspirantes a realizar estudios en docencia es de dieciséis.

El médico se vuelve hacia Soledad.

—Como verá, señora, éste no es un asunto fisiológico. Es meramente un asunto de estatutos. Por lo tanto, señorita Montoya, y ya que es usted amante del estudio y de los libros, según veo… siga haciéndolo, se lo suplico. Estudie mucho. Aprenda más. Como siempre he dicho: "Saber para prever, prever para actuar" —les entrega de manera definitiva los documentos—. Regrese dentro de cuatro años. Estoy seguro de que nos volveremos a ver.

Pero si el doctor Gabino Barreda le hubiese dicho a Matilde que regresara dentro de cuarenta o dentro de cuatrocientos años, le habría parecido lo mismo. ¡No puede esperar tanto tiempo! ¡Será una anciana cuando eso ocurra! Quiere argumentar de nueva cuenta pero es su madre, en esta ocasión, quien la contiene. El gesto no pasa desapercibido al médico, quien detiene sus pasos y pregunta a bocajarro:

—*Modus ponendo ponens*… ¿Sabe usted lo que significa?

—Sí, claro…

Barreda levanta las cejas. No puede evitar que la chamaquita le caiga en gracia.

—¿Y?

—Significa "el modo que, al afirmar, afirma".

—Muy bien. ¿Y eso es…?

—Un argumento deductivo.

Barreda se acerca hasta ella y se da cuenta, para su sorpresa, que Matilde no se intimida.

—¿Y qué hacemos con las premisas de un *modus ponendo ponens*?

—Demostrar si son, además de válidas, falsas o verdaderas.

Gabino Barreda sonríe.

—¿Y qué espera, señorita Montoya, para demostrar la falsedad de las premisas expuestas por los señores catedráticos?

Ambos se miran largamente.

—Que tenga un buen día. La veré dentro de cuatro años.

Cuando Barreda se ha ido, Matilde, aún con mayor desasosiego, se vuelve hacia su madre:

—¿Más clases particulares, mamá...? ¡Pero si mi padre no puede...!

Soledad le toma la cara entre las manos.

—¿Para qué está tu madre aquí? Yo me hago cargo.

2

> El pueblo americano, a la ciencia,
> medios de bienestar inquieto pide (...)
> y proclamando su lema utilitario,
> la máquina potente para fraguar el hielo
> y la ingeniosa de coser y bordar,
> en el Certamen presenta la República orgullosa.
>
> Manuel Ortiz de Pinedo
> *La Exposición Universal en París*

Un alboroto sin precedentes se ha suscitado a las puertas de la casa de los Montoya. Muchos curiosos se agolpan a la entrada y son pocos los privilegiados que han podido colarse hasta la sala, en donde el comandante José María Montoya, sentado en una poltrona, frunce el ceño y suspira ensimismado al saber que las estrategias de ataque de su mujer han arrasado sin piedad con sus posiciones de vanguardia y retaguardia; en donde la madre y suegra, doña Amparo, se escandaliza por lo horrendo del hecho, por lo que se ha gastado en él y por el inminente fin de la vida familiar tal y como ella la ha conocido hasta entonces. Matilde y su hermano guardan silencio ante el objeto negro que está ahí posado, inerme, incomprensible. Los vecinos cuchichean. No falta el que se persigna. La única que sonríe es Soledad Lafragua. Disfruta su victoria en silencio, con nobleza, para no humillar al vencido, el comandante Montoya.

Las escaramuzas habían comenzado semanas antes y llegaron a convertirse en verdaderas batallas campales. ¿La razón? Los estudios particulares de Matilde le resultaban ya incosteables a José María, de por sí menguado en su salud en las últimas fechas. Tenía una afección de tristeza y guerra que se le extendía por todo el cuerpo, carcomiéndolo, como el salitre a las paredes, dejándolo postrado por semanas, hundido en un estado de melancolía y nostalgia compulsivas que día a día le iban borrando el brillo en la mirada. En esas condiciones, el pago al profesor Ordorica, quien instruía de manera particular a Matilde en Matemáticas y en Álgebra, Español y Francés, Historia, Geografía, Latín y Raíces Griegas, era sencillamente insostenible.

—¡Pero si a una muchacha se le enseña a bordar, a cocinar y a tener el control de una casa, hijo mío! —abona doña Amparo a la discusión.

Soledad guardaba siempre un respetuoso silencio que la distanciaba de la suegra y en esa ocasión tampoco rompió la regla autoimpuesta.

—Mamá tiene razón, Soledad. Ya podrá estudiar para profesora dentro de poco. Por lo pronto, nos podríamos ahorrar sus estudios en... geometría plana, por ejemplo...

—¡Jesús bendito! —se sofoca doña Amparo, sin saber siquiera por qué está a punto del desmayo, desconociendo lo que es la geometría y más aún, la plana.

—¡Matilde ya no quiere ser profesora, José María!

El comandante escudriña a su mujer con la mirada.

—Quiere ser obstetra.

El hombre bufa y respira hondo, mientras que doña Amparo se acerca a Soledad con las manos en el pecho y lágrima anunciada.

—¿Qué has dicho, hija mía?

Soledad le exige a su marido con la mirada que ponga en su lugar a la madre.

—Una obstetra es una partera, madre…

Doña Amparo, mientras tanto, intenta disimular la supina ignorancia que la hace mover siempre y sin conciencia alguna los músculos de la lengua.

—Bueno, claro… pues ya lo sé…

—¿Entonces cuál es su espanto, señora?

Pero la mujer no se va a mostrar derrotada ante la nuera:

—¡Que ninguna mujer de la familia Montoya ha sido nunca, ni será jamás, una vulgar comadrona, se los advierto!

—Una obstetra es muchísimo más que una comadrona, señora…

—¡No me importa y no me contestes! Además, ¡para eso están las indias, Soledad!

El matrimonio excluye a la mujer de su conversación.

—¿Tú sabes lo que eso nos va a costar, Soledad?

—Sí, ¡pero sólo hasta que esté en edad de prepararse en el Hospital de San Andrés, te lo prometo! ¡Ahí puede ser voluntaria! Sólo tendría yo que pedir ayuda al doctor Gutiérrez o al doctor Gallardo. Ambos llegaron a tomarme un gran aprecio, José María. Ellos nos pueden ayudar…

El comandante se levanta del asiento y encara a su mujer.

—La pregunta, Soledad, que al parecer no escuchas o no quieres escuchar, es ésta: ¿de dónde diablos voy a sacar más dinero para pagar una educación que tú no pudiste tener y que ahora le quieres dar a Matilde, quizá para satisfacer tu propia frustración? ¿Has pensado en eso?

Soledad baja la cabeza, dolida. El comandante sabe que la pértiga utilizada para sostener aquel torpedo de botalón había dado en el blanco. Se arrepiente de inmediato y quiere remediar con un abrazo el daño hecho, pero Soledad no es mujer de arrumacos. Se aparta de él y vuelve a la carga, aprovechando sagazmente la súbita debilidad del contrincante. Toma un periódico de la mesa y lo abre de par en par.

—Mira. Son las primeras fabricadas para uso doméstico y están empezando a traerlas a México.

Soledad se acerca hacia él con una mirada peligrosa y disuasiva.

—Imagina todo lo que nos podemos ahorrar… ¡el dinero que yo misma podría ganar con ella! Si la compras, José María, será la última vez que me escuches pedirte nada.

Doña Amparo les arrebata el periódico.

—¿Pero de qué están hablando?

Mira la ilustración, la reprueba y arroja el periódico a la mesa.

—¡Una máquina nueva! ¡Máquinas! ¡Máquinas! —revolotea los brazos—. ¡Estoy harta de las máquinas! ¡Ahora las hay para todo! ¡Para hacer hielo! ¡Para lavar la ropa! ¿A dónde quieren llegar las mujeres con semejantes inventos? ¡Al libertinaje que propicia la comodidad! ¡A eso! ¿Y encima quieren meter a mi casa un engendro semejante? ¡Se los prohíbo! ¡Mejor olvídense de todas sus locuras y acérquense a Dios y a su

Divina Providencia si es que quieren salir adelante! ¡Habrase visto...!

Y se va de ahí dando un portazo. José María guarda silencio esperando a que la cola del remolino se sosiegue. Toma de nuevo el periódico.

—¿Y esto cuánto cuesta, Soledad?

—Hay una nueva manera de comprar, José María: a plazos.

Eso sí que le interesa al comandante.

—¿Esto se puede comprar... a plazos? ¿En abonos, digamos...?

Soledad sonríe y asiente con la cabeza. Sabe que se acerca el armisticio. José María respira hondo, ondea una bandera blanca y se apoltrona de nuevo.

Y ahora, la máquina, el objeto del maligno, el instrumento de labor está ahí, al centro de la sala, siendo observada por decenas de ojos asombrados.

—¿Y esto qué es, madre?

Feliz, Soledad Lafragua abraza a su hija y le habla al oído:

—Esto, Matilde... es nuestra libertad...

Y ambas se pierden en la contemplación de aquella novísima máquina de coser —la primera hecha a escala para su uso doméstico—, firmada por Isaac Singer.

La locomotora de Stephenson cambió los modos, formas y escalas de la industria y el comercio, ya se sabe. Pero las modestas máquinas de coser de Howe y de Singer abrirían las puertas a otra enorme revolución: la que propiciaba la independencia económica de las mujeres. Y por eso Soledad Lafragua no podía dejar de sonreír.

3

¡Oh, mis hijos! No quiera la fortuna
turbar jamás vuestra inocente calma,
no dejéis esa espada ni esa cuna:
¡Cuando son de verdad, matan el alma!

Juan de Dios Peza
Fusiles y muñecas

En ocasiones, las tardes en casa de los Montoya se acercaban a lo que podría llamarse felicidad. Eran tardes únicas en las que, además de la tibia luz que se colaba desde el traspatio hasta la sala, además del olor de los limoneros que intoxicaba el ambiente, una suave cadencia de ritmos isócronos envolvía a cada uno de los miembros de la familia, convirtiéndolos en atrilistas de un hipotético concierto. El *basso ostinato*, en *tempo largo*, lo marcaba el comandante, balanceándose en la mecedora en cadencioso vaivén, abandonado a sus recuerdos y anhelando, tal vez, emprender un nuevo viaje. El *andante* lo señalaba de manera precisa el metrónomo —que ésa era su función—, para que José María, el hijo, intentase al piano la melodía de *La paloma*, sin mucho éxito, se aclara, pues los tresillos característicos de la habanera, insertos en un ritmo de 2/4, se le resistían al pobre muchacho quien no tenía, parafraseando a Gracián, "ni talento que hiciera sombra, ni carácter que impresionara, ni cosa buena que se le envidiara". El *andantino* lo aportaba Matilde con sus recitados perfectos: "*Clemens*, *clementes*, *clementia*... *Clemente*, *clementibus*, *clementibus*...", en perfecto contrapunto con la segunda voz de la abuela: "Arca de la Alianza... Ruega por nosotros... Torre de Marfil... Ruega por nosotros...", siendo todo esto coronado por el *prestissimo* de la máquina de coser de Soledad... "tácatacatácataca tácatacatácataca"... que le confería al inusual evento un carácter barroco, como de *concerto grosso*, mismo que se creaba, aunque evanescente y fugitivo, con singular gracia frente a los Montoya, ajenos a la partitura que a los demás correspondía.

Y hacen bien al apartarse de lo que ocurre a su derredor en esa tarde de junio, pues muy pronto tendrán que hacer frente a dos situaciones que se les escaparán de las manos, ya que no todo en la vida responde a los esfuerzos de la lógica ni a la misma causalidad. Los eventos que darán un golpe de timón a la familia Montoya serán resultado de la enfermedad y de la estupidez o la osadía, siempre tomadas de la mano.

A partir de esa tarde de música cautiva, faltan seis días para que el comandante José María Montoya deponga las armas y muera, a los cuarenta años, perdiendo una última batalla contra el cáncer, dejando tras de sí a una viuda, dos huérfanos y una madre desolada.

Y faltan exactamente veinticinco días para que Matilde falsifique su fe de bautismo, se haga pasar por una tal Tiburcia

Valeriana Montoya Lafragua, ficticia hermana mayor al aumentarse en seis años la edad, y se presente en la Escuela Nacional de Medicina para inscribirse en la Cátedra Especial de Obstetricia. Ha cumplido trece años y no puede perder más tiempo. Ya le llegará el momento de enfrentar las consecuencias cuando la verdad salga a la luz y se le desborde de la olla, como leche hirviendo. Por lo pronto, Matilde Montoya está por convertirse en una mujer, su padre acaba de morir y el mundo la espera.

4

Objeto vil de mi pasión sublime,
ramera infame a quien el alma adora.
¿Por qué ese Dios ha colocado, dime,
el candor en tu faz engañadora?
(...) ¿Por qué atesora
hechizos mil en tu redondo seno,
si hay en tu corazón lodo y veneno?

Antonio Plaza
A una ramera

Las manos callosas y entumecidas de Casilda retiran el tarro de atole de maíz hirviendo, endulzado con piloncillo, de las brasas del anafre. Sin miedo a quemarse, se lo lleva a la boca de inmediato. El calor le reconforta la lengua y la mañana. Casilda respira hondo y disfruta cada trago, sabiendo que éste será su único alimento a lo largo del día. La mujer se mueve con dificultad. No encuentra el gobierno de sus piernas, tan adoloridas como las tiene. Los brazos son dos hilachos que, de estar casi inermes, le impiden trenzarse el cabello, antes frondoso y hoy hirsuto y escaso. Casilda siente el interior del cuerpo a punto de estallarle debido a las inflamaciones en el intestino y el dolor en las articulaciones. Nunca se ha sentido tan pequeña, tan disminuida. Es tan frágil que "el *aigre* la desmorona" como escribiera Guillermo Prieto. Hacen bien, los que la conocen, en llamarla la Migajita, para quien las sempiternas migrañas que padece se han convertido en sus únicas compañeras, pues Casilda la Migajita está sola, completamente sola en esa casucha miserable, vecina de otros muchos como ella, hombres y mujeres hacinados en lúgubres barracas, congeladas en invierno y ardientes en verano; casuchas alcahuetas del viento y de la lluvia a los que dejan entrar siempre y sin pedir permiso, como si los habitantes del infame caserío, que no saben dónde termina el fango y dónde empiezan sus pies, no tuviesen autoridad alguna sobre su intimidad y sus secretos.

La miseria de todos ellos es absoluta. Tan absoluta como el embarazo de cinco meses que la Migajita lleva a cuestas. Tan absoluta como la vejez que la ha asaltado a los veintisiete años. Como la sífilis que le ha invadido de pústulas las manos, la boca y las piernas. Una miseria tan absoluta como el abandono que sufre Casilda, la ramera indeseable a la que no se le acercan más los hombres. Los mismos hombres que le dejaron embarradas en el cuerpo su tristeza, su miseria y su propia soledad y que le dieron, además de pocos centavos y muchos golpes, un buen filo de bacterias *Treponema pallidum*, suficiente para desarrollar el "mal de bubas", que ahora ha dado al traste con su negocio y oficio y con alguna posibilidad de futuro para el hijo que espera, si es que ese pobre hijo de nadie alguna vez lo tuvo.

En otro lugar de la Ciudad de México, la señorita "Tiburcia Valeriana" estudia con ahínco las primeras materias de la Cátedra Especial de Obstetricia, la cual tiene una duración de dos años. Para sorpresa de sus maestros, Tiburcia sabe y domina ya muchos de los asuntos por estudiar, particularmente los que se refieren a la anatomía humana y a los teóricos, y muestra un interés inusitado en clasificar y prevenir los accidentes que pueden ocurrirles a la madre o al hijo después del parto, o en conocer, hasta en el mínimo detalle, la fisiología de los órganos genitales femeninos. Nuestra Matilde encubierta devora todos los libros y los expedientes que se le presentan, se bebe de un sorbo las enseñanzas de sus maestros y es la primera siempre en ofrecerse para la praxis, según van llegando a las salas de atención gratuita las humildes parturientas quienes, al no contar ni siquiera con lo indispensable para pagar a una comadrona, se acogen a la gratuidad de la institución escolar. Tal y como lo hizo en esa pálida mañana, apoyándose en el quicio de la puerta, con las piernas ensangrentadas, cayendo desmayada en el portal, siendo llevada en volandas hasta una cama, la infausta Casilda, la prostituta sifilítica que responde al nombre de la Migajita y que viene en trance de aborto.

El doctor Martínez, jefe de la Escuela de Obstetricia, da orden y forma al revuelo causado por la recién ingresada y reparte instrucciones específicas a cada una de las estudiantes congregadas: retirar la ropa a Casilda, darle a oler amoniaco para que recupere el sentido, ayudarla a tomar una solución de agua de azahar, tintura de viburno prunifolio y sulfato de morfina, con el fin de retrasar el ya inminente aborto, dada la extrema dilatación de la matriz que presenta la Migajita. La traza miserable de ésta no deja lugar a dudas sobre su ruin condición, aunque ninguna de las jóvenes practicantes está preparada para escuchar de los labios del doctor Martínez la palabra infausta:

—Sífilis... —concluye al terminar de revisar las manos, la espalda, las piernas y las zonas genitales de Casilda.

Todas las jóvenes se separan de inmediato. El doctor lo nota.

—Montoya, vaya por el mercurio.

Matilde no puede moverse.

—¡Montoya!

Matilde baja la cabeza.

—La señora no debería estar aquí, doctor.

El médico le lanza una severa mirada.

—¡Y dónde debería estar, según usted, si la infeliz está a punto de parir!

—No según mi parecer, doctor. Según los códigos de sanidad. Aquí hay mujeres y niños sanos que pueden infectarse. La señora debería ir al Hospital de San Juan de Dios. Ahí atienden a las mujeres sifilíticas.

—Y a las meretrices... —se atreve una de las compañeras.

El doctor Martínez huele el aire de rebelión. Casilda ha ido recobrando el sentido. Intenta levantarse.

—Me... quiero ir... ¡por favor!

El médico se acerca hasta ella. Toma un paño húmedo y le refresca la frente.

—¿Cuál es su nombre, señora?

—Casilda...

—Dígame, señora Casilda, ¿cuántos meses de embarazo tiene?

—No sé... ¿Cinco? ¿Seis?

—Está en peligro de aborto, Casilda. ¿Sabe usted que padece de sífilis?

Los ojos de Casilda tiemblan en lágrimas.

—¿Y sabe usted que el bebé puede estar ya contagiado con la enfermedad o que se puede contagiar durante el parto?

Casilda y las practicantes lo miran con horror. El médico interroga a las jóvenes:

—Así que díganme, señoritas, ¿en dónde creen que deberían estar la señora Casilda y su hijo, probablemente infectado con sífilis? ¿En el Hospital de San Juan de Dios o en la Escuela de Obstetricia?

Las practicantes intercambian miradas. Matilde reacciona entonces:

—Voy por el mercurio, doctor.

Todas se ponen en movimiento. El tiempo apremia. Una nueva contracción les anuncia que el parto, o el aborto, está por ocurrir.

El hijo de Casilda, un feto de cinco meses, no ha sobrevivido. "Mejor para él", sentencia el doctor Martínez. Estaba contaminado por la sífilis y las fisuras peribucales hacían ya estragos en su diminuto rostro. El cuerpecito fue entregado a las monjas vicentinas para que se encargaran de darle sepultura. Casilda yace inconsciente y nadie puede apostar por su recuperación.

Matilde se acerca al doctor Martínez, quien toma un café, reposando la jornada.

—¿Me permite, doctor?

El médico no le responde, pero la invita a hablar con un gesto de la mano.

—Lo que he dicho de la señora no ha sido fruto de la impiedad.

El doctor Martínez le da un nuevo sorbo a su café.

—Sólo me pareció que debíamos seguir las normas, doctor…

Martínez deja la taza de café en su escritorio.

—Dígame una cosa, Tiburcia. ¿Alguna vez había presenciado un aborto? ¿Había recibido alguna vez un feto de quinientos gramos?

—No…

—¿Alguna vez había visto a una mujer infectada con sífilis? ¿Había conocido antes a una prostituta?

Matilde niega con la cabeza. El médico se levanta y la encara, atenuando el modo.

—¿Es usted católica?

La muchacha se alarma con la pregunta, estando las cosas como estaban en el país entre católicos y protestantes, quienes ya batían tambores preparándose para una guerra religiosa.

—¿Doctor…?

—El problema con los católicos, querida muchacha, es que les enseñan a amar a sus semejantes.

Matilde no entiende.

—¿Y eso es malo?

—No, no es malo. Pero es insuficiente. Lo más fácil es amar a un semejante: a quien piensa igual que uno, a quien vive igual que uno, a quien comulga con las mismas ideas y creencias, a quien tiene los mismos valores y convicciones. Pero en nuestra profesión, Montoya, debemos amar, primero que nada, a los que son diferentes. Sólo así podremos entender el dolor humano que no distingue las barreras entre lo que supuestamente es bueno o es malo, entre ricos y pobres, hombres y mujeres, entre una "señorita decente" y esa pobre prostituta que hoy ha perdido un hijo y que difícilmente sobrevivirá ella misma a la sífilis que la carcome. Ame a sus semejantes, Montoya. Pero ame primero a sus diferentes.

El doctor Martínez se da clara cuenta del impacto que sus palabras tienen en la practicante. Sabe que le ha dado una gran lección. Intuye que la ha convencido. Pero de lo que no se da cuenta el doctor Martínez, a pesar de su pericia clínica, es que en ese preciso instante y justo delante de él, cae el último velo de inocencia que cubría a Matilde Montoya, de trece años; se resquebraja el postrer vestigio de niñez que poseía y la crisálida infantil que termina por romperse da paso libre a una mujer.

5

> Imagínate un sol de invierno, apenas
> su luz filtrando en la morena bruma;
> debajo del follaje más sombrío,
> como un espejo, un lago sin espuma.
>
> José Peón Contreras
> *Ecos*

Matilde llega esa tarde a casa con el corazón encogido, con mil preguntas circundando su cerebro. Y con el dolor profundo que le causa el mutismo imperturbable de Soledad Lafragua quien la ha castigado con su silencio desde que salió a la luz el fraude cometido por la hija. “No seré parte de ello”, sentenció Soledad. “Si quieres cavar tu propia tumba, hazlo, pero no cuentes conmigo”. Y después de eso, la frialdad más absoluta.

Quizá no era para menos. En tan sólo unas semanas, Soledad había quedado viuda y tomado la decisión de salir huyendo de la casa Montoya en la que doña Amparo no hacía más que llorar y lanzar ayes de dolor por el hijo muerto. Aunque lo que más laceró a Soledad fue la negativa de su hijo, el joven José María, a irse con ella y su hermana. "José María", le había dicho Soledad, "eres mi hijo y debes vivir con tu madre. No quiero que te quedes solo aquí". El muchachito la miró con una inefable tristeza. "No, señora. Prefiero quedarme con mamá Amparito" y por mucho que Soledad intentara convencerse a sí misma de que había perdido a ese niño desde su nacimiento, no podía evitar el dolor que le causaba el desprecio del que era objeto. Soledad acarició la frente del hijo. "Cada vez eres más parecido a tu padre. Serás un mozo muy guapo". José María se echó a correr al patio.

Soledad respira, abre su bolso y saca unas monedas "República" de plata. Se las ofrece a la suegra. "Cada mes traeré dinero para el sustento de José María". Doña Amparo, una plañidera, niega con la cabeza. "Acéptelo, señora. Le hará falta... ¡Por favor, aquí está el dinero!". Pero en lugar de tomar las monedas, doña Amparo hace lo impensable: se lanza a los pies de Soledad y le abraza las piernas. "¡Tú eres lo único que me va a hacer falta, Soledad! ¡Tú y tu fortaleza! ¡Tú y tu prudencia! ¿Cómo puedes abandonar así a una anciana desvalida? ¿No me amas ni siquiera un poco? ¡Mira que yo a ti te he querido siempre! ¡Tal vez he sido dura contigo, pero sólo lo he hecho por educarte, hija! ¡Quédate conmigo, Soledad! ¡Hazlo por el eterno descanso de mi hijo! ¡Piensa en mi José María...!". Soledad se queda helada, sin atinar a responder palabra alguna y se desembaraza como puede de aquella mujer doliente. "Vendré cada mes, señora". Con grandes prisas, toma a Matilde de la mano y sale a la calle. Ahí la esperan ya unos mecapaleros que cargan en una desvencijada carreta la máquina de coser, única posesión que Soledad considera legítimamente suya. Así que ante la viudez del marido, la pérdida definitiva del hijo y la mudanza a una casa humilde y húmeda por el barrio de la Merced, la revelación del fraude perpetrado por Matilde ha alcanzado, en el ánimo de Soledad, proporciones apocalípticas y no hay manera de encontrar atenuante alguna ante lo que la madre considera, ni más ni menos, una traición.

Pero Matilde no está dispuesta a ser ignorada por más tiempo y sin más, como unas semanas atrás lo hiciera la abuela Amparo, cae a los pies de Soledad y resguarda la cara en su regazo liberando un llanto desgarrado. Soledad interrumpe las labores de costura y mira a su hija, tan triste, tan desvalida. Le acaricia la cabeza. Matilde, ahíta como está de sentir de nuevo el amor de la madre, llora como una cría. Soledad la abraza y procura contenerla. Después se separa un poco de ella y la toma por la barbilla.

—Déjame verte, hija.

Matilde sorbe los mocos y reprime el llanto. Sabe que Soledad la está escudriñando hasta el fondo del alma.

—Tu mirada cambió, Matilde.

Le acaricia una mejilla.

—Hoy conociste a la muerte de una manera atroz, ¿verdad?

Matilde vuelve a llorar.

—Hoy conociste el dolor. Hoy viviste muy de cerca el sufrimiento y la miseria, ¿no es así?

La muchacha asiente, gimoteando.

—Cuando eso ocurre, a todos nos cambia la mirada, hija.

Soledad la abraza largamente.

—Y lo que sea que hayas vivido hoy... no tendrías que haberlo vivido a tu edad.

—Perdóneme, mamá.

Por primera vez en semanas, Soledad sonríe.

—¿Para qué está tu madre aquí? Mañana te acompañaré a la escuela y procuraré arreglar las cosas. Ahora vete a dormir.

—¡Pero tengo que estudiar!

—No. A dormir. ¡Mira cómo tienes los ojos de hinchados! Mañana será otro día.

Nunca habrían imaginado cuán distinto iba a ser el nuevo día. El obscuro amanecer en el que Matilde despertaría ciega, cubiertos sus ojos "debajo del follaje más sombrío".

6

RELACIÓN ENTRE DOS VARIABLES DIRECTAS

Y tornaré otra vez a la posada,
y esperaré la tarde sonrosada,
y saldré a acariciar con la mirada

la ciudad que yo amé desde pequeño,
la de oro claro, la de azul sedeño,
la de horizonte que parece ensueño.

Luis G. Urbina
La elegía del retorno

A petición expresa del doctor Martínez, es el mismo don Manuel Carmona y Valle quien ausculta a Matilde en su consultorio de la Escuela Nacional de Medicina.

—¡Qué caso tan interesante! —señala el ilustre oftalmólogo con ese beneplácito científico que embarga a los médicos cuando se topan con un caso en extremo complejo y que al resto de los mortales nos resulta incomprensible y quizá, hasta reprobable.

Carmona y Valle le palpa el cuello, las articulaciones, le pide que abra la boca.

—Así que de la nada, amaneció usted ciega…

—La ceguera no es completa, doctor. Percibo algunas luces, algunas sombras.

—¿Le duele el globo ocular al moverlo?

—Sí.

—Ajá…

El médico va y viene. Saca de su gaveta un estuche de madera, lo abre y extrae, casi con reverencia, el aparato ahí cobijado entre terciopelos rojos, diseñado y perfeccionado por diversos médicos europeos y traído a México por el mismo Carmona y Valle.

—Permítame revisarla, señorita Montoya. Utilizaré el oftalmoscopio.

Matilde se entusiasma.

—¿De verdad? ¿Es directo o indirecto? ¿Da una imagen recta o invertida de la retina?

Carmona sonríe y mira a Martínez.

—Ahora entiendo su entusiasmo por esta joven, doctor…

Soledad la contiene.

—Hija, guarda silencio.

—¡No, no! Déjela usted, señora —comienza la revisión ocular—. Esta novísima versión del oftalmoscopio, niña, se debe a mi querido amigo, el doctor Loring. Al permitir el cambio de lentes, pudiéndosele agregar uno convergente, lo transforma en directo e indirecto, según se requiera.

—¡Qué maravilla! ¡Cómo quisiera verlo!

A Carmona y Valle le cae bien la chamaca. Concluye la observación del fondo del ojo y la refracción de la luz sobre la retina.

—La buena noticia es que lo verá, señorita Montoya. Lo que usted padece es una…

—…neuritis óptica, supongo…

—¡Hija!

El oftalmólogo vuelve a contener a la madre.

—Espere, espere… —y a Matilde—: ¿Causada por…?

El rostro de Matilde se llena de angustia.

—¡Ayer estuve en contacto directo con una pobre mujer sifilítica…!

—Jesús bendito… ¡que guardes silencio, hija! —sentencia Soledad.

Los doctores sonríen con benevolencia.

—La sífilis es, en efecto, una de las posibles causas de la neuritis óptica… pero no en su caso. El bacilo de la enfermedad tendría que haberse incubado en su organismo desde hace meses, quizá años.

—¿Entonces, doctor? —pregunta la madre con angustia.

Carmona y Valle guarda con gran cuidado el oftalmoscopio, como un sacerdote resguarda al Santísimo en su custodia.

—Las causas son muchas, señora. El resultado es único: el nervio óptico está inflamado y la señorita necesita descanso —le habla a Matilde—: ¿Ha vivido alguna experiencia fuera de lo cotidiano, señorita Montoya?

Matilde baja la cabeza.

—Murió mi señor padre. Mi madre y yo nos cambiamos de casa. Mi hermano no ha querido venir a vivir con nosotras. Mi madre sufre por eso y trabaja de sol a sol frente a la máquina de coser para darnos sustento…

—Hija…

—Yo practico con el doctor Martínez aquí, en la Escuela de Obstetricia; por las tardes doy clases particulares de español y latín y por las noches realizo mis propios estudios, doctor.

—Lamento escuchar eso. Razón de más para señalar que su neuritis es idiopática...

—...sin causa conocida... —concluye Matilde, desilusionada.

—¡Muy preocupada está su alumna por la etiología, doctor...! —se divierte Carmona.

Pero Matilde no se lo toma a broma.

—¿Y qué sentido tiene la medicina si no conocemos el origen de las enfermedades?

Carmona y Valle se acerca a ella y le toma las manos.

—Ninguno, hija. Ningún sentido tiene. Pero nos encontramos apenas en los umbrales del conocimiento. A pesar de los muchos siglos de historia, a pesar de esta centuria revolucionaria y sus inventos, no hemos hecho otra cosa más que asomarnos apenas a la ventana de la luz. ¡Quizá requerimos de alguien como usted para trasponer el umbral, nunca se sabe!

El médico le suelta las manos y se dirige a su escritorio.

—Bueno, vamos a ver qué le podemos recomendar a nuestra futura Agnódice...

El doctor Martínez suelta una carcajada. Matilde y Soledad permanecen serias. Esto lo nota Carmona y Valle.

—¿No sabe usted quién fue Agnódice, niña?

—No, doctor...

Carmona y Valle se relame de gusto ante la sola idea de visitar a su amada Grecia, siendo el guía, el Caronte de la joven.

—Agnódice fue una mujer brillante. Médico, claro está, en la antigua Grecia. Se tuvo que disfrazar de hombre para estudiar medicina con el gran anatomista Herófilo. Se convirtió en una importante obstetra y una experta en ginecología. Tanto, que los médicos varones, celosos de su desempeño y de su éxito, la sometieron a juicio acusándola de... bueno, de asuntos muy viles que no voy a relatar ahora. Así que, para defenderse y en el mismísimo areópago de Atenas, tuvo que revelar su verdadera identidad y sexo. Por supuesto, fue condenada a muerte...

—¡No...! —se aterra Matilde.

—¡Pero no se cumplió la orden, no se preocupe, niña! ¡Fueron las mismas ciudadanas atenienses las que la defendieron! Y a partir de ese entonces, en Grecia tuvo que permitírseles a las mujeres estudiar medicina...

Matilde se mantiene absorta ante la historia de Agnódice.

—¿Estudiar medicina? Si eso fuera posible en México...

Martínez y Carmona y Valle se miran. El oftalmólogo levanta los hombros.

—Pues que yo sepa, no está prohibido. Es sólo que ninguna lo ha intentado... En fin... Aquí está su receta.

Soledad toma el papel. Matilde se despide de los señores. Cuántas ideas quedan flotando en el aire...

Al término de la consulta, una sensación agridulce invade a Matilde y Soledad. La esperanza de una pronta recuperación les aligera el alma. Pero el modo de encontrarla les congela la sonrisa: además del tratamiento medicinal recomendado, deben ir a vivir a Cuernavaca. El frío de la Ciudad de México, el aire helado que baja desde los volcanes y en particular, la humedad y el salitre que provoca la Acequia de Roldán, un brazo de agua que da inicio precisamente en la Merced —en donde viven— y por el que navegan a diario centenares de lanchas y trajineras cargadas de animales y mercancías, no son propicios para ninguna recuperación.

Matilde llora por días enteros el inevitable fin de sus estudios, mientras que Soledad se encarga de ordenar los pobres enseres con los que cuentan. "¡Napoleón fue desterrado a Santa Elena, madre! ¡Romeo a Mantua! ¡Leona Vicario a Toluca y Santa Anna vive su exilio en la isla de Santo Tomás! ¿Y ahora yo debo vivir el mismo cruel destino en Cuernavaca? ¿Acaso Agnódice fue desterrada de Atenas?".

Soledad hace acopio de paciencia, mientras cierra las maletas y prepara la partida.

—¿Estás lista, Tiburcia Valeriana?

Matilde se indigna ante el sarcasmo. Soledad disfruta la pequeña revancha.

—¿Por qué encuentra placer en lastimarme, madre? ¿Cómo se puede usted burlar de una pobre ciega que ha perdido sus sueños más preciados?

Soledad se acerca a ella ahogando una risa burlona y revoleando los ojos.

—Ningún sueño ha terminado. Quizá, incluso, necesitamos hacer una pausa. Tomarnos un descanso —y vuelve a la carga—: Por otra parte, hija, Napoleón y Leona Vicario están muertos. Romeo era un cursi insufrible. ¿Y a quién le importa si el general Santa Anna está vivo o muerto?, ¡por Dios! Tú, en cambio, tienes una vida por delante… ¡Y además, lo tuyo son las prácticas médicas! Las tablas de las faranduleras no te van, hija mía. No tienes ese talento, qué se le va a hacer…

Soledad habla con razón y con verdad, pero a Matilde no le importa y mucho menos lo entiende, que para eso es tan joven, para contemplar cómo la vida se le echa encima en un alud incontenible de injusticias, como un piélago de calamidades.

Mas su estancia en Cuernavaca resultaría ser una de las más grandes oportunidades que la vida iba a poner en sus manos. Tanto como lo fue la estancia de Agnódice en Alejandría, cuando tuvo que refugiarse en Egipto, una circunstancia que Matilde ignoraba.

III

VARIABLE PRIMERA

1

RELACIÓN ENTRE DOS VARIABLES INVERSAS

Mi hojarasca son mis creencias,
mis tinieblas son la duda,
mi esperanza es el cadáver,
y el mundo mi sepultura...
Y como de entre esas hojas
jamás retoña ninguna (...)
yo no puedo darte un nido
donde recojas tus plumas,
ni puedo darte un espacio
donde enciendas tu luz pura...

Manuel Acuña
Hojas secas (VII)

Cuando la tarde va muriendo, el doctor Francisco Montes de Oca se acerca caminando al recién inaugurado Hospital Militar de Instrucción de San Lucas, de estilo neoclásico, cuyas columnatas de entrada, el orgulloso frontón que las corona y el majestuoso tímpano que ostenta el escudo nacional, anuncia al visitante la llegada a un nosocomio moderno y ambicioso que busca competir con los mejores del mundo y en el que se sustentará la bien ganada reputación de los médicos militares.

Pero el doctor Montes de Oca, director de tan gallarda institución, se emboza el rostro y sigue de largo por la calle del Cacahuatal para girar a su derecha en el callejón de las Arrecogidas, que ahí se encuentran los restos del que fuera refugio de cientos de prostitutas enfermas que acudían a la llamada "Casa de las Arrecogidas", de ecos virreinales, no sólo en busca de salud, sino también de un alma caritativa que les ofreciera cualquier ayuda pecuniaria para aprender un oficio y poder así "escapar del arroyo".

La derruida construcción se encuentra adjunta a la Capilla de San Lucas, en la que hace tres lustros el mismo Montes de Oca, por órdenes del presidente Juárez, había creado el primer Hospital Militar de Instrucción. Y ahora la vocación del lugar se continuaba con el moderno edificio, inaugurado apenas dos años atrás, en 1881, conservando los nombres que los hermanaban: el militar y el sagrado.

Montes de Oca tiene motivos para evitar la entrada principal. Allegándose al que fuese el quicio de una puerta, en la ruinosa "Casa de las Arrecogidas", lo esperan dos hombres con aspecto de malandros y con modos que los confirman en tal categoría. A sus pies, un cadáver envuelto en tosca manta. El olor que desprende el fiambre no augura nada bueno en lo que a su conservación se refiere. Los rufianes se tocan el ala del sombrero de paja a manera de saludo.

—Aquí, cumplidores como siempre, *doitor*...

Montes de Oca no responde el saludo.

—Digan su precio, señores.

Los hombres se miran.

—Si su *mercé* nos da tres monedas de plata, satisfechos nos quedamos.

—¿Tres monedas? ¡Este cadáver apesta! ¿Hace cuánto que...?

—El *dijunto* tiene sus días, pero, pos... No tenemos de otra, *doitor*...

Montes de Oca saca dos monedas. Se las ofrece.

—No puedo darles más.

Los miserables vuelven a mirarse. El más avezado se atreve:

—Si nos da cuatro monedas... le traemos un muerto bien fresquito, mi señor... —y sonríe mostrando el olote desgranado que tiene por dentadura.

Montes de Oca calla pues sabe bien lo que ese hombre le propone. Niega de inmediato con la cabeza. Saca la tercera moneda y se las da.

—Métanlo por aquí. Directo al anfiteatro. Pónganlo sobre la mesa. De prisa...

El médico se adelanta, saca la llave de una puerta adyacente a la Capilla de San Lucas y les da paso franco a los proveedores de cadáveres. Montes de Oca se asegura de que nadie lo haya visto y cierra la puerta tras de sí.

El zacate que Montes de Oca ha encendido en una palangana empieza a crepitar y las llamas proyectan sus reflejos danzantes en la techumbre abovedada. Las sombras se filtran por entre las nervaduras y columnas, jugueteando también en la gradería semicircular, convergente en la mesa de obducción.

El médico coloca la palangana ardiente en el piso, justo debajo de la cabeza colgante del cadáver, con el fin de abrasar y extinguir a los piojos y pulgas anidadas, sin duda alguna, en la pelambre seca del hombre aquel, anónimo por destino y por conveniencia.

Montes de Oca pierde la mirada en las llamas. "¿Qué estás haciendo, Francisco?", se pregunta el médico, envuelto lentamente en la humareda. "¿Por qué arriesgas así tu prestigio? ¿No estás ya lo suficientemente viejo como para sentir estos verdores en el alma? ¿No te frenas ante tu propia fealdad soñando sabrá Dios qué ilusiones absurdas de juventud? ¿Por qué tienes tú que estar metido en estos afanes clandestinos y absurdamente románticos? ¿Por qué? ¿Por qué lo haces?". Y no se atreve a formular la pregunta correcta: "¿Por quién…?". Hasta que la descubre ahí, parada en la entrada del anfiteatro, mirándolo con temor, rebozando su lozana juventud, tratando de ocultar su nerviosismo a flor de piel, con los dedos entrelazados en sudor y angustia. "¿Por quién?", sonríe el alma de Francisco Montes de Oca. "Por ella. Sólo por ella…".

—Pase, Matilde. ¿O se piensa que esto va a arder toda la noche?

Y Montes de Oca se lamenta de inmediato por usar ante la joven esa absurda y áspera coraza de militar viejo y engreído. Procura matizar:

—Acérquese, Matilde. Pero no se ocupe de estos despojos. Sólo acérquese. Baje la mirada y siga la cuadrícula que pisan sus pies.

Montes de Oca contempla la silueta de Matilde mientras ella decide cuál de los mosaicos pisar. El médico sabe muy bien que tocará, antes que nada, uno blanco.

—¿Lo ve? Así es su vida, Matilde, porque así ha decidido usted que lo sea, nunca lo olvide: un juego de opuestos, de blancos y negros, un tablero donde nos aguarda lo mismo el bien que el mal, la desgracia y la fortuna...

La joven se acerca pisando un mosaico blanco y después uno negro, uno negro y uno blanco.

—Un péndulo donde oscilan nuestro valor y nuestra cobardía, Matilde, nuestras dudas y certezas. El camino tortuoso entre la negligencia y la estulticia, los últimos obstáculos para alcanzar el Conocimiento...

Cuando la muchacha llega hasta él y le clava su mirada azabache, el médico se avergüenza de su propia fealdad, de su figura desgarbada, de su extrema delgadez, su nariz de garza y del estrabismo que lo afecta desde niño. Por lo tanto, se repliega:

—Espero que sepa disculparme, pero no he podido conseguirle un mejor cadáver —sonríe de manera lacónica—. El doctor Andrade se lleva siempre los mejores...

Toma una jarra de agua y apaga el fuego capilar.

—Con eso es suficiente. No podemos permitirnos una epidemia de pulgas o de piojos...

Y sabe bien de lo que habla el médico, pues escasamente sobrevivió al tifus que contrajo en la batalla de Calpulalpan al ser invadido por los desagradables parásitos. Está a punto de contar la historia pero se contiene y con una torpeza inaudita, emprende la huida tomando de la banca su abrigo, un par de libros, un cuaderno de apuntes, su bastón y su pistola. Médico militar, al fin y al cabo.

—Bien, señorita, es todo suyo. Ya me platicará mañana.

Matilde se apresta para ayudarlo a cubrirse, tarea que se antoja complicada con las manos tan ocupadas como las tiene Montes de Oca, quien se guarda la pistola en una faltriquera de burdo paño. El roce de las manos de Matilde, quien le ayuda a abotonarse el abrigo, le resulta insoportable. El dulce olor a nardos que despide la muchacha lo embriaga y lo marea a un grado tal que está a punto de perder el sentido. La joven se acerca a él y lo mira frente a frente.

—Doctor…

Montes de Oca suda ligeramente y si la muchacha pudiese tomarle el pulso, constataría que los latidos de su corazón superan los cien por minuto, presentando una taquicardia declarada.

—Nunca he hecho una amputación tan compleja… —arroja Matilde el balde de agua helada.

El hombre se retira. Con enojo, con incomprensión. Con un profundo dolor. Y mira, no a la joven que le enerva los sentidos, sino a la joven que lo ha seducido por su preclara inteligencia, por su sagacidad insólita, por su tenaz afán de conocimiento. La mira como a su más brillante discípula, la más certera, la más diligente y por ello le molesta el temor que muestra ahora, como si se tratase de un soldado raso indisciplinado, de un auxiliar de artillería que se espanta ante el primer rugido del cañón.

—No estire tanto la cuerda, señorita Montoya. Ya bastante pongo en juego proporcionándole cadáveres más o menos frescos para sus estudios, como para que me pida diseccionar, junto a usted… a un hombre desnudo…

Matilde recibe esas palabras como el portón de un castillo que es destrozado por un ariete. Categórico, el médico le entrega su propio cuaderno y un lápiz.

—Lo único que le estoy pidiendo es una amputación a la altura de la articulación coxofemoral. Haga aquí sus apuntes y mañana los coteja conmigo.

Se coloca el sombrero como quien se encasqueta un chacó de infantería.

—Que el trabajo le sea provechoso...

Sin despedirse, camina sobre el ajedrez de mármol y se da cuenta de que ha pisado, en dos ocasiones seguidas, un par de cuadros negros, como si fuese un alfil. Detiene su andar. Inclina la cabeza. Condena su estupidez y su brusquedad; las injustas palabras que le ha lanzado a la joven, a quien le ha cobrado, de manera harto infantil, el doloroso desapego que Matilde le demuestra, sin resignarse a no ser amado como él sí está dispuesto a amarla a ella. Retrocede y se vuelve hacia la joven.

—No se preocupe tanto, Matilde. Si en alguna de las incisiones le corta la arteria femoral a este pobre infeliz... le aseguro que a él no le importará gran cosa...

Toca el ala del sombrero y sale con gallardía militar. Antes de cruzar el umbral, se vuelve hacia Matilde, lleno de asombro y arrobada admiración, al mirarla ahí, sola, abandonada a su suerte, a mitad de la noche, intentando una disección humana en el más absoluto desamparo, incapaz él de romper los convencionalismos que le atan las manos y trabajar codo a codo con su alumna más rutilante, la que emana la luz más pura.

Cuando Francisco Montes de Oca sale por la puerta del hospital, al amparo de la obscuridad, tiene que recargarse en una de las columnas. Inspira largamente y sus pulmones se colman del aire frío del valle, del olor a la lluvia torrencial que se acerca. Su humanidad entera se expande dolorosamente, invadida como está de pálidos rayos de luna y de una infinita melancolía, plena de tinieblas y hojarasca.

IV

VALIDACIÓN

1

> Adivino los fértiles parajes
> que baña el río, y la pomposa vega
> que con su linfa palpitante riega,
> desmenuzado en trémulos encajes,
>
> la basílica inmensa de follajes
> que empaña la calina veraniega
> y la furiosa inundación anega
> en túmidos e hirvientes oleajes.
>
> Manuel José Othón
> *Orillas del Papaloapan*

Quizá esto ocurrió en el mismo día. Aquel día en el que hasta los rayos del sol se resguardaban por debajo de la tierra porque no se soportaban a sí mismos. Quizá los dos eventos tuvieron lugar en la fecha exacta en la que una bondadosa sombra, provista por ese exuberante árbol de mango, protegía a los nativos de la asfixia, tenuemente aliviada por el frescor que traía consigo la brisa del lago. No lo sabremos de cierto, pero quizá el mismo día en el que el periodista Henry Stanley se quitó el sombrero en la aldea de Ujiji, junto al lago Tanganica, para saludar con su célebre frase: "*Doctor Livingstone, I presume...*" al médico y explorador escocés, quien había sido dado por extraviado y muerto en Europa desde hacía dos años— pero que, en realidad, se encontraba bien y felizmente acompañado en ese momento por los negros de ébano de la actual Tanzania—, podríamos suponer, ¿por qué no?, que fue también el mismo día de 1871 en el que un humilde funcionario del distrito de Cuernavaca, batido en su propio sudor y ahogado por las brasas que revoloteaban en el aire, se acercó hasta las dos mujeres que descansaban en un bucólico día de campo a la vera del río Amacuzac, al cobijo de un mango criollo, de sombras tan generosas como las de Ujiji, y le preguntó a Soledad Lafragua, quitándose el sombrero: "Usted es la partera que viene de México, supongo...".

2

> Aquí donde la fábula enmudece
> y la voz de los hechos se levanta
> y la superstición se desvanece.
>
> Manuel Acuña
> *Ante un cadáver*

—A esa criatura le echaron mal *di* ojo. Alguna envidia que se habrá convertido en un trabajo de mala entraña.

—No diga tarugadas, Jacinto... Pa' mí que Diosito se está encargando de castigar a la madre porque lo de su embarazo... ni crea que está muy claro, ¿eh?

—¡Que sí está claro, no sea maledicente, Engracia! El niño es de su marido, del Manuel, el jornalero del patrón.

—Pos a lo mejor, pero esa unión no la bendijo Dios. Ai nomás se fueron a matrimoniar con un juez, no hay derecho...

—¿Qué le hace? Son buenos católicos.

—¡Pus que se casen por la Iglesia!

—¡Pus no les dio la gana y a usté qué le importa! Ya ve que aquí el primero que es reteliberal es el patrón...

—Mmm… Pa' mí que lo que pasa es que los astros quieren que el niño nazca con mala estrella.

—Cállese, Engracia, que ésas son herejías…

—Pus será el sereno, pero yo sí creo en eso y por eso la Micaela, que nomás tiene trece años, hágame el favor, se retuerce así, como espirituada.

—Mmm… Pos entonces, a lo mejor y viéndolo con esos ojos… vaya usté a saber si esas convulsiones no son por alguna posesión satánica…

—¡Cállese la boca, Jacinto! ¡Ni me diga eso, que se me congela el espinazo!

—¡Bueno, pus yo digo! O si no, dígame usté, ¿por qué el agua bendita que el señor cura le está echando desde hace horas no le calma los dolores y le apacigua la temblorina? Yo sé bien que las mujeres buenas paren buenamente…

—Oiga, ¿y usté sabe qué hace aquí el médico ese? Ni lo conozco… ¿De qué le sirve toda su ciencia si la muchacha se le está muriendo? La paridera es asunto de mujeres, nomás.

—Pos sí, pero ¿qué no vio a la comadrona? Nomás se santiguó y huyó despavorida.

—Oiga… ¿y no será que, en serio, sí sintió la presencia del maligno?

—¡Oh, pa' qué le dije eso, Engracia! Ya va a empezar usté también. Mejor cállese la boca…

—¡No me callo nada, viejo majadero! ¿Y si el niño no es una criatura de Dios? ¿Y si la chamaca esta se echó al petate con un súcubo y no con Manuel el jornalero? Por eso es que no puede nacerle el niño.

—¡No sea ígnara, vieja retobona! ¿Qué no se acuerda de lo que nos dijo el *pagrecito* el otro día? Que los súcubos son diablos mujeres...

—¿Y?

—Pos que los machos se llaman íncubos.

—¡Pos a mí me da lo mismo cómo se llamen y si son machos o son viejas! Son demonios, ¿qué no?

—Mmm... Oiga, Engracia... ya me hizo entrar en razonamientos bien *projundos*... ¡A lo mejor el niño trae cuernos y por eso no sale! ¿Y si viene con cara de coyote?

—¡Válgame la sacrosanta!

—Mejor empiécese con un rosario, ándele, yo la sigo...

—No, yo creo que mejor ahuecamos l'ala y nos vamos de aquí, que yo no quiero saber nada de estas coyundas fuera de la Iglesia. En el pecado llevaron la penitencia...

—¡'Ire, 'ire! ¿Y esas quiénes serán, oiga?

—Pos que unas parteras de México que andaban por acá y que las mandó buscar el patrón...

—¡Ah, bueno! Son señoras de la capital, a luego se les nota...

—¡Cierre la boca y límpiese la baba, viejo lúbrico! ¿Qué no ve que por venir de la capital se sienten muy refifís? Véalas, nomás... todas almibaradas... ¡Ni saludan!

—¡Bueno, pos ya vámonos, entonces!

—No, ¿sabe qué? Yo creo que mejor sí me quedo.

—¡Oh, qué necedá! ¿Y pa' qué se *quere* quedar, Engracia?

—Pos nomás pa' ver qué hacen las estiradas estas... Adelántese, Jacinto, ai luego le platico qué vi...

—Pos quede con Dios... vieja chimiscolera...

—Y con él vaya... viejo súcubo...

3

CONTRASTACIÓN EMPÍRICA

> Aquí donde la ciencia se adelanta
> a leer la solución de ese problema
> cuyo solo enunciado nos espanta.
>
> Manuel Acuña
> *Ante un cadáver*

La primera sorpresa que se llevan los presentes es que la partera —"obstetra", corrigen las dos mujeres— no es la mayor, Soledad Lafragua, sino la chamaca, Matilde. Una nueva sorpresa se agrega ante la petición de la joven de solicitar un aguamanil en el que ambas se lavan con toda conciencia las manos antes siquiera de tocar a la paciente. Después piden sábanas limpias y Soledad las rasga para deshilar gasas y vendas.

—¡Ustedes son enfermeras! —dice el médico colmándose de tranquilidad.

—Yo fui enfermera cuando joven, doctor —responde Soledad—. Mi hija es obstetra.

Y la sorpresa final, el azoro absoluto, ocurre cuando se constata que la joven, toda seriedad y concentración, descubre el vientre y las piernas desnudas de la parturienta. Con cuidado, pero con firmeza, confirma la dilatación que Micaela presenta.

—Es una dilatación mayor, madre... ¿por qué no está coronando?

Se vuelve hacia el médico:

—¿Desde hace cuánto tiempo comenzó a dilatar y con qué frecuencia se han presentado las contracciones, doctor?

El médico se pone lívido. Se seca el sudor de la frente y guarda el sucio pañuelo en su traje arrugado y desprolijo, más acorde a un tinterillo que a un médico.

—¡No pretenderá usted que perturbe el pudor de la joven delante de toda esta gente!

El rostro aún mofletudo de Matilde se enrojece por la ira y corre de la habitación a las más de doce personas que están ahí apretujadas unas contra otras.

—¡Sólo puede quedarse una persona que haya atendido partos y otra que pueda ayudar! ¡Los demás nada tienen que hacer aquí! ¡Retírense de inmediato!

Engracia sirve café humeante en un pocillo y se sienta junto a Jacinto, a la mesa de una humilde casa, maltrecha y cansada, como sus moradores, huérfana ya de hijos y de muebles.

—Y que se me queda viendo, Jacinto, con esos ojos negros que tiene y que me dice: "¡Usté! ¡Usté me puede ayudar!". ¿Y cómo me le niego, a ver? ¡Si la doctorcita esa tiene su carácter...!

—Ora, "doctorcita", Engracia, no diga sandeces...

—¡Pus la chamaca parece doctora! ¡Habla como doctora! ¡Se mueve como doctora! ¡Y hasta sabe más que el doctor que se consiguió el Manuel!

Jacinto se carcajea:

—¡Pero si la mula del patrón sabe más de medicina que el doctor del Manuel, hombre! ¡Pura baba de perico, ése...!

Engracia parte un pan de dulce y lo remoja en el café.

—Pus sabrá Dios, porque se pusieron a hablar, pa' mí, que en arameo...

Cuando Matilde y Soledad terminan de lavarse las manos se vuelven hacia el médico.

—Doctor, ¿nos puede proporcionar fenol?

El médico tartamudea.

—¿Fe... fenol?

—Sí, fenol... o fenilo...

—¡O ácido fénico!

—¡O ácido carbólico o cualquier fungicida, doctor, es urgente!

El médico se abruma ante los reclamos de aquellas dos mujeres quienes, es evidente, han tomado el control, así que declara con el resto de autoridad que le queda:

—Yo... no estoy todavía convencido de las prácticas listerianas de antisepsia... Según mi experiencia...

—¡Usted! —ordena Matilde—. ¡Vaya a buscar alcohol o alquitrán!

—...que me grita la doctorcita, Jacinto, y que yo que me quedo así, mire, como pasmada... ¡pus yo de dónde iba a sacar alcohol o la otra cosa que me pedía si ni siquiera era mi casa...!

El médico, abochornado, saca de su chaleco una diminuta licorera metálica, de las llamadas "petacas", y se las ofrece:

—¿Les sirve algo de brandy...?

Matilde se la arrebata de las manos.

—Nos sirve. Algo es algo... —y se baña las manos con el destilado.

Acto seguido, se acerca a Micaela.

—Te voy a revisar. Respira tranquila.

—...y que le empieza a tentolear la panza por todos lados, Jacinto, muy seria la doctorcita. Le aprieta acá, le aprieta allá... ¡hasta el codo le sumió por arriba de la barriga! ¡Chico gritote que pegó la Micaela...!

Matilde presiona de nuevo el vientre, mide, hace cálculos mentales, revisa la dilatación vaginal y se muestra preocupada. Respira hondo, suda ligeramente y le informa a su madre:

—El bebé viene de nalgas... y la paciente ya está en trabajo de parto...

—¿Entonces ya no lo puedes voltear de manera externa?

—Es peligroso... Lo indicado sería...

—¿Una cesárea?

Ambas mujeres miran al médico quien empieza a resoplar, toma de la mesita de noche la licorera y se automedica un farolazo de brandy.

—¡De ninguna manera! ¡No estamos preparados para algo así! No tengo el instrumental adecuado, no contamos con las mínimas condiciones para que esto salga bien... ¡Voltéele al niño!

—¡Está en labor de parto, doctor! Eso es muy peligroso. La placenta se puede desprender, el cordón umbilical puede ahogar al feto, la falta de oxígeno podría causarle daños terribles…

La situación se presenta desesperada. Soledad le toma las manos a Matilde, ignorando absolutamente al doctor.

—¿Para qué está tu madre aquí? Tú eres la única en esta habitación que le puede dar vida a esta criatura —y le dice en secreto—: Podríamos sedar un poco a la madre…

—¡Pero…!

—¡Un poco, solamente! Sin que pierda la conciencia para que nos pueda ayudar, pero también para evitarle algo de sufrimiento.

Matilde accede. Soledad le demanda al médico:

—Doctor, mi hija intentará voltear al niño, pero necesitamos sedar a la paciente. ¿Sería tan amable de proporcionarnos un poco de cloroformo?

El médico carraspea una vez más.

—A mí el cloroformo sigue sin convencerme. Prefiero el éter…

Soledad no puede más:

—¿¡Que el cloroformo no lo convence!? Hace ¡veinte años! era yo cloroformista en el Hospital de San Andrés… ¿¡y a usted sigue sin convencerlo el cloroformo!? Además del aguardiente, ¿qué más lo convence, doctor? ¡Sólo falta que nos ofrezca opio para anestesiar a esta muchacha!

El médico no presta oídos a las invectivas y se limita a sacar de su maletín un frasco de éter sulfúrico.

—Es todo lo que tengo. Tómenlo o déjenlo.

—¡Por supuesto que lo tomo! —se lo arrebata Soledad de las manos.

—Me retiro… —amenaza el médico.

—¡Tenga la decencia de dejar su maletín! —le ordena Matilde—. Algo habrá ahí que nos sirva...

—¡Y que se va reteenojado el doctorcito, Jacinto! Nomás les echó por ai la maleta y se largó. ¡No sabe la muina que llevaba! —sorbe un trago de café Engracia.

Jacinto le arrima el plato de natas a su mujer para que le ponga unas pocas a los bizcochos.

—Pos es que sí está feo que lo *ninguneyen* a uno, la verdá, y más si son dos viejas...

Engracia lo fulmina con la mirada.

—...y conste que no estoy diciendo que usté me *ninguneye*... ¡Luz del alma mía...!

Soledad Lafragua toma el frasco de éter y vacía unas gotas en la improvisada gasa.

—¡Madre!

Soledad se detiene, asustada.

—Retírese del quinqué. El éter es sumamente inflamable... ¡y recuerde que debe cuidar la cantidad! Una sobredosis puede causar expectoración de sangre o vómitos...

Soledad mira con orgullo a su hija.

—Tendré todo el cuidado del mundo.

Matilde inicia la ardua y peligrosa labor de intentar voltear al niño cuando Micaela ya presenta hasta tres centímetros de dilatación. Ni ella lo ha hecho jamás ni ha visto que alguien lo intente. Pero no tiene más remedio.

—Y ahí sí que me espanté, Jacinto... ¡Se me arrugaba el alma! Mire, parecía que la doctorcita estaba amasando pan con levadura... ya le hacía para acá, ya le hacía para allá... ya sudaba la doctorcita, ya trataba de descansar, ya les secaba el sudor a las dos la mamá de la doctorcita... ¡Pero no sabe cuando la manita de la criatura empujó la barriga! ¡Clarito se le marcaron los deditos en la panza a la Micaela!

—¡Válgame...!

—¡Y deje usté la manita! ¡Hasta la carita se le llegó a ver!

—¡Eso sí es del diablo, Encarnación! ¡Se lo dije!

—¡Qué diablo ni qué nada! ¡Ora el ígnaro es usté! Hay algo que se llama *cencia*, pa' que se entere, y la doctorcita esa es muy versada...

Jacinto, tan absorto que está en la plática, deja caer medio bizcocho remojado al café.

A los gritos de dolor de Micaela, acuden dos hombres al cuarto: Manuel, el jornalero, padre de la criatura, y un hombre elegantemente vestido, quien, al no presentarse ni pedir permiso para entrar, deja ver a todas luces que es el referido patrón.

Para fortuna de Matilde, el bebé es pequeño, no alcanza los tres kilos de peso, y la maniobra se puede hacer con una relativa facilidad. Ha logrado voltear al niño y ahora es su cabeza lo que se observa por el estrecho canal de una muchachita de trece años. La situación, sin embargo, está lejos de ser favorable o de ser resuelta, pues uno de los peligros latentes no tarda en aparecer: la parturienta rompe fuentes, el líquido amniótico no tiene un buen color y presenta excrementos del feto. Una infección se acerca. El asunto se tiene que resolver en segundos si se pretende que la madre y el hijo sobrevivan. Matilde ejerce presión y logra liberar la cabeza del niño pero la segunda amenaza se cumple: el cordón umbilical se le ha enredado en el cuello y lo está asfixiando.

—¡Las tijeras, madre!

—¡Tú no puedes cortarlo, hija! Tienes que detenerle la cabeza y proteger su cuello...

—Corte usted, entonces...

Y antes de que Soledad proceda:

—Recuerde, madre: el corte tiene que ser rápido, preciso, sin dudar por un segundo, ¿me está escuchando?

Soledad sonríe:

—Como usted me indique, doctora...

Y corta con precisión el cordón umbilical.

—¡Y que lo saca, Jacinto! ¡De un jalón! ¡Y que le da su nalgada! ¡Y que le limpia los mocos y que le da aire por la boca, porque la criatura estaba amoratada y no respiraba!

—¡Ya no me diga más, mujer, que me da el *pálpito*!

—¡Pos sí le digo, pa' que aprenda! ¡Y que lo voltea así, boca abajo, agarrándolo con su brazo y que le pega en la espalda...! ¡Hasta que el chamaco soltó un berrido que pa' qué le cuento! ¡N'ombre! ¡Todos estábamos más que sorprendidos!

Jacinto rescata del naufragio a su bizcocho con una cuchara de madera.

—Pero ni crea que en eso acabó el trabajo de la doctorcita, no. Luego luego se puso a limpiar a la Micaela. ¡Uy, si supiera todo el *porquerillero* que le sacó de los vientres a la pobre niña!

—¡Hombre, que estamos comiendo...!

—¡Pus se aguanta, que una historia se cuenta completa o no se cuenta! Pos le digo que le saca la placenta y que le saca el cordón. Y ai me tenían a mí: que páseme el agua, que páseme otra venda, que quite esta venda, que necesito otra venda, que apriete aquí, que límpieme esta sangre… ¡Yo tuve mi mérito también, no se crea! Y luego que *desinfeita* a la Micaela con unas aguas que sacó del maletín del doctor. ¡No, en mis tiempos la niña esta se hubiera muerto, Jacinto! Y luego, que saca la doctorcita unos frasquitos, así de chiquitos, 'ire, y unas jeringas, ¡y que los inyecta a los dos!

—¡Cómo! ¿Al niño también lo picoteó?

—Al niño, en su piernita, como lo oye…

—¿Y qué *medecina* les puso o qué…?

—Ah, ¡pos yo qué vo' a saber, si yo no soy doctora como sí lo es la doctorcita Matilde!

El fragor ha terminado. La madrugada se acerca y en la habitación duermen, con toda tranquilidad, Micaela y su bebé, Soledad Lafragua y la mujer que, a sus catorce años, les ha dado vida: Matilde Montoya.

—Oiga, Engracia, y dígame la verdá… ¿A quién se parece el chamaco?

—¡Cómo que a quién, viejo ladino! ¡Pos a su padre! A Manuel, el jornalero. ¡Si es su vivo retrato! No, si yo por eso siempre he dicho que la Micaela es una buena muchachita, muy decente y con mucho pundonor…

4

> Ella que tiene la razón por lema,
> y que en tus labios escuchar ansía
> la augusta voz de la verdad suprema...
>
> Manuel Acuña
> *Ante un cadáver*

A la mañana siguiente, Matilde y su madre son invitadas a entrevistarse con el patrón, quien las recibe con grandes muestras de cortesía en su estudio.

—Así que usted es la joven obstetra que le salvó la vida a una de mis criadas. Estos chamacos, Manuel y Micaela, han crecido bajo la tutela de mi familia y les guardo un gran cariño. Imagínense la angustia que vivimos todos al saberla en trance de muerte. Por lo tanto, reciba mi más profundo agradecimiento, señorita... ¿Matilde?

La joven se acerca y le estrecha la mano.

—No hemos sido presentados propiamente, caballero. La señora es mi madre, doña Soledad Lafragua, y sin ella mi vida no tendría sentido ni dirección.

El patrón sonríe y saluda a Soledad con una inclinación de cabeza.

—Y mi nombre, señor… —habla con humildad—, es Matilde Montoya Lafragua. Tengo catorce años y no he concluido aún, por razones de mi edad, mis estudios de obstetricia, por lo que el título de "obstetra", que usted gentilmente me otorga, es inmerecido.

El patrón abre los ojos con gran sorpresa.

—Señorita Montoya, tiene usted toda la razón. No hemos sido presentados como es debido.

Le extiende de nuevo la mano. Matilde, nerviosa, se la estrecha.

—Aunque ahora me ve usted vestido de civil, soy el general Francisco Leyva Arciniegas, tengo treinta y cinco años y también tengo el honor de ser el primer gobernador constitucional del estado de Morelos. Y una vez que nos hemos presentado pongo a su consideración los siguientes razonamientos.

Leyva se pasea de un lado a otro, dando instrucciones militares, no conversando.

—Primero: usted ha demostrado sabiduría, templanza, inteligencia, bondad y un enorme conocimiento de su ciencia. Segundo: el estado se encuentra necesitado de profesionales como usted…

—¡Pero…!

—Tercero: la invito por tanto a ejercer en el estado de Morelos su profesión de obstetra…

—¡Le repito que…!

—Cuarto: he tenido el honor de crear el Instituto Literario y Científico del Estado al que he convocado a ilustres médicos, locales y de la capital, por lo tanto… Quinto: prepárese para sufrir examen, mañana mismo, ante el Consejo Médico que estará conformado por mis queridos amigos los doctores Iriarte y Morquecho...

—No será alguno de ellos el que... —sugiere con preocupación Soledad.

—No. A ese pobre infeliz le he dado veinticuatro horas para abandonar el estado.

El gobernador Leyva se planta de nuevo ante Matilde y le extiende la mano una vez más.

—Por lo tanto, señorita Matilde Montoya Lafragua, de catorce años, prepare su examen. Tengo la plena confianza de que saldrá airosa. Sólo haga lo mismo que hizo ayer...

—¿Señor...?

—Demuestre lo que sabe. No le tema a nada ni a nadie. Valídese a usted misma.

El general Leyva Arciniegas no se equivocó. Matilde sorteó todas las preguntas y explicó paso a paso el parto al que había asistido e informó las complicaciones surgidas y las maneras y los cómos de resolverlas; los peligros sorteados y las consecuencias a las que se pudo haber enfrentado por sus intrépidas decisiones. Los médicos se dieron por satisfechos y sorprendidos. Fue considerada "apta" para practicar la obstetricia y se le otorgó un certificado que le permitía ejercer. El cobijo de Cuernavaca la resguardó durante un año, sanó por completo sus problemas oftalmológicos, resarció su corazón ante la pérdida del padre y la ayudó a formarse como una profesional en activo.

El péndulo de Foucault marca sobre la arena un nuevo surco, tan claro y firme como el destino de Matilde. Destino que no habrá de cumplirse tan sólo por haber sido calificada como "apta" para ejercer la obstetricia, pues todavía resuena en la mente de la muchacha la frase que su madre le ha dicho: "Como usted me indique, doctora...".

V

MARCO TEÓRICO

1

LÍNEA PARALELA DE INVESTIGACIÓN

> Aquí donde la rígida experiencia
> viene a dictar las leyes superiores
> a que está sometida la existencia.
>
> Aquí donde derrama sus fulgores
> ese astro a cuya luz desaparece
> la distinción de esclavos y señores.
>
> Manuel Acuña
> *Ante un cadáver*

Cuando Matilde Montoya y su madre regresaron a la Ciudad de México, se encontraron con que los colores de sus flores y jardines, de sus tiestos, de las trajineras colmadas de fruta y verdura multicolor, se habían mutado en un negro omnipresente. Un negro absoluto que a Soledad le trajo el recuerdo de otros días en los que el cólera atacaba implacable a la ciudad, aunque los motivos de aquella súbita invasión de negrura eran muy distintos a los de una epidemia.

Las guirnaldas negras en los balcones, las cortinas negras en los ventanales, las gualdrapas y penachos negros de los caballos se mezclaban con los largos velos de crespón negro en las ancianas, los vestidos de bombacina negra, los abanicos, pañuelos, sombreros, todos negros, de las damas, las sombrillas negras y las joyas de azabache francés o de ebonita de las jóvenes. Confundíanse también con los negros plastrones de los señores, los botones de luto para el ojal de las levitas, los listones negros para los brazos de los niños y los moños, siempre negros, que adornaban las cabelleras de las niñas.

Y no, como ya se ha dicho, no era todo esto a causa de la peste o de la guerra. Todo esto ocurría porque había muerto el presidente Juárez, cuyo cuerpo había sido expuesto en un catafalco al centro del Salón de Embajadores de Palacio Nacional y ahora, resguardado en una caja de zinc soldado y colocada ésta dentro de un féretro de caoba, iniciaba el largo recorrido, que duraría más de dos horas, hasta el panteón de San Fernando.

Soledad tendría que reconocer que nunca había visto algo similar. Era apenas una niña cuando el general Santa Anna le ofreció un funeral de Estado a Leona Vicario, quien había sido sepultada con el nombramiento de Madre de la Patria. Pero nada más grande que esto. Las calles de Plateros, San Francisco, Santa Isabel, la avenida de los Hombres Ilustres estaban colmadas por millares de personas. Las banquetas, los balcones, las azoteas rebosaban de espectadores, como racimos de uvas.

Cuatro cañonazos anunciaron que el presidente Juárez salía de Palacio en una última peregrinación. La columna funeraria, la marcha del cortejo, incluyó a más de dos mil personas y decenas de carruajes. Una escuadra de caballería iniciaba la marcha. La seguían los alumnos de las escuelas públicas y un pabellón blanco, coronado por un águila de ébano, del Gran Círculo de Obreros de México. Después, los estudiantes de las escuelas de jurisprudencia y medicina, los embajadores de Francia, España, Estados Unidos, Alemania, diputados y senadores, los jefes del Ejército, empleados de la Comandancia, generales y miembros del Ayuntamiento. Y después, la carroza fúnebre, tirada por seis caballos tordillos, a cuyo paso los dolientes arrojaban cientos de flores que eran aplastadas de inmediato por los herrajes de los caballos y por las ruedas del carruaje del presidente, el mismo que lo condujo hasta el Paso del Norte, adornado también de luto y tirado por cuatro caballos engalanados, claro está, en negro. Detrás del carruaje, condenado a no rodar más por la república, la Compañía Primera de Infantería, a caballo, y detrás de ellos, a pie, el presidente interino, Sebastián Lerdo de Tejada quien, con la muerte de Juárez, alcanzaba dos metas: lograr la anhelada presidencia de la república y pacificar a Porfirio Díaz quien, al perder a su maestro y contrincante, el mismo Juárez, no tenía ya a quién dirigir sus ataques ni a quién dedicarle el Plan de la Noria. Detrás del presidente Lerdo de Tejada, los representantes de la familia Juárez, los miembros de la Sociedad Médica y todavía por detrás de estos, la Banda de Zapadores, los alumnos del Colegio Militar, una batería de cañones con sus artilleros y otros cuerpos de caballería, seguidos hasta por sesenta carruajes en los que viajaban dignatarios y notables.

Todos los que amaban a Juárez, sus indios, sus mestizos y sus liberales se dieron cita. No ocultaban su tristeza, su orfandad. También sus malquerientes estaban ahí, guardando un discreto silencio, prescindiendo de consideraciones políticas pues no se trataba de combatir en ese momento a un difunto, aunque eso sí, haciéndose presentes para asegurarse, tal vez, de que el doble ataúd de zinc y de caoba estuviese lo suficientemente bien sellado. "Tan grande es el sentimiento de la dignidad nacional que se abriga en el corazón de todos los mexicanos", escribió Julio Zárate, "que hemos visto enmudecer las pasiones en presencia de ese cadáver". Y tenía razón, pues algo era común en todos los que atestiguaban el hecho, en medio del silencio: la certeza de que el país sería distinto sin él. Sin el indio Juárez. Sin el presidente Juárez. Quizá mejor o peor aunque, ciertamente, distinto.

Las banderas a media asta, el saludo final del lábaro patrio inclinándose ante el féretro y las salvas de veintiún cañonazos que rubricaron la ceremonia resonaron durante largo tiempo en la memoria de los ahí congregados.

—¿Y tú por qué lloras, Matilde? —pregunta con gran extrañeza Soledad.

—¿Y por qué habré de llorar, madre? Por la muerte del presidente Juárez...

Soledad la mira con el entrecejo fruncido. No le gustaba la sensiblería. No la entendía. Incluso, la reprobaba.

—A tu padre se le fue la juventud, la vida y la salud por defender a este hombre. No guardo ninguna simpatía por él. Te lo digo sólo por si te interesa saberlo.

Soledad pierde de nuevo la mirada en el cortejo, como quien disfruta de un desfile militar.

—El señor Juárez es un héroe de la patria, madre… —argumenta Matilde.

Soledad levanta los hombros, restándole importancia al comentario.

—Eso lo decidirá el tiempo, hija, no tú. La pierna del general Santa Anna también fue enterrada con grandes honores y mira, a los tres meses, la plebe jugaba con ella a las patadas a mitad de la calle… "Que jugaban al *football*, decían…".

—Madre… en ocasiones… usted…

Matilde bufa y prefiere guardar silencio. Soledad nota la molestia de su hija. Le pasa un brazo por encima del hombro. Le gusta provocarla. Quisiera abrir la capacidad discursiva de su hija como si fuera una ostra.

—Ya que estás tan preocupada por los héroes, ¿quieres saber quiénes son los verdaderos héroes de esta patria?

La voltea por los hombros hacia su derecha.

—Ese hombre que viene ahí, el delgado, de porte elegante. Es el doctor Rafael Lucio. Juárez no lo quería porque fue médico de Maximiliano y mira, tuvo que aceptarlo también como su médico personal…

—¿A pesar de que trabajó para el imperio?

Soledad sonríe. Su hija tiene tanto por aprender.

—Un médico trabaja para la ciencia y el conocimiento, Matilde, no para las veleidades de la política. Y si Maximiliano ofreció apoyo para crear la Comisión Científica, ¿qué piensas que iban a hacer los médicos? ¿Decirle que no? Ahí estuvieron el doctor Andrade, el doctor Durán, José María Vértiz y ¡mira…! El que va junto al doctor Lucio es el doctor Francisco Ortega, también cercano a Maximiliano y ahora profesor de la Escuela Nacional de Medicina. No pienses en la política, hija. Piensa en la ciencia.

—¿Y aquel que va llorando?

Soledad lo reconoce de inmediato.

—¡Ah, no, él sí fue juarista hasta las cachas! Dejó todo por seguir a don Benito. Es el doctor Ignacio Alvarado, médico de cabecera del presidente y uno de nuestros más grandes fisiólogos. Nadie sabe más sobre el funcionamiento del corazón que él.

—¿Y usted los conoce a todos ellos, madre?

Soledad aspira con nostalgia.

—No, hija, claro que no. Al menos, no personalmente. Te recuerdo que yo era una chamaca cuando fui enfermera en San Andrés. Pero los veía cruzar por los pasillos, escuchaba sus pláticas, cuando acordaban diagnósticos o cuando discutían... y me imaginaba estar a su altura, hija, argumentando sus dichos y sus decisiones...

Soledad, por unos instantes, se pierde en sus recuerdos.

—¡Mira! Aquel hombre mayor, de gafas, es el doctor Luis Muñoz, jefe de cirugía. A él sí que lo conocí bien... ¡Le voy a pedir que nos ayude, hija, para que continúes con tus estudios!

Matilde sonríe. Sabe que, si su madre lo dice, así ocurrirá.

—¿Y ese hombre...?

Su mirada se ha posado en uno más de los miembros del cuerpo médico.

—Cuál...

—Ése, el de rostro melancólico, de cabello desmadejado... el que parece un ganso triste...

Soledad la reconviene con cariño.

—Nunca juzgues a un libro por su portada. Ése, hija mía, es el más grande cirujano militar de México. Ha corregido al mismísimo Larrey y él fue quien inició la antisepsia mucho antes que Lister en Europa. Que me perdonen los ingleses, porque el doctor Montes de Oca ha utilizado el licor de Labarraque como antiséptico desde hace años.

Matilde sigue el paso triste y cabizbajo de Francisco Montes de Oca hasta que éste se pierde entre la multitud.

—Por lo tanto, hija —concluye Soledad Lafragua—, ¿quieres saber quiénes son los que estudian, quiénes son los que investigan y experimentan a diario para acrecentar el conocimiento? ¿Quieres saber quiénes realmente velan por el bienestar del pueblo y quiénes han luchado siempre y a brazo partido por sobrevivir al torbellino político que ha convertido a nuestra patria en un lienzo tricolor hecho jirones? ¿Quieres saber quiénes combaten a diario la ignorancia, la incuria y las supersticiones religiosas que han hecho de nuestro país una tierra de ciegos? ¿Quieres saber quiénes son los verdaderos héroes de México, Matilde? Entonces, empieza por conocer a sus médicos.

2

ANTECEDENTES

> Si te postran diez veces, te levantas
> otras diez, otras cien, otras quinientas...
> ¡No han de ser tus caídas tan violentas
> ni tampoco, por ley, han de ser tantas!
>
> Con el hambre genial con que las plantas
> asimilan el humus, avarientas,
> deglutiendo el rigor de las afrentas
> se formaron los santos y las santas.
>
> Pedro B. Palacios, *Almafuerte.*
> *Siete sonetos medicinales (Più avanti!)*

Los miembros de la Sociedad Médica de México miran, sin pronunciar palabra alguna, a su atribulado presidente, el doctor Miguel Francisco Jiménez, a quien se le ha venido encima, de un solo golpe, la edad, larga y finita; a quien la bonhomía se le ha borrado del rostro y hunde ahora la cabeza entre las manos, presidiendo la mesa de sesiones de la sociedad, cobijada en la Escuela Nacional de Medicina, en el antiguo Palacio de la Inquisición. El doctor Jiménez levanta la mirada y suspira, como pidiendo ayuda a sus cófrades, incapaz de contener el agobio que hace presa de él.

—¿Y ahora qué, estimados colegas? ¿Ahora qué nos espera después de la muerte del presidente Juárez? ¿Ahora a quién tendremos que ir a rogar, a suplicar que se atienda en nuestra patria al desarrollo de la ciencia? —no puede más y da un manotazo en la mesa.

El grupo de médicos continúa en silencio y no por no contrariar a Jiménez, sino porque comparten absolutamente sus preocupaciones.

—Algunos de ustedes son aún jóvenes, pero yo, a mis sesenta años, estoy cansado de bregar, de jalar la yunta, como dicen las gentes, para poder hacer nuestro trabajo con dignidad… ¡aunque sea casi imposible en este país de locos!

Los médicos se revuelven, incómodos, en sus asientos.

—¡De cuatro sociedades… o academias o comisiones médicas he sido parte! ¡De cuatro, señores! Tres de ellas desaparecieron… y mucho me temo que estemos a punto de ver el final de esta sociedad también…

Alguien le sirve un vaso de agua.

—Porque sólo la guerra guía nuestros destinos. Si no nos invaden los americanos, nos invaden los franceses. Si no hay guerras civiles, hay revueltas religiosas. Y cuando hay un asomo de tranquilidad, los Estados Unidos se lanzan también a una guerra de secesión, los europeos se invaden y se matan unos contra otros ¡y nosotros no podemos importar ni un maldito frasco de cloroformo, con un carajo!

Un médico le acerca discretamente el vaso de agua, deslizándolo por la mesa.

—¿Y nosotros qué hacemos, señores? ¡Levantar la mierda que van tirando todos! Curar las bubas de los sifilíticos, amputar soldados, enterrar a los muertos, prevenir o combatir pandemias… ¡y eso hasta que llegue la nueva guerra, el nuevo cuartelazo! ¡Si no es que morimos fusilados, como vulgares paisanos, en Tacubaya! ¿O no la libraste tú en ese lugar, Pancho?

Francisco Montes de Oca procura calmar a Jiménez.

—Tome un poco de agua, doctor…

—¡No me jodas! ¡Y si no nos fusilan, nos masacran como si fuésemos ganado! O usted, doctor Soriano, ¿no se salvó también de la muerte cuando llegaron las bestias conservadoras a asesinar a mansalva a los médicos y estudiantes del Hospital de Sangre de la ciudad?

Manuel Soriano asiente con la cabeza y suspira.

—No ha sido fácil, doctor…

—¡Ha sido un infierno, diría yo! —espeta Jiménez. Finalmente, toma agua. Hace una larga pausa—. Por eso confiaba yo en el emperador Maximiliano, y no lo digo con ánimos exacerbados, pero creí que, con el imperio, se establecería un nuevo orden social, aceptado por todos y que acabaría con la sempiterna anarquía que consume a esta nación. Un orden que nos permitiese hablarnos de tú a tú con los científicos europeos… Pero no, claro… el señor presidente Juárez no pensaba lo mismo… ¡y tenía que fusilar al emperador, el muy salvaje! —y vuelve a dar un manotazo en la mesa.

Montes de Oca interviene de nuevo.

—Piense en su hígado, doctor…

—¡Y tú piensa en la anemia que te tiene hecho un cadáver y tómate una buena dosis de sulfato de fierro con peróxido de manganeso, que buena falta te hace y así me dejas de estar fastidiando!

Montes de Oca sonríe discretamente, pues le gusta ver a su viejo maestro recobrando el ímpetu. El doctor Jiménez se termina el agua. Montes de Oca le coloca enfrente, de manera discreta, una copa de coñac. Aprovecha el silencio de Jiménez.

—El presidente Juárez apoyó fervientemente a esta sociedad. Eso es algo que no podemos negar. Yo, en lo personal, recibí de su parte altas encomiendas que buscaban siempre el enaltecimiento de la medicina. En cuanto al señor Lerdo de Tejada, lo conozco bien y lo considero un hombre culto y refinado. Creo, doctor, que sus temores son infundados.

—Y yo creo, Pancho, que tu ingenuidad es apabullante.

Montes de Oca resiste los embates de su maestro.

—Quizá el presidente interino sea culto y refinado. Pero, te diré una cosa: detrás de la silla presidencial no sólo está él. También está haciendo fila el general Díaz quien, como buen indio mixteco, es de armas tomar, que así son todos los oaxaqueños... ¿Qué va a pasar si Lerdo quiere postularse también en las próximas elecciones?

—¿Qué va a pasar? —interviene ahora el doctor Francisco Ortega y del Villar—. Va a pasar que seguiremos trabajando como siempre, doctor, contra viento y marea, pero seguiremos trabajando...

—No te olvides, Miguel —tercia Leopoldo Río de la Loza, el decano de aquella sociedad y director de la Escuela Nacional de Medicina—, que, a pesar de los pesares, hemos protegido a la población, y con gran éxito, de males impensables. ¡Y no hemos sido ajenos tampoco a las innovaciones llegadas desde Europa! Y, claro, a nuestras propias invenciones y estudios, que no voy a citar en este momento, por supuesto, que no viene al caso…

El doctor Ortega apuntala:

—Mucho antes que en otros países que llamamos "civilizados", en México hemos aplicado las nuevas tecnologías para nuestra ciencia médica. ¿No usamos ya de continuo el microscopio y el oftalmoscopio? ¿No hemos avanzado como pocos países en los estudios de la histología y la patología? ¿No es el mismo doctor Río de la Loza un referente internacional en el estudio de la química?

—Tampoco es necesario ese comentario, doctor… —se molesta Río de la Loza.

Pero Ortega y del Villar continúa su exposición:

—¡Inclusive hemos comenzado a utilizar ya el espectroscopio y el magnetismo! —señala exaltado, como si ninguno de los presentes supiera eso.

Jiménez lo mira de manera imperturbable. Ortega insiste:

—¡Vamos, vamos, doctor! *Sursum corda!*, que el futuro de nuestra profesión no puede ser más que luminoso.

El doctor Miguel Jiménez apura con delectable lentitud el coñac, mientras que las voces en apoyo a lo dicho por Ortega se van apagando. Deja el vaso en la mesa, se limpia la comisura de los labios con un pañuelo y mira a sus colegas con una media sonrisa en el rostro, más tristeza que regocijo, más desazón que certeza.

—Como bien saben, mi fama, ganada de manera merecida o no, se debe, entre otras cosas, a las investigaciones que realicé sobre el absceso hepático amebiano…

—Lo sabemos, doctor —responde un bien entonado coro.

—...y a la intervención quirúrgica que desarrollé para combatirlo: una punción evacuadora en el hígado para drenar el absceso de pus. No es difícil suponer que, mediante este tratamiento, se han salvado miles de vidas en el mundo entero...

Los médicos golpetean la mesa con los nudillos, siguiendo una antigua tradición que significa aprobación y salutaciones. Jiménez no se inmuta y sigue:

—El absceso hepático amebiano es creado por la *Entamoeba histolytica*...

Los médicos conceden con una inclinación de cabeza, tratando de entender de dónde viene y a dónde va la inesperada lección de parasitología.

—Y la *Entamoeba histolytica* ataca al organismo cuando se consumen agua o alimentos contaminados con materia fecal...

Lentamente, el doctor Jiménez se pone de pie.

—Pues éste es el futuro "luminoso" de nuestra profesión, señores doctores. Mientras que el pueblo miserable, mientras que el detritus de nuestra sociedad, mientras que los más humildes entre los humildes sigan tomando agua contaminada con excrementos y sigan viviendo en sórdidos albañales... Mientras se sigan revolcando en la ignorancia, la penuria, la criminalidad, ¡y sí, en su propia mierda! Mientras que la plebe fanatizada siga arrastrándose de rodillas ante la tela pintada de la Virgen de Guadalupe para encomendarle su propia salud, en lugar de adquirir una mínima cultura sobre la higiene y la asepsia, y mientras los políticos, engreídos y mendaces, sigan vaciando nuestras arcas para su lucro personal o para materializar sus ambiciones de poder, nosotros los médicos seguiremos siendo los peones de la partida, los suspirantes del bienestar, los indignos criados que limpian de porquería las letrinas de la chusma, los obedientes cortesanos que reciben, entre caravanas y reverencias, las migajas económicas que sus emperadores, presidentes o caudillos tienen a bien arrojarnos cuando recuerdan que, además de la guerra y la política, hay algo increíblemente inútil que se llama ciencia. La ciencia inútil de México…

El doctor Jiménez hace una pausa. Respira. Se frota las manos, como si le dolieran.

—Estoy viejo y no deseo seguir persiguiendo utopías. Y también estoy un poco etilizado por culpa de Pancho… Será mejor que me retire…

Todos se ponen de pie.

—Caballeros, es el honor más grande de mi vida, el poder llamarlos "colegas".

Lentamente, el doctor Miguel Francisco Jiménez se retira de la sala de sesiones, dejando a los presentes "deglutiendo el rigor de las afrentas".

Y tendrían que pasar otros cinco años para que el Congreso de la Unión aprobase un subsidio anual de cinco mil pesos para el sostenimiento de la Academia de Medicina, una vez que hubo desaparecido, tal y como lo augurara Jiménez, la Sociedad Médica de México. Con ese magro presupuesto se buscaba apoyar las publicaciones e investigaciones científicas de la academia, que, durante casi cuarenta años, habían corrido por cuenta propia de los galenos asociados. Los verdaderos héroes de México.

3

> En este viaje que llaman vida,
> cansado el pecho y el alma herida,
> tristes cantares al viento doy:
> ¿Por qué así sufro? ¿Qué penas tengo?
> Es porque ignoro de dónde vengo
> y a dónde voy.
>
> Josefa Murillo
> *Contraste*

Cuando Soledad y Matilde llegan al Hospital de San Andrés en busca del doctor Luis Muñoz, atestiguan una situación extraña y fuera de orden: por todas partes se escuchan gritos y lamentos que no provienen de las gargantas de los dolientes, sino de las muchas monjas y enfermeras que se abrazan y lloran. Los médicos gritan también enfurecidos y todo es caos y desconcierto. Figuras que cruzan a su derredor a toda prisa lanzando ayes o exabruptos. Sin duda, no es ésta la imagen que las mujeres conservan del Hospital de San Andrés.

—¿Soledad...?

Soledad se vuelve hacia la mujer que la llama.

—¿Eres Soledad Lafragua?

Y Soledad se deshace en llanto al reconocer a la monja que le habla. Se lanza hacia ella en un abrazo interminable.

—¡Madre abadesa! ¡Madre María Encarnación!

Cuando Soledad se separa de la monja, ve en ella a una anciana. La abadesa ve en Soledad a una mujer. Han pasado casi veinte años desde que María Encarnación la entregó en el altar, el día de su boda con el coronel Montoya.

—Ella es mi hija, madre abadesa... Matilde...

Matilde saluda con una reverencia.

—Jamás me habría imaginado encontrarla aquí...

La vieja monja contiene apenas el llanto.

—La Providencia ha querido que te viera una última vez, hija... antes de marchar al exilio...

La extrañeza de Soledad es infinita.

—¿No te has enterado? —y sabe la madre abadesa que puede contar una buena historia—. Creíamos que nunca estaríamos en mayor peligro que en los tiempos de Juárez... que en paz nunca descanse, y que Dios me perdone...

Soledad sonríe con malicia. Matilde se sorprende e indigna.

—...pero no contábamos con que el tal Lerdo de Tejada iba a resultar peor...

—No entiendo, madre...

—Pues entérate que ese hombre, desafecto como ninguno a la Santa Madre Iglesia, mil veces más ateo y descreído que el indio Juárez... ¡ha ordenado el cierre del convento de las Hermanas de la Caridad y nos envía a todas las Hijas de San Vicente de Paul al exilio, en España!

La madre abadesa rompe en llanto. Soledad la consuela.

—Pero, madre... ¡usted es mexicana!

—¿Y acaso crees que le importa al demonio ese si soy mexicana o no? ¡Para él sólo somos monjas, hija! ¡Súbditas del Vaticano nos llama! ¡Él, que no es más que un vasallo de Lucifer...! ¿Y ahora dime qué hago yo con mis vicentinas? ¡Somos casi cuatrocientas! ¿Y nuestras casas de salud? ¿Quién las va a atender, Soledad? ¿Y quién va a socorrer a este hospital? ¡Pero si fuimos nosotras quienes cuidamos siempre a los combatientes de la república, figúrate! —y remata con ensombrecido semblante—: ¡Merecido castigo es éste que el Cielo nos envía por trabajar para el Maligno...!

Soledad comprende ahora el porqué de tal desconcierto, el porqué de los reclamos airados de los médicos, indignados ante la arbitrariedad del presidente interino y del azoro que hace estragos en aquel lugar donde la salida de más de cincuenta enfermeras calificadas, cuyo único delito es ser religiosas, pone a la institución médica al borde de una crisis inimaginable.

—Madre... ¡que Dios la acompañe siempre...!

La abraza Soledad con efusividad y prisa contrastante con la reciente compasión. La hermana María Encarnación, abadesa de las vicentinas, tan atribulada como se encuentra, se pierde de nuevo entre el naufragio del hospital y busca el apoyo de un nuevo hombro, de un nuevo paño para sus lágrimas.

Soledad toma de la mano a Matilde y la lleva casi a rastras a través de los innúmeros pasillos del nosocomio.

—¡Madre! ¿Qué pasa? ¿Qué hace usted?

—¿Qué hago? Busco tu porvenir, eso hago...

—¡Pero...!

Soledad se detiene de pronto y la encara:

—¿Para qué está tu madre aquí?

Matilde sabe que ante ese conjuro es mejor no decir nada, por lo que se deja llevar escaleras arriba y abajo hasta que, finalmente, en una sala tan embrollada como el resto del San Andrés, se topan frente a frente con el doctor Luis Muñoz, director de cirugía del hospital.

—¡Doctor Muñoz! Quizá usted no me recuerde…

Pero Muñoz las aparta bruscamente, dando órdenes a diestra y siniestra.

—A un lado, señora… ¿¡Dónde diantres está el hilo de sutura!?

—¡Yo fui su enfermera hace casi veinte años, doctor! ¡Y mi hija…!

—¡No me moleste, señora! ¡No sea impertinente…!

Sigue su camino.

—¡Y no se atrevan a darme hilo de algodón porque se los meto por las narices! ¡Necesito *catgut…*!

—¡Doctor! ¡Mi hija…!

Muñoz se detiene de golpe y le espeta:

—¡Si su hija viene a consulta, a mí no me importa! ¡Y si su hija está preñada, me importa menos!

—¡Mi hija viene a ofrecer sus servicios como…!

—¡Si la niña quiere convertirse en enfermera, éste no es el momento…!

—¡Mi hija es obstetra calificada por el colegio médico del estado de Morelos, doctor, así que me parece que, por ahora, usted la necesita mucho más de lo que ella lo necesita a usted! ¿Me explico?

El doctor Muñoz se queda sin habla. Moviendo con lentitud su asombrosa corpulencia, se acerca hasta la atrevida mujer, se ajusta las gafas, le escudriña el rostro y una luz ilumina su mirada:

—¿Soledad…?

Ese mismo día, Matilde Montoya es adscrita a la sala de Cirugía de Mujeres del Hospital de San Andrés, como alumna y practicante, bajo la supervisión del doctor Luis Muñoz.

4

Y tú, que alientas ese noble anhelo,
¡mal harás si hasta el cielo no te elevas
para arrancar una corona al cielo...!
(...)
Forja un mundo en tu ardiente fantasía,
ya que encuentras placer y te recreas
en vivir delirando noche y día.

Manuel Acuña
A Laura

Soledad no se había equivocado. Matilde vivió los siguientes tres años de su vida "delirando noche y día", siendo llevada de la mano de los médicos más destacados. Fue instruida en Enfermedades y Cirugía de Mujeres. Después, fue puesta al frente de las enfermeras en la Casa de Maternidad y el doctor Manuel Soriano —el mismo que se había salvado de la matanza en el Hospital de Sangre de la ciudad— la introdujo a la cirugía menor, en el Hospital de San Andrés. Los apellidos Muñoz, Gallardo, Gutiérrez Zavala, se convirtieron en nombres familiares para ella y a sus dieciséis años, el mismo Maximino Río de la Loza, presidente de la Junta Directiva de Instrucción Pública, le otorgó el título profesional de Obstetricia.

El camino está trazado. A su corta edad argumenta, rebate y concilia con médicos renombrados, aprendiendo siempre de ellos. Con un entusiasmo imparable recorre una y mil veces los pasillos del hospital y se acostumbra tanto a ellos que lo inverosímil se vuelve cotidiano para ella. Poco le importan los olores acres del alcohol, de los ungüentos de alcanfor o las deposiciones de los pacientes. Mucho menos le importa el penetrante tufo a amoniaco de la orina de los diabéticos. Nada le impresiona tampoco el olor metálico o dulzón de la sangre. Mejor para ella si logra distinguir la diferencia entre el hedor a hierro o a pescado. Todo le significa una guía, una alerta. Todo es para Matilde algo normal, pues la "normalidad" se trastoca en un sanatorio, lugar en el que los extremos se juntan —lo mismo que las serpientes alquímicas se muerden la cola—, pues si en esta sala un anciano depone las armas y muere, en la sala contigua una niña nace al mundo; si ese pequeño que ha contraído pulmonía por jugar bajo la lluvia pierde la vida, aquel hombre que ha sido brutalmente arrollado por un carruaje de bomberos de cuatro tiros sale por su propio pie después de meses de convalecencia. Una jovencita pierde el brazo al quedar atrapada en un trapiche, un herrero pierde un ojo al clavársele una esquirla de metal que pulía bajo el fuego y un soldado amputado practica el manejo, ya no de la espada, sino de la pierna Selpho, un moderno artilugio de madera y acero, con tendones de correa, que articulan el pie sustituto.

Si la Muerte es la "gran igualadora", antes que ella, un nosocomio es el gran rasero del pudor, la intimidad y el decoro, que las nalgas son nalgas y no otra cosa en una cama de hospital y a su vista desaparecen el prurito, el deseo o la vergüenza; que los pechos se exponen a la auscultación ajenos a la castidad; que un cuerpo desnudo se exhibe por completo lo mismo para recibir un baño de esponja que para ser amortajado. El gran rasero que es un hospital permite que el llanto y el bramido sean eventos públicos, ajenos a la discreción, pues los dolores de un cuerpo enfermo o intervenido por cirugía no saben de códigos de conducta. Tampoco las tripas saben diferenciar entre momentos y lugares públicos o privados.

Un hospital no sabe de clases sociales, de nombres ilustres o de apodos de paisanos. Un hospital es un universo en el que convergen la ilusión y el desasosiego, lo milagroso y lo dantesco, lo más oscuro del espíritu humano y la luz fulgente de la esperanza.

El entusiasmo por el desempeño de Matilde es manifiesto y en su ingenuidad, piensa la joven que todos los médicos guardan la misma postura de apoyo a su presencia constante en las aulas y en las salas médicas. Y por ello no tiene empacho, llevada por su ímpetu irreverente, en declararle su admiración al brillante galeno Ricardo Egea y Galindo, quien acaba de lograr una proeza inimaginable: realizar la primera intervención cardiaca en México, con todo éxito, curando un caso de hidropericardio. El hecho, de por sí notable, conlleva un grado de temeridad: Egea se ha decidido por utilizar el aspirador de Potain, creado, en un principio, para evacuar los líquidos patológicos de las cavidades pleurales, es decir, los pulmones, pero no para evacuar agua o sangre del corazón y sus arterias, un asunto de enorme riesgo. Durante cuatro horas, alumnos y profesores guardaron silencio afuera de la sala de cirugía mientras que el doctor Egea realizaba una punción evacuadora en el área cardiaca y aspiraba la concentración de líquidos. Una salva de aplausos resonó por los pasillos cuando el mismo Egea y Galindo informó a la expectante audiencia que la operación había sito todo un éxito. Días después, la impetuosa Matilde Montoya lo abordaba en el patio central.

—¿Podría preguntarle, doctor, sobre algunas características del padecimiento pericárdico de su paciente? ¿Se debía a una insuficiencia? ¿A algún tumor…?

Matilde mira hacia las alturas de aquel hombrón, de más de un metro y ochenta centímetros de estatura. El médico la observa como se hace con un espécimen raro en el laboratorio.

—¿Le podría hacer primero yo una pregunta?

Matilde abre aún más los ojos, sorprendida.

—Por supuesto, doctor…

—¿Es usted hermafrodita?

Un balde de agua helada cae sobre la muchacha.

—¿Perdone, doctor…?

—Le pregunto si es usted hermafrodita... Me explico. Estoy más que interesado en la disciplina de la teratología, es decir, en el estudio de los monstruos, y en particular, de los hermafroditas masculinos. Si usted fuese un ejemplar así, podríamos conversar en mi consultorio. Pero si no lo es y es usted una mujer común y corriente, no encuentro razón alguna para hablarle acerca de las enfermedades pericárdicas. Y esto por tres razones. La primera: una mujer normal no se interesa en estos asuntos. La segunda: las mujeres no están capacitadas para entender razonamientos tan complejos. Y la tercera: lo único que puede hacer una mujer en un hospital es parir, y eso en caso de extrema necesidad, y volverse a casa, nada más. Y como veo que ya está usted llorando, puedo deducir, de manera empírica, que no es un ejemplar hermafrodita, sino una simple mujer incapaz de soportar el peso de su realidad. Que tenga buen día y le deseo que se encuentre un buen marido... paciente, sobre todo...

La tierra se abre bajo los pies de Matilde. Un vacío oscuro y silencioso amenaza con arrastrarla hacia las profundidades. El vértigo la embarga y está a punto de caer al abismo cuando un pañuelo blanco le es lanzado como salvación. Un pañuelo blanco que sostiene una mano demasiado fina, demasiado delgada como para pertenecerle a un hombre, pero lo suficientemente nudosa y ruda como para confirmar lo contrario.

—No regale sus lágrimas a nadie, señorita. Mucho menos a quien no habrá de valorarlas nunca.

Matilde toma el pañuelo que le ofrece Francisco Montes de Oca.

—La vida se construye con el entramado de nuestras propias elecciones. ¿Qué es lo que va a elegir usted?

La joven ha dejado de llorar. Se pierde en la profundidad de la mirada de aquel hombre, engañosa por el estrabismo que le aqueja el ojo derecho, y aspira el delicado perfume que la apresa desde el pañuelo.

—¿Se va a volver a casa, como quisiera el doctor Egea? ¿O va a darle un mentís a un hombre que no por ser un gran científico es menos cretino?

Matilde está demasiado dolida, demasiado humillada.

—No lo sé, doctor...

Con un movimiento torpe, le ofrece de vuelta el pañuelo.

—Consérvelo. Ya me lo devolverá cuando haya tomado su decisión.

Esa noche, en casa, todavía sentada frente a la máquina de coser, Soledad Lafragua mira el pañuelo que sostiene en sus manos. Ha leído cien veces las iniciales bordadas: F. M. O.

—¿Y te pidió que lo conservaras?

Matilde asiente con la cabeza. Soledad respira de manera profunda. Extiende el brazo.

—Consérvalo, entonces...

Matilde toma el pañuelo y Soledad, con alarma, con suspicacia, se reconoce a sí misma en la mirada de su hija cuando, veinte años atrás, el coronel José María Montoya le dio a guardar también un pañuelo y ella lo conservó días enteros junto al pecho.

Pero ya se encargará ella de que no regrese jinete alguno, montado en un blanco y ridículo corcel, a reclamar ningún pañuelo, a desviar ningún destino, a perturbar ningún "noble anhelo de arrancar una corona al cielo...".

5

¿Ves?... En aquellas paredes
están cavando un sepulcro,
y parece como que alguien
solloza allí, junto al muro.
¿Por qué me miras y tiemblas?
¿Por qué tienes tanto susto?
¿Tú sabes quién es el muerto?
¿Tú sabes quién fue el verdugo?

Manuel Acuña
Hojas secas (XV)

Matilde supo muy bien cómo comportarse para llegar a ser la sombra del doctor Soriano. Se hizo indispensable ante sus ojos. Aprendió a leerle el pensamiento y no hubo una practicante más eficaz que ella, una asistente más puntual que ella: el bisturí siempre a tiempo, las tijeras de corte y disección en el momento preciso, las suturas y los drenajes realizados con meticulosa orfebrería, las pinzas de hemostasia colocadas siempre como diques infranqueables. Los armarios y cajones, la mesa auxiliar y el instrumental, colocados en orden militar y en secuencia perfecta, según el procedimiento.

—No, hija… —porque ya la llamaba así: "hija" —, no tenses tanto la piel en la sutura…

Matilde corrige.

—Y procura evertir un poco la piel. Te recuerdo que las cicatrices se contraen con el tiempo, por lo que, si dejas un poco elevada la sutura, tendrá un aspecto más estético al irse aplanando —y concluye con malicia—: Que nadie se acuerde que estuvimos aquí dentro de algunos años…

Ambos disfrutan de esos momentos de confidente enseñanza. Momentos llenos de lucidez y cariño, rotos tan sólo por el inevitable portazo que Matilde recibe en la cara cuando aquellos modernos Prometeos, portadores de la luz del Conocimiento, entran solos al Olimpo del quirófano, terreno vedado a las mujeres, enfermeras imprescindibles, afanosas asistentes, hábiles obstetras, sí… pero nada más. La sala de operaciones y la academia son terrenos masculinos. Necesaria e irremediablemente masculinos.

Tan masculinos como lo fueron los gritos de alarma que comenzaron a sonar por los corredores de la Escuela de Medicina, en la que practicaban ese día Soriano y Matilde, interrumpiendo la lección. Tan masculinos como los pasos que hicieron temblar los muros del antiguo Palacio de la Inquisición al dirigirse al ala de habitaciones de los estudiantes, ubicadas en el corredor bajo del segundo patio de la escuela. Tan masculino como el silencio que guardaban todos ante la tragedia que se mostraba en el cuarto número 13: ahí, tirado en su camastro, envuelta su habitación en el acre aroma de almendras amargas que expele el cianuro de potasio, se encontraba el cadáver de Manuel

Acuña, inconstante alumno de medicina, pero la promesa más grande de las letras de su tiempo, protegido siempre por Altamirano, admirado por Peza y Justo Sierra. A su lado, una nota escueta: "Lo de menos será entrar en detalles sobre la causa de mi muerte, pero no creo que le importe a ninguno; basta con saber que nadie más que yo mismo es el culpable. Diciembre 6 de 1873. Manuel Acuña".

—¿Te puedo preguntar por qué sigues llorando, Matilde?

La muchacha se seca las lágrimas.

—Debería haber estado usted en las exequias del doctor Acuña para entenderlo…

Soledad activa una vez más el pedal de la máquina de coser.

—El "doctor Acuña" no era tal cosa, hija…

—¡Era estudiante de medicina, madre!

—Sí, y en cinco años no pudo completar satisfactoriamente ni el cuarto grado —menea la cabeza con reprobación—. Antes, los artistas se metían a curas. El seminario les daba cierta tranquilidad. Ahora, todos estudian medicina…

El vaivén de la máquina de coser se apodera unos momentos del ambiente… hasta que un nuevo sollozo surge del pecho de Matilde. Soledad detiene su labor.

—Matilde, si sigues llorando así por alguien a quien nunca conociste, ¿qué va a pasar cuando muera un paciente tuyo? ¿También te vas a suicidar con cianuro?

Soledad tenía ya muy claro que el siguiente paso que le correspondía dar a su hija era el de estudiar medicina. Matilde lo sabía también y luchaba con denuedo para lograrlo.

—Es cierto que no lo conocía, madre, pero he leído su poesía… y eso es lo mismo que adentrarse en el alma del poeta…

—¡Mira, tú...! —vuelve a la carga Soledad con el dobladillo del faldón que trabaja.

—¿No la conmueve un hombre que murió de amor?

—No.

—¡Madre!

—Ese hombre murió por débil, por ateo y por vicioso, hija...

Matilde se levanta y la encara:

—¡Quizá si leyera usted sus poemas...!

Soledad detiene de nuevo la marcha de la máquina.

—¡Y qué te hace pensar que no los he leído, si el famoso "Nocturno" se ha publicado en todas las gacetillas de la ciudad! Y si leer la poesía es "adentrarse en el alma del poeta", como ahora me vienes a decir con un tono tan insoportablemente cursi, te puedo decir que "el alma" del señor Acuña no me gusta nada. Me parece, no sé... enfermiza, oscura, mórbida... ¡Ese hombre nunca supo lo que era la luz y la felicidad! Y en todo caso, hija, aquí la única que se salvó fue la señorita esa, Rosario de la Peña...

Matilde no da crédito a lo que escucha.

—¿Cómo puede alguien salvarse con la muerte de un poeta, madre?

Soledad, comprendiendo que su labor de costura es imposible ya, se levanta y toma un periódico de la mesa.

—Mira, te lo explico de inmediato. Aquí está publicado, por enésima ocasión, el dichoso "Nocturno" dedicado "a Rosario"... —hojea con velocidad el periódico—. ¡Aquí está! —y con el dedo, busca la prueba a sus dichos—. Escucha bien, Matilde, y ya me dirás si tengo razón o no —imposta la voz y declama—: "¡Qué hermoso hubiera sido vivir bajo aquel techo, /

los dos unidos siempre y amándonos los dos…", sí, suena muy bonito, pero es absolutamente irreal, ¿no te parece…?

—¡Madre, el hecho de…!

—¡No me interrumpas! —y sigue—: "tú siempre enamorada…", como si una fuese una estúpida que puede estar la vida entera viendo con ojos de bovino al mismo hombre…

Muy a su pesar, Matilde sonríe.

—Mamá…

— "¡Yo siempre satisfecho…!". ¡Claro! ¿Y cómo no va a estar "siempre satisfecho" un señor que tiene mujer, criada, cocinera y lavandera a la vez, día y noche…?

—¡Ya, madre, por Dios…! —no puede evitar divertirse la muchacha.

—¡Ah! ¡Pero aquí viene la cereza del pastel! "…y en medio de nosotros… ¡mi madre como un dios!" —Soledad azota el periódico en la mesa—. ¿Tú sabes lo que es tener a la madre de tu marido, entre él y tú, "como un dios"? ¡Seguramente el señor Acuña estaría convencido de que su madrecita también era virgen, como la madre de Jesús!

—¡Mamá! ¡Cállese usted! —Matilde se carcajea y se tapa los oídos.

Soledad disfruta sacar a la muchacha de su ánimo meditabundo.

—¡Escucha las sabias palabras de tu madre, hija! Si algún hombre te solicita para llevarte a vivir a casa de su madre y ponerla en medio de ustedes "como un dios"…, ¡huye de él como si tuviera lepra! ¡Como se huye de un sifilítico! ¡Como de un infectado de tabardillo…!

Soledad ruge como un monstruo que amenaza a una niñita, alcanza a Matilde y ambas caen al sillón envueltas entre risas, gritos y abrazos, cómplices inseparables de la vida, descubridoras atónitas del mundo que se abre ante sus ojos, fuerzas opuestas que se complementan y se hacen fuertes la una a la otra.

Esa noche, cuando Matilde duerme, Soledad Lafragua toma de nuevo el periódico y lee algunos versos del "Nocturno", a la luz de un quinqué: "¡Bien sabe Dios que ése era mi más hermoso sueño, / mi afán y mi esperanza, mi dicha y mi placer; / bien sabe Dios que en nada cifraba yo mi empeño, / sino en amarte mucho bajo el hogar risueño / que me envolvió en sus besos cuando me vio nacer!"... y llora. Llora Soledad por la vida que no fue, por el amor que no existió, por el marido que ya no está, por las promesas incumplidas y los sueños rotos. Llora por no haber tenido nunca un "hogar risueño" y llora también por aquel joven poeta cuyo espíritu, hecho trizas a los veinticuatro años, prefirió la calma que le prometía el cianuro, antes que sufrir los estragos de un amor imposible y una vida sin horizontes que lo convertía en verdugo de sí mismo.

6

Así te espero, humano sufrimiento:
¡Ay! ¡Ni cedes, ni menguas, ni te paras!
¡Alerta siempre y sin cesar hambriento!

Pues ni en flaqueza femenil reparas,
no vaciles, que altiva y arrogante
despreciaré los golpes que preparas.

Laura Méndez de Cuenca
Nieblas

Soledad procura entender lo que ocurre con su hija. Su talante comedido y amoroso se ha tornado en una especie de ensueño abstraído y ensimismado. Soledad entiende, ¡y claro que lo entiende!, que Matilde lleva sobre los hombros una responsabilidad inmensa: no sólo continúa con sus prácticas de obstetricia y de pequeña cirugía, también realiza estudios preparatorios particulares para aspirar a una solicitud de admisión en la Escuela Nacional de Medicina. Y para pagar estos estudios —Matemáticas, Latín y Raíces Griegas—, correspondientes a la preparatoria, da consulta de manera particular a las cada vez más numerosas mujeres que la buscan para ser atendidas en sus embarazos o en sus "enfermedades de la cintura". Confían en Matilde por su conocimiento y destreza técnica. Además, da clases particulares a niñas y a señoritas, de Lenguaje y Geografía. Y por las noches, pone en peligro la vista, una vez más, al zambullirse hasta la madrugada en sus libros médicos. "Pobre hija mía", reflexiona Soledad Lafragua, hecha ya una sola entidad con su máquina de coser de la que emergen vestidos, chaqués, pantalones, caperuzas y todo lo que le sea encargado. "Aunque yo, a su edad, ya había parido tres hijos…", ensarta un nuevo hilo en el ojillo de la aguja fija. Suspira. "Pero tú no buscabas ser una doctora, Soledad…", le habla esa voz que a todos perturba con la verdad. Aunque, no. No era el exceso de trabajo. Matilde era fuerte, lozana, joven… "¡Por dios, nadie puede ser más joven que a los diecisiete años!". Pero, entonces, ¿por qué ese súbito cambio de personalidad y de humores? Lánguida, llorosa, irritable. "Novelas no lee, afortunadamente…", sigue pensando Soledad mientras aborda una complicada sisa. "Sólo eso faltaría. Que perdiera el tiempo con esas cursis novelas en las que las mujeres son pintadas como unas estúpidas extravagantes que terminan siempre suicidándose…". Y no se decide por forrar con un tafetán de tejido simple o en esterilla. "A la ópera tampoco va...". ¿Y si en lugar de forrar con tafetán lo hace con camanonca? "Claro que cuando fuimos a escuchar *Lucia di Lammermoor* con Ángela Peralta… ¡qué mujer más fea…!, Matilde quedó muy impresionada con la escena de la locura… y el cuchillo ensangrentado. Lloró, por supuesto. Pero no, no ha ido otra vez a la ópera…". Se decide por la camanonca. Tampoco es que esté cobrando gran cosa por ese abrigo. "¿Entonces…?”. Detiene la máquina y su espalda se yergue al máximo. Si Soledad fuese una loba, en ese momento se podría apreciar cómo se expanden sus fosas nasales y sus orejas se levantan enhiestas. Se pone en pie y camina hasta la mesa del comedor. La única mesa posible, a final de cuentas. Ahí están apilados los libros de estudio de Matilde. Los revisa cuidadosamente. Libros de anatomía, de asepsia. Algunos recetarios de la Escuela Nacional de Medicina, retirados en préstamo de la biblioteca. Sus libros de latín, algunos tratados de matemáticas y… “¿Qué es esto?”. Un pequeño libro empastado en rojo que Soledad no había visto hasta entonces. Lo toma con la certeza de quien encuentra la prueba flagrante de un delito y lee la portada: *Florilegio poético*. Si la molestia de Soledad es manifiesta, jamás habría estado preparada para leer lo escrito, con delicada caligrafía, en la guarda: “Francisco Montes de Oca y Saucedo”.

Por la noche, cuando Matilde llega exhausta, hambrienta y con una incipiente tos a su casa, se encuentra a su madre, sentada en el sofá, con la mirada grave y sombría, con un libro rojo entre las manos. Matilde se paraliza. Soledad levanta el rostro y abre una vez más el libro para leer, por enésima ocasión, el infausto nombre ahí escrito.

—¿Lo amas?

Matilde rompe en llanto. Soledad deja caer la cabeza. Matilde no tiene que decir nada, pues sus ojos la delatan. La madre, desencajada, violenta, se pone de pie y se acerca hasta su hija. La aferra por las muñecas.

—¡Ese hombre podría ser tu padre, Matilde! ¡Dime que no has aceptado de él ni el roce de sus manos!

La muchacha está aterrada.

—¡Dímelo, Matilde!

—¡No, madre...!

Soledad le toma ahora la cara, clavándole su mirada azabache.

—Matilde, si te has decidido a tomar el camino que elegiste, debes saber que estarás rodeada siempre de jóvenes aturdidos o de viejos insensatos que al verte entre ellos, tratarán de hacerte el amor...

—¡No, mamá...!

—¡Prométeme que nunca aceptarás relaciones con ninguno de tus condiscípulos... y mucho menos con tus maestros!

Matilde llora sin reparos. Se ahoga.

—Porque si así lo hicieras, Matilde, este solo hecho te haría perder el respeto de todos los demás. ¡Piensa que, al ponerte bajo las miradas de toda una sociedad, tu conducta debe ser verdaderamente inmaculada! ¿Me entiendes? ¡Tú debes demostrar que la ciencia no está reñida con la virtud!

Matilde se desafana de las garras que la atenazan y cae al suelo, de rodillas. Momento preciso para que Soledad sentencie:

—Y no olvides que si cometes una acción que te degrade ante mis ojos, me matará el dolor o el remordimiento de haberte expuesto yo misma... y me obligarás a quitarme la vida...

La muchacha queda ahí, tirada en el piso, sollozando. Soledad toma el libro rojo.

—Mañana mismo le haré llegar este libro al doctor Montes de Oca, agradeciéndole su atención... y suplicándole que se abstenga de tener ningún contacto contigo.

Matilde libera un llanto desgarrado, llorando su cansancio, su pobreza, su debilidad y el secreto descubierto y traicionado.

Soledad se da cuenta de que, en ese momento, está en juego el futuro mismo de su hija. Procura calmarse. Deja el libro en la mesita de la sala. Se tapa la cara con las manos. Respira. Acerca una silla hasta donde se encuentra su hija. Se sienta y le acaricia el cabello.

—Matilde… Creo que debemos irnos a otra parte… de nuevo…

—No…

—¡Mira lo bien que nos fue en Cuernavaca!

—¡No pienso dejar mis estudios…!

—Sshhh… Escúchame. Ya estás más que preparada para ingresar a la Escuela de Medicina, lo sabes bien. Tienes muchos más conocimientos que algunos médicos titulados que conocemos…

—¡Pero no me pueden admitir todavía en la escuela, madre! Por la edad…

Soledad teje sus argumentos.

—Precisamente. Entonces, ¿por qué estudiar aquí, en México? Esta ciudad es demasiado grande, demasiado cruel y soberbia —hace una larga pausa—. Vámonos a Puebla, hija…

—¿A Puebla? —trata de confirmar, con enorme incredulidad, Matilde.

—¿Y por qué no? —sonríe Soledad—. A la tierra en la que nací. Es una ciudad que conozco bien. No será difícil volver a relacionarme con la gente de allá. Y la Escuela de Medicina de Puebla es también muy importante. Además, pienso que no es tan fácil encontrar allá a una obstetra de tu calidad. Quizá hasta nos resulte más conveniente en lo económico. ¡Imagínate poder vivir de tus prácticas médicas sin tener que dar clases a las niñas tan sosas que atiendes…!

Le levanta el rostro por la barbilla.

—¿Qué piensas?

Pero Matilde sólo tiene en su mente la mirada triste de Francisco Montes de Oca, sus manos delgadas y rugosas, su voz de terciopelo, su quijotesca figura y la señera inteligencia que le corona la desaliñada testa y la guía a ella, a su "apreciada joven", en todo momento.

Soledad entiende el silencio de Matilde como una tácita aprobación. Sonríe y le besa la frente.

—Tú y yo juntas, Matilde. Siempre juntas. Mañana mismo empiezo los preparativos.

Se dice que no hay errores. Sólo enseñanzas. Si esto es cierto, Matilde y Soledad están por recibir las más crueles enseñanzas de su vida. Y si los errores existen simple y llanamente como eso, como errores, Soledad Lafragua habrá de cometer el más grande error de su vida. En Puebla, Matilde se enfrentará al "humano sufrimiento que no cede, ni mengua, ni se para", y se mantiene "siempre alerta y hambriento…".

VI

ANTÍTESIS

1

RAZONAMIENTOS OPUESTOS

> ... (elevándose) por encima de una sociedad injusta por naturaleza y antagonista por sistema.
>
> Laureana Wright
> *Mujeres notables mexicanas*

Los años que transcurren en una vida humana son apenas fracciones de segundo para el planeta y la historia que en él labramos, como bien sentencia el lugar común. Y son también nuevos e infatigables surcos que las ruedas de los carros y los herrajes de los caballos van horadando en los caminos; los mismos surcos que el viento y el agua salada van esculpiendo en las rocas de los acantilados y que el péndulo de Foucault va marcando, impasible, sobre la paciente arena que lo aguarda, teniendo la certeza de que su punta habrá de acariciarla en el momento justo y por un tiempo determinado.

El año en que Matilde Montoya llega a radicar a Puebla, la mitad del país se encuentra incendiada por una nueva guerra santa: la Guerra de los Religioneros, una primera Cristiada, dada su magnitud, que busca defender la "verdadera fe" —la católica, por supuesto— en contra de la "amenaza protestante" cuyas amarras han sido liberadas, con fines perversos, por el ateo radical que es Sebastián Lerdo de Tejada.

Nada de esto le importa al péndulo de Foucault que sigue su camino, casi con indolencia, sobre la arena en París, de la misma manera en que tampoco les importa a los fieros defensores de la religión— más bien destructores de la libertad—, que el médico y microbiólogo alemán Robert Koch haya logrado aislar el bacilo del ántrax o carbunco, salvando con esto miles de vidas, incluidas las suyas, las de los religioneros del campo, quienes mueren como moscas, infectados por los cadáveres de los animales en las rancherías. Esto no les concierne, ya se sabe, pues no es ningún dogma forjado con galimatías. A ellos, a quienes tanto les indigna el ser llamados "fanáticos", lo único que los motiva es lanzarse a matar pastores protestantes y a quemar las casas de los apóstatas. ¿Para qué informarse —y tal vez sacar algún provecho— de que en ese 1876, *annus mirabilis*, Nikolaus Otto fabricó el primer motor de combustión interna de cuatro tiempos, Thomas Alva Edison inventó el fonógrafo y Alexander Graham Bell obtuvo por fin la patente de la invención del teléfono? ¿Se habrán enterado los religioneros, cuya guerra duró tres largos años, que la Comisión Astronómica Mexicana, subvencionada por el gobierno anticlerical de Lerdo, ganó la primera carrera espacial de la historia moderna? ¿Que aprovechando el primer tránsito de Venus frente al Sol desde hacía más de un siglo, los astrónomos mexicanos lograron medir con toda exactitud la distancia entre nuestra estrella más cercana y la Tierra, sentando las bases para calcular las verdaderas dimensiones del sistema solar? ¿Podrían acaso sospechar que esta proeza le permitió a México establecer contactos con las más importantes sociedades científicas del mundo y colocó al país en un primer plano dentro del desarrollo tecnológico internacional? Difícil saberlo, pues la piadosa grey ocupaba sus afanes en leer, con enajenada devoción, el "Manifiesto contra la divulgación de textos protestantes" que el obispo de Zacatecas había publicado y dado a conocer por todos los medios posibles: "La Iglesia ha recibido el don de la infalibilidad. Desde el momento en que sabemos, (...) por la autoridad de la Iglesia, que Dios ha hablado, no debemos ocuparnos sino de creer en lo que Él ha dicho. (...) Que se le comprenda o no se le comprenda, poco importa: el fundamento seguro, la certidumbre, está en la palabra de Dios y esto basta. (...) Os exhorto a que huyan con prontitud de todo escrito de perversa doctrina, como se huye de un áspid o de un lugar fétido y corrompido".

Cuánto saber desperdiciado... Cuánta inteligencia perdida entre los gritos desaforados de "¡Viva la religión! ¡Mueran los protestantes!". *Dieu le veut...! Allahu akbar...!*

A Puebla, que no se ha sumado abiertamente a la guerra, es cierto, pero eso tan sólo por el terrible recuerdo de las consecuencias que le trajo la anterior revuelta religiosa y de la que la ciudad fue protagonista, llegaría Matilde. Una mujer, una joven científica que sería acusada de ser "masona y protestante". Nada menos.

No es una exageración decir que, en Puebla, la vida de Matilde Montoya corría peligro.

2

Altas paredes desportilladas
cuyos sillares sin musgo vi,
¡cuántas memorias tenéis guardadas!
Níveas cortinas, jaulas doradas,
tiestos azules… ¡no estáis aquí!

Juan de Dios Peza
En mi barrio

"La señorita Matilde Montoya Lafragua, profesional de Obstetricia, certificada por la Junta Directiva de Ynstrucción *(sic)* Pública de México, ofrece sus servicios en Calle de la Reforma No. 5", rezaba el modesto anuncio, de un octavo de plana, en el periódico local.

Soledad había encontrado un pequeño apartamento cuya sala pudo acondicionarse de manera espléndida a manera de consultorio. Todo lucía de maravilla, aunque la clientela era escasa y al paso de las semanas, la situación no mejoraba. Hasta que llegó una señora, de alcurnia a todas luces, dado el carruaje del que descendió y sus opulentos vestidos. La mujer era víctima de un malestar "de señoras" que no estaba dispuesta a tratar "con ningún matasanos".

—Y ya que viene usted tan bien recomendada de la Ciudad de México, pues heme aquí... —y le extiende la mano doña Gertrudis Murguía.

Se inicia la consulta y aquella dama constata, con beneplácito, no sólo la capacidad técnica de la obstetra, sino también sus modos suaves y delicados. Su dolencia no es grave. La solución es sencilla y la clienta se da por satisfecha ante la eficaz cura que Matilde le proporciona ahí mismo, ahorrándole con ello el bochorno de hacer algún encargo ante el impertinente boticario, un hombre entrometido que siempre buscaba indagar el porqué y el para qué de las recetas dadas a sus clientes, esperando encontrar siempre algún sustancioso "secretillo".

—Le agradezco mucho, señorita Montoya. Ojalá pudiera enseñarle a los médicos poblanos la manera correcta de tratar clínicamente a una mujer —se ruboriza por el enojo—. A veces me siento como gallina rellena frente a ellos...

Matilde se ríe con su habitual gracejo.

—Le prometo recomendarla entre mis amistades, Matilde... ¿Me permite llamarla por su nombre?

—Se lo suplico.

Estas palabras son música para los oídos de Soledad, quien escucha a hurtadillas desde el otro lado de la puerta. Ésa es la clientela que necesitan para terminar de instalar el consultorio como es debido. Gente de buena y segura paga.

—Aunque quizá sea un poco difícil que quieran venir aquí, se lo advierto... —agrega la mujer.

—¿Por qué lo dice, doña Gertrudis?

La dama sonríe y le acaricia la mejilla.

—Matilde, querida... Sólo a una veraneante como usted se le ocurre poner un consultorio para señoras decentes en plena calle de la Reforma... ¡y tan vecina de los metodistas, hija!

A Soledad no le toma mucho tiempo averiguar, platicando en el mercado o preguntando en la mercería, que la Calle de la Reforma es una cicatriz en el rostro de la capital poblana, una herida que está muy lejos de cerrar. Inclusive doña Concepción, la dueña de la casa de telas, le confiesa —sin ánimo de ofenderla, claro— que todavía escupe en el suelo de la calle maldita cada vez que se ve forzada a cruzarla.

—Pues ahora resulta, Matilde —explica la madre mientras pone unos chiles poblanos a las brasas—, que hace veinte años... tú no habías nacido y yo estaba amamantando a tus hermanos, imagínate... hubo aquí, en Puebla, una enésima revuelta religiosa...

—Mamá, se queman los chiles...

—No, no se queman, se asan para desflemarlos... Pues viene a resultar que la dicha revuelta, ésa, en la que gritaban "¡Religión y fueros!", fue... apoyada, digamos, por el obispo Labastida y Dávalos...

—¿Y por qué no me dice algo que sea novedoso, madre? ¿Un cura sufragando los gastos de una revuelta? Mire usted, qué raro...

Soledad la reprueba con la mirada.

—No te pases de lista. Sabes bien que detesto la beatería, pero hay cosas que yo sí respeto... —le da la vuelta a los chiles—. Bueno, pues el presidente Comonfort... que te recuerdo que a ti te tocó nacer todavía bajo su presidencia...

se enteró de todo y demandó a la mitra ¡por un millón de pesos, figúrate!

—Mamá, los chiles...

—Sí, hija, los estoy viendo... Y claro que el obispo se negó a pagar un peso, pero ¡ya sabes cómo se las gastan los liberales que tanto adoras! Comonfort no sólo desterró al obispo, sino que mandó también a una cuadrilla de albañiles y soldados ¡a derrumbar el convento que estaba detrás de la iglesia de Santo Domingo...!

—¡Aquí mismo!

Soledad abre los brazos, como un histrión satisfecho de su propio trabajo.

—¡Aquí mismo, sí señor! ¡Y demolieron también la Capilla del Capítulo, que no había derecho, hija, porque ésa sí la recuerdo de cuando niña y era una filigrana de oro, como la Capilla del Rosario, figúrate! —le pasa una vasija de peltre—. Báteme esta crema, por favor... ¡Y no mucho porque se hace mantequilla, acuérdate!

Matilde se sienta y comienza a "soltar" la crema con una espátula de madera.

—Y como para que quedara muy claro quién era el que mandaba aquí, Comonfort ordenó poner en las esquinas un letrero que decía: "Callejón de la Reforma"... Qué sinvergüenza... Y ya luego siguieron las obras para hacerla una calle completa.

—Ya está la crema, ¿qué más hago?

—Ve pelando la fruta, hija...

El humo de los chiles empieza a escocer los ojos de Matilde.

—¡Ah! Y como si no fuera suficiente la afrenta, ¿ves la casa esa, la grande que está sobre nuestra misma acera, hacia el sur, en la esquina?

—Creo que sí —dice Matilde tosiendo ligeramente.

—Pues entérate: ¡se la regalaron a la Iglesia Metodista Episcopal! ¡Y acaban de abrir ahí un orfanatorio cristiano! Claro, de los "otros" cristianos, se entiende...

Matilde cierra los ojos, conteniéndose. Aguarda una cita y no pretende entrar en discusiones bizantinas con su madre. Soledad descansa los puños sobre la mesa.

—Me temo, hija, que nos hemos venido a meter a la boca del lobo...

—¡Mamá, los chiles! ¡Se están quemando!

—¡Ay, Dios mío, pero por qué no me avisas, hija!

Soledad rescata de la lumbre algunos chiles carbonizados. Matilde se levanta para abrir de par en par las ventanas.

—¡Madre, que espero a una paciente! ¡Y con este olor!

Soledad la toma por los hombros y le habla con premura:

—¡Matilde! Tienes que poner en tu consultorio una imagen de la Virgen del Carmen... ¡No! ¡Mejor de la Virgen de los Remedios! Ya ves que aquí quieren mucho a Hernán Cortés...

Matilde sonríe abiertamente.

—¡No te rías, hija, todo es parte del negocio...!

—No voy a poner jamás en mi consultorio una imagen religiosa, madre, y mucho menos por negocio...

Soledad finge indignación.

—¡Ahora pensarás que soy una farisea...!

Matilde le da un beso en la mejilla.

—No pienso nada de eso, pero mi fe no tiene que ser demostrada ante nadie. Despreocúpese, que no va a pasar nada.

Pero sí. Tendrían que preocuparse.

3

El cielo está muy negro, y como un velo
lo envuelve en su crespón la oscuridad;
con una sombra más sobre ese cielo
el rayo puede desatar su vuelo
y la nube cambiarse en tempestad.

Manuel Acuña
Hojas secas (XIV)

Con el tiempo, poco importaron la casa de los metodistas y el ingrato nombre de la calle. El consultorio de Matilde Montoya gozaba de un éxito absoluto. Carruajes y calesas estacionados frente a sus puertas eran ya habituales. Doña Gertrudis Murguía, sin duda, había cumplido con su promesa. Y no sólo se atendía a mujeres de clases pudientes. Soledad se había encargado de anunciar a quien le prestara oídos, que los precios de las consultas se aplicaban de manera acorde a las posibilidades de las pacientes, por lo que no era raro mirar en la improvisada antesala, a una mujer vestida en sedas junto a otra ataviada con colores vivos de percal. La primera pagaría un peso con cincuenta centavos o hasta dos pesos, según la gravedad. La segunda, pagaría cincuenta centavos… o con una docena de huevos. Desde entonces, Matilde perfiló lo que llamaría su "apostolado".

Decenas de criaturas comenzaron a llegar al mundo en calle de la Reforma número cinco. Esto no tardó en levantar ámpula entre algunos miembros del Colegio Médico de Puebla, quienes se sintieron agraviados por una "escuincla de la capital, alumna de los más destacados y deleznables masones que habían invadido el templo sagrado de Esculapio".

Sin embargo, no era un asunto de agravios por parte de Matilde el hecho de que ellos tuviesen tan poca práctica en la obstetricia, que sangraran con tal asiduidad a las puérperas, que consideraran un parto lo mismo que la eliminación de un absceso o que recurrieran a prácticas particularmente violentas y equívocas, como el hecho de administrarles a las embarazadas, en cuanto empezaba la labor de parto, oxitócicos, con el fin de contraer el útero, apurar el alumbramiento y salir del problema lo antes posible, sin importar que esto pudiese ocasionar retención de placenta, por ejemplo. Mucho menos era un agravio el que ellos prefirieran la posición "a la francesa" para el nacimiento, es decir, la mujer tendida de espaldas, soportando todo el peso del abultado vientre, y con las piernas abiertas y levantadas —como "gallinas rellenas", según se quejó doña Gertrudis—, lo cual resultaba cómodo y adecuado exclusivamente para el médico, pero contrario a la naturaleza de la mujer. Matilde, en cambio, recurría a otras posiciones, pidiendo a las señoras que se hincaran frente a la cama, que se colocaran encima de ésta en cuatro puntos, sobre sus codos y rodillas, o en posición decúbito lateral, buscando siempre la comodidad de la paciente. Matilde se tomaba el tiempo necesario, les aliviaba el dolor y recibía a las criaturas con los mejores métodos clínicos posibles. Y si los médicos varones recurrían a la cesárea como opción inmediata y —única— al descubrir que el feto venía de nalgas, de cara o de hombro, mientras que Matilde se tomaba el tiempo de voltearlos con toda paciencia, a lo largo de varias semanas, ¿era esto una muestra de masonería? Ridículo. Tan ridículo como el uso indiscriminado que hacían los médicos de los fórceps que lastimaban los ojos y les luxaban los maxilares inferiores a los fetos o provocaban la ruptura del útero de las madres, baldonándolas con la esterilidad por el resto de sus días.

Lo que comenzó a mermar la tolerancia de los médicos fue, claro está, la pérdida de clientes. El doctor Nava y Meléndez, por ejemplo, fue abandonado, en plena consulta, por la señora Domínguez, cuando éste le anunció que requería realizarle una cesárea. La mujer tomó sus cosas y salió gritando que mejor se iba "al consultorio de la doctorcita de México". Don Manuel Ambriz dejó de tener noticias de tres de sus pacientes. Volvió a saber de ellas cuando se enteró de sus respectivos alumbramientos en el consultorio de la calle de la Reforma. Y el doctor Lizárraga, incluso, fue acusado públicamente por la señora Tornel de haberla dejado estéril cuando ésta fue obligada por su marido a acudir con él, a pesar de que ella quería tratarse con Matilde Montoya.

No sólo el asunto ginecológico comenzó a estragar la imagen de Matilde. Sus habilidades en la cirugía menor le acercaron nuevos clientes, de ambos sexos, de todas las edades y condición social, y le granjearon, por supuesto, nuevos enemigos, quienes encontraron en el "Periódico —una gacetilla, en realidad— Religioso y Social Dedicado a la Instrucción del

Pueblo", llamado *El Amigo de la Verdad*, el vehículo idóneo para verter ahí la inquina que la "extranjera" despertaba. Hasta llegaron a considerar una demanda penal contra Matilde por practicar la medicina de manera falsaria, pero Matilde comprobó ante las autoridades sanitarias que su trabajo se limitaba a la "pequeña cirugía" y mostró los certificados correspondientes. La acusaron de ser "demasiado joven" como para que se le pudiera creer que era una obstetra calificada. Matilde publicó entonces el certificado correspondiente firmado por el doctor Río de la Loza. La acusaron de ser masona. Matilde delató la misoginia implícita en las logias masónicas y por lo tanto, la imposibilidad de pertenecer a una de ellas. Con todo, la clientela de Matilde Montoya se mantuvo casi intacta, aunque dejaron de ir, tristemente, las señoras de sociedad. Dentro de sus precarios horizontes, tenían una razón poderosa.

Fue doña Petra Nava y Meléndez, hermana del referido doctor de los mismos apellidos, quien aportó la prueba definitiva que abatiría por completo a Matilde: cruzando por la calle de la Reforma, a plena luz del día y a bordo de su carruaje, vio salir a Matilde Montoya, vestida con cofia y delantal médico, del Orfanatorio Cristiano de la Iglesia Metodista. La prueba era contundente. Ahora podrían acusar a la señorita Montoya de ser una contumaz protestante.

4

La atroz calumnia, el venenoso aliento,
y los densos vapores de allí lanza
contra famas sin cuento,
y mancilla y marchita cuanto alcanza.

Francisco Manuel Sánchez de Tagle
A la luna en tiempo de discordias civiles

—¡Pero, cómo se te ha podido ocurrir, Matilde! —estalla Soledad Lafragua azotando en la mesa la gacetilla de *El Amigo de la Verdad* en la que se le acusa, nuevamente, de ser "masona" y para colmo, "protestante".

Matilde no responde. Mira con gravedad la publicación. El ceño fruncido, las mandíbulas tensas.

—¿Me puedes decir qué tenías que hacer, a plena luz del día, en el orfanatorio de los metodistas?

—No sabía, madre, que las emergencias médicas se presentasen en un horario determinado.

Soledad la sacude por los hombros.

—¡No estoy para tus ironías, Matilde! ¿No me estás escuchando? ¡Se nos va la vida y el porvenir en esto! ¡Mira tu consultorio vacío!

Soledad bufa y camina de un lado a otro.

—La gente comienza a mirarnos con desprecio... ¡La señora Concepción, la de las telas, se ha negado a venderme dos metros de raso! "¡Que se le había terminado!", me dijo la muy arpía. ¡Pero si yo lo estaba viendo detrás del mostrador! ¡Tú no sabes lo que he padecido, Matilde!

Matilde respira hondo.

—Sí lo sé, madre. Hoy unas comadres escupieron en el piso, cuando crucé frente a ellas. Y me insultaron...

Soledad se mesa los cabellos.

—¡Ay, hija mía! ¡Ay...! ¡Y todo por hacerte la buena samaritana e ir a atender a los protestantes...!

—¿¡Es malo lo que hice, entonces!? —se solivianta la muchacha.

—¡Le fuiste a echar piedras a un avispero! ¡Eso es lo que hiciste!

—¡La enfermedad, madre, no respeta religiones ni creencias...! —es la primera vez que le levanta la voz a Soledad. Pero no se arrepiente de ello—. Y estoy ya cansada de tantos absurdos y estúpidas suposiciones...

—¡Suposiciones que nos llevarán a la ruina...!

—¡El niño está muerto, madre!

Soledad se queda muda. Hasta ese momento cae en cuenta de que, en su terror, no le ha preguntado siquiera a su hija por qué razón acudió al orfanatorio cristiano, si atendió a un niño, si a un adulto o si cuidó de un parto.

—El niño está muerto y yo no lo pude salvar...

Soledad, arrepentida como nunca lo ha estado, toma a la hija y la lleva a una silla. Se sienta frente a ella, esperando que Matilde pueda liberarse de aquello que le oprime el pecho y el pensamiento.

—Me hablaron demasiado tarde. Y no es que no hubiesen buscado ayuda antes, mamá. Sí lo hicieron. Pero aquí todos los médicos son católicos y no quisieron asistir a un niño criado por protestantes. ¿Lo puede usted creer? Era sólo un niñito…

La tristeza de Matilde se desliza sobre su rostro como las gotas de una clepsidra. Soledad le toma la mano. Calla.

—El pequeño tenía invadido el cuerpo de pústulas, lloraba como un desgraciado… "¡Mi cabeza!", gritaba… Se retorcía por el dolor, la luz de las velas se le metía por los ojos y se los quemaba como si fuesen agujas ardientes… Tenía fiebre y empezó a delirar, buscando a su madre, el pobre huérfano… Y entonces se contorsionó, arqueando el cuerpo hacia atrás, llevado por la nuca, con los brazos y las manos rígidas, con la boca babeante y los ojos casi en blanco…

Matilde se cubre los oídos.

—¡Y gritó, madre, de una manera espeluznante! ¡Como nunca había yo escuchado gritar a un doliente! ¡Todavía resuena su grito dentro de mi cabeza…!

Soledad se enjuga una lágrima.

—¿Hidropesía…?

Matilde levanta los hombros.

—Meningitis… en un grado tan avanzado que no pude hacer otra cosa más que administrarle morfina… —y llora de nuevo—. Y porque no tengo aún las herramientas ni el conocimiento necesario como para haber ayudado a ese pobre niño, madre. A ese pobrecito niño huérfano… ¡y protestante!

Matilde golpea la mesa, llena de rabia. Se desespera, claro está, aunque lo hace en vano en cuanto a las carencias médicas se refiere, pues faltan diez años todavía para que el austriaco Anton Weichselbaum describa la bacteria del meningococo.

—Aunque, por otro lado, madre, me alegro de que ningún doctor de aquí lo viera en esa condición…

—¿Por qué lo dices?

Matilde sonríe con tristeza.

—¿Se imagina usted? ¿Un niño que grita como un loco? ¿Que se contorsiona en medio de espasmos y suelta espumarajos por la boca? ¿Que no soporta la luz? ¿Que delira…? ¿Qué piensa usted que se estaría diciendo ahora por toda la ciudad?

Soledad entiende. Matilde completa el pensamiento.

—Se le estaría exigiendo un exorcismo al obispo, una quema de brujas en el orfanatorio de los protestantes, impíos asesinos de un niño poseído por el demonio…

Y como si sus palabras fuesen un conjuro, una piedra envuelta en una tela ardiente, bañada en queroseno, rompe una de las ventanas de la sala y entra, intempestiva y furiosa, a compartir de inmediato sus llamas con los cortinajes y el sofá de la sala. Mientras que allá afuera, la sombra que ha arrojado la amenaza incendiaria grita con toda claridad: "¡Viva la religión! ¡Mueran los protestantes!".

5

Siempre el misterio a la razón se opuso:
el audaz pensamiento el freno tasca
y exánime sucumbe el hombre iluso...

Laura Méndez de Cuenca
Nieblas

—Se habrán enterado de lo que ocurrió en el consultorio de la señorita Montoya...

El grupo de damas distinguidas que comparte una taza de chocolate y unas recién horneadas tortitas de Santa Clara en la sala de música de Gertrudis Murguía guarda silencio. Por supuesto que saben lo que ha pasado.

—Me ha parecido un acto vergonzoso y cruel —termina de servir una nueva taza de chocolate.

Algunas mujeres asienten, dándole la razón. Otras callan y se limitan a revolver con una cucharilla de plata el espeso chocolate.

—Creo, querida Gertrudis, que todos nuestros actos llevan en sí mismos sus propias consecuencias.

Gertrudis, con una gélida sonrisa, mira a doña Petra Nava y Meléndez, una mujer que podrá ser llamada "anciana" dentro de muy poco.

—¿Y cuáles serían los actos reprobables cometidos por una profesional de la medicina, querida Petra, como para que su casa sea incendiada?

—Bueno, tanto como incendiada...

—¡Sólo por la oportuna ayuda de los vecinos, Petra! ¡Esa muchacha y su madre pudieron haber muerto! ¿No te das cuenta?

Petra Nava y Meléndez apura el chocolate de la taza, prefiriendo quemarse el gaznate antes que responder al cuestionamiento.

—Esa muchacha pisó terrenos muy peligrosos, Gertrudis —tercia doña Consuelo Jiménez, una mujer de edad intermedia—. Y ya sabemos que a nuestros hombres no les gusta sentirse invadidos...

—¿Me estás diciendo que la señorita Montoya se merece lo que le sucedió?

Consuelo Jiménez se apresura a aclarar su postura.

—¡No, Gertrudis, por Dios! ¡Si yo misma me he atendido con ella! —hace una pausa para acomodar sus argumentos—. Sólo digo que... las cosas son como son... y no seremos nosotras quienes las vamos a cambiar...

Las que antes callaron, ahora aprueban. Las que antes asintieron, callan e intercambian miradas.

—No estoy tan segura de eso, Consuelo. Si nosotras no lo hacemos, ¿quién lo va a hacer? ¿Nuestros maridos?

—Hay cosas, Gertrudis, que se pueden cambiar, sí... —habla ahora doña Magdalena Cayetano—. Pero también, debemos aceptarlo, hay otras que no podemos cambiar y sobre todo, no debemos cambiar...

Gertrudis sonríe.

—Hermosa reflexión la tuya, Magdalena, pero no has dicho nada con sustancia...

A las más de las invitadas siempre las ha atemorizado el desparpajo y la inteligencia a flor de piel de Gertrudis, cuya lengua es un florete dispuesto al combate.

—Lamentamos no estar a la altura de tus pensamientos, Gertrudis —replica Consuelo—, pero déjame explicarme: el papel de la mujer es tan fundamentalmente importante en el santuario del hogar, que cualquier otra actividad a la que se quiera consagrar sería miserable en comparación con los grandiosos deberes domésticos...

—Entonces, Consuelo, no nos queda más que parir niños y rezar el rosario...

—¡No! ¡No es lo que estoy diciendo, en absoluto... y déjame hablar! —Consuelo respira para aclarar sus pensamientos—: A la mujer se le debe educar e instruir, claro que sí, pero no para que compita con el hombre y mucho menos que lo aventaje, sino para que desempeñe, lo mejor que le sea dable, su valiosísimo papel.

Gertrudis la mira y sonríe. Le habla con cariño.

—Agradezco la sinceridad de tus pensamientos, Consuelo, me aclaran muchas cosas.

—De cualquier manera... —retoma la palabra doña Petra—, esa muchacha ya estará preparando sus valijas. Ya no es nuestro problema.

Doña Gertrudis deja su taza con poca delicadeza sobre la mesa.

—No sabía que tener a nuestro servicio una buena obstetra fuese un problema, Petra...

—Bueno, querida... —decreta la cercana anciana con orgullo virginal—, como yo no requiero de sus servicios...

Pero Gertrudis le asesta:

—Pues haces mal en no requerirlos, Petra. El hecho de que nunca hayas conocido varón no te exime de tener una enfermedad en el sexo...

—¡Gertrudis...!

—O de padecer una litiasis urinaria o cualquier dolor miccional... que se manifiestan, por cierto, cualquiera de los dos, con un terrible escozor en la pepa...

Las carcajadas se dejan oír en el salón. Doña Petra escupe el chocolate y otras dos mujeres se santiguan, escandalizadas.

—La virginidad no tiene nada que ver con la asepsia, Petra. Te recomiendo que estés alerta, querida... Tan alerta como estuviste para anunciarle al mundo entero que Matilde Montoya fue a atender a un pobre niño moribundo al hospicio de los metodistas...

Doña Petra Nava y Meléndez, sudorosa, abre el abanico y se refresca.

—Ya empezaste con los bochornos, pobrecita... —sigue implacable Gertrudis—. ¡Nunca se acostumbra una! ¡Son espantosos!

Las mujeres ríen de manera discreta o condenan a Gertrudis Murguía, quien sólo por ser la anfitriona, se salva de recibir airados reclamos. Por ello, tan quitada de la pena, sirve nuevas tortitas de Santa Clara en unos delicados platos austriacos con filo de oro, que ella presume como un regalo personal de la emperatriz Carlota, ¡infortunada mujer!, a su paso por Puebla.

—De cualquier manera, señoras, el vil atentado en contra de la señorita Matilde y su madre no ha servido de mucho. Su consultorio estará abierto de nueva cuenta a partir de mañana.

Expresiones de asombro van y vienen.

—¡Pero, cómo! —se indigna Petra—. ¿No se va esa mujer del estado?

Gertrudis Murguía sonríe con toda placidez.

—No sólo no se va, Petra. Se queda... y por mucho tiempo —y anuncia de manera triunfal—: Y será el próximo lunes en que tendré el honor de acompañarla a la Escuela de Medicina, en donde solicitará matricularse como estudiante regular.

El pasmo no tiene límite.

—Sí, señoras, como lo oyen. Matilde Montoya será la primera mujer médico de nuestro país. Y estudiará aquí, en Puebla.

El silencio, el azoro, la incertidumbre, las invade a todas. Petra Nava y Meléndez estalla:

—¡Pero eso es inaudito! ¿A quién se le ocurre? ¿¡Hasta dónde quieren llegar las mujeres con semejantes locuras!?

—¡Una mujer médico! —se inquieta doña Consuelo—. Pero si nuestras manos, señoras, son frágiles y tersas para acunar a un bebé, para acariciar a nuestras criaturas... ¡no para amputar un brazo o hacer una cirugía!

—¡Las mujeres valemos tanto como los hombres y somos incluso más fuertes y valientes...! —se escucha desde un rincón.

—¡Habla por ti, querida! —gritonea alguna otra—. Que si ya bastante sufrimos las mujeres con ver un poco de sangre... ¡no me quiero ni imaginar los desmayos que se avecinan frente a una hemorragia! ¡La sola idea me horroriza...!

Petra Nava y Meléndez se vuelve hacia una mujer que está sentada sola, un poco apartada, en un *vis a vis* de ebanistería vienesa:

—¡Doña Rosario! ¡No ha dicho usted una sola palabra de todo esto! ¡Tiene que ayudarnos a detener este oprobio! ¡Hable con su marido, se lo ruego!

Rosario López, una mujer de modos y usos sencillos, deja la taza de chocolate vacía sobre la mesita y se limpia las comisuras de los labios. Sonríe e intercambia una lúdica mirada con doña Gertrudis.

—No se preocupe, doña Petra. Hoy mismo hablaré con el señor gobernador. Y ya veremos qué piensa Juan Crisóstomo de todo esto.

6

No te sientas vencido, ni aun vencido,
no te sientas esclavo, ni aun esclavo,
trémulo de pavor, piénsate bravo,
y acomete feroz, ya malherido.

Pedro B. Palacios, *Almafuerte.*
Siete sonetos medicinales (Più avanti!)

La noticia de que Matilde Montoya solicitaría una matrícula como estudiante de medicina en la Facultad de Puebla se esparció por toda la ciudad de la misma manera en que lo hacían de continuo las cenizas arrojadas por el volcán Popocatépetl. Todos estaban enterados y todos tenían una opinión al respecto. *El Amigo de la Verdad* se burló del asunto, otros medios dieron sus sentencias, voces a favor y en contra cruzaron la ciudad de norte a sur y el lunes anunciado se presentaba como un vendaval que podría convertirse en tornado.

—Vamos, hija, apúrate… —urge Soledad a Matilde.

Y si Matilde no responde es porque mira, asustada, a través de la cortina.

—La calle está repleta de gente, madre... Todos están mirando hacia acá...

Soledad se asoma igualmente por el otro lado. Se aparta y retira de ahí a su hija. Le toma la barbilla, como tantas veces lo ha hecho.

—¿Para qué está tu madre aquí?

Sin embargo, y quizá por única ocasión, Matilde no se siente segura por las palabras aprendidas. No son pocas las personas que han muerto linchadas, ahorcadas en diversos lugares de la república por los mismos "delitos" de los que se le acusa.

—Matilde, tu verdadero camino empieza hoy. Y empieza aquí. Para esto has luchado tantos años.

—No sin usted, madre...

Pero a Soledad, ya es sabido, le molestan las muestras de afecto. Se coloca un chal y cubre con otro a Matilde. Se dirigen hacia la puerta y al abrirla, el terror se apodera de ellas. Una turba se arremolina frente a su casa. Hombres y mujeres, caballeros y señoras, peones y criadas las miran con enojo, con extrañeza. Retándolas. Al frente de ese compacto pero heterogéneo grupo, está un hombre de rostro severo, piocha bien cuidada y ropaje negro. Lo acompañan otros cinco hombres de iguales características. Parecen empleados de una funeraria. Aunque lo que más alarma a las mujeres son los seis agentes de policía que los acompañan. Un pesado silencio se apodera de la calle de la Reforma.

—¿Es usted la señorita Matilde Montoya Lafragua? —pregunta el hombre del centro.

Matilde no atina a responder. Soledad aparta a su hija de la puerta y la protege con su cuerpo.

—¿Y qué quiere usted de mi hija? ¿Arrestarla por buscar el conocimiento? ¿Lapidarla por intentar alcanzar lo que ustedes, en sus mentes enmohecidas, consideran imposible o pecaminoso? ¿¡En qué siglo viven ustedes que vienen a nuestra puerta con antorchas y piquetas!? ¡Ya nos han humillado y escupido en la calle! ¡Ya han quemado nuestra morada! ¿Qué sigue? ¿¡La muerte!? ¡Lleven a esta joven valiente y brillante a la cárcel, al cadalso o la hoguera, si quieren! ¡Pero tendrán que llevarme a mí también, pues soy su madre y la defenderé hasta mi último aliento!

El hombre mira con extrañeza a sus acompañantes. Una voz se escucha desde otro ángulo:

—Doña Soledad…

Soledad y Matilde llevan la mirada hacia allá. Es Gertrudis Murguía quien las mira con sereno semblante. Con un gesto de la mano les pide calma.

—Señora Lafragua… Señorita Montoya… Soy el profesor Juan Crisóstomo Bonilla, gobernador del estado. Los caballeros que me acompañan son miembros del cabildo, abogados del Poder Judicial y representantes de la Escuela de Medicina. Les he pedido también a estos oficiales que nos auxilien, porque tendré el placer de escoltarla yo mismo, señorita Matilde, a realizar su solicitud de matrícula.

¿Qué esperaba alguien como doña Petra Nava y Meléndez del profesor Bonilla, del principal defensor de la instrucción pública y del creador de las primeras escuelas normalistas del país? ¿Qué otra cosa podía hacer un enamorado de la educación, del progreso y la modernidad si no procurar para su estado la gloria de contar con la primera doctora de México?

Quizá ignoraba también doña Petra que con la llegada del joven general Porfirio Díaz a la presidencia, soplaban venturosos aires de renovación por toda la república.

Y así, acompañada por el gobernador y por el director de la Facultad de Puebla, flanqueada por una pequeña escuadra de policías y seguida por una silenciosa multitud, Matilde Montoya quedó inscrita esa mañana como alumna regular en la carrera de medicina. Debería cursar aún, de manera independiente, algunas materias que le hacían falta para obtener el grado preparatorio, tales como Física, Zoología y Botánica. Nada que la voluntad de Matilde no pudiera sortear.

Pero ahí, perdida entre la turba, atenazada por la presencia de la policía, se encuentra la cizaña, el odio, la reprobación. Y ya tendrá su momento de manifestarse. Ya irá Matilde sola a sus clases en la Escuela de Medicina sin el manto protector de Bonilla, sin los miembros del cabildo, sin las fuerzas policiales. Y en ese momento la zarpa de la incomprensión y del miedo atacará a la joven Matilde Montoya… y lo hará sin piedad.

7

Urdieron sin cesar falsos testigos
engaños contra mí de toda suerte:
procuraron mi muerte
mis fieros enemigos;
y al mirar mis congojas y pesares
prorrumpieron en burlas y cantares.

José Joaquín Pesado
Salmo XXXVIII

La primera piedra que golpeó a Matilde fue lanzada por una mujer. La segunda piedra, de caliza —pequeña pero tapizada de filosas rugosidades, y que hirió a Matilde en la frente para dejarle una pequeña cicatriz de por vida—, fue arrojada por una mujer. Y el tercer proyectil fue lanzado también por una mujer. La cuarta y la quinta piedra que se estrellaron, una en los faldones de su vestido y otra que se pulverizó al chocar contra la pared de la escuela, fueron lanzadas por mujeres. Además de arrojar piedras, las más de las erinias que participaron en la lapidación, la insultaron y la castigaron con salivazos y bofetones en la cara. Hubo una que le arrebató a Matilde el chal y otra que intentó arrancarle una guedeja de negro cabello. A los gritos de terror de la joven, acudieron en su auxilio tres policías y algunos profesores y alumnos que salieron para cargar en vilo a la víctima y resguardarla detrás de las sólidas puertas de la institución, que recibieron todavía una considerable andanada de piedras y escupitajos.

¿Por qué fueron precisamente las mujeres quienes apedrearon a Matilde Montoya? No fue un hombre, indignado ante la afrenta que esa joven le significaba. No fue un padre de familia, escandalizado por la perturbación que el inicio de sus estudios representaba para la sociedad entera. No fue un varón de mediocre entendimiento, lleno de envidia o de celos. Tampoco fue un caballero letrado que percibía en todo esto una amenaza que trastocaría su mundo, ni un campesino ignorante que se cabreaba porque una *vieja* quisiera "salirse del huacal". No. Las agresoras fueron mujeres. Pero ¿por qué lo hicieron? ¿Por las mismas razones recién expuestas? ¿Por indignación, por la inseguridad que les representaba ese cambio en las estructuras sociales, por envidia o por celos, por sentirse amenazadas o por estar profundamente encolerizadas al constatar que una *vieja*, que una de ellas, se quería "salir del huacal", es decir, acabar con el mundo hasta ese momento conocido? ¿Un mundo que para bien o para mal funcionaba? ¿*Les* funcionaba? ¿Lo hicieron por miedo, entonces? ¿Por miedo a lo que es nuevo y diferente? Porque la lucha de Matilde no fue la de una mujer contra los hombres. De ella contra ellos. La suya fue una lucha más poderosa. Fue una lucha que socavó las raigambres mismas de su tiempo. De nuestro tiempo. Matilde Montoya luchó contra los más rancios atavismos de ellas y de ellos. Matilde se enfrentó a todo un sistema social que era construido, justificado y defendido igualmente por hombres y por mujeres. Ellas, desde el más visible: las calles, los mercados, las plazas. Ellos, más cautos: en los despachos de abogados, en las oficinas gubernamentales, en las sociedades académicas; desde los periódicos y en las universidades. Por ello, al interior de la Escuela de Medicina de Puebla, si bien Matilde no fue agredida físicamente, sí fue ignorada por muchos de sus condiscípulos y maestros. No pocos reclamaron abierta o calladamente por la presencia inexplicable de esa mujer en las aulas. Fue borrada del mapa. No se le reconocían sus enormes conocimientos adquiridos previamente ¡y en la práctica clínica, además! Sus comentarios, siempre acertados, eran objeto de cuestionamientos interminables si no es que de franca burla. Y sí, claro está, en muchos de aquellos jóvenes estudiantes y viejos profesores, el temor, el sobresalto ante la inevitable destrucción de los cánones establecidos, la envidia, la incredulidad y sus muy personales cobardías, afloraron en las peores formas: en un insulto siempre callado pero explícito, en un silencio lleno de oprobio o de menosprecio que convirtieron a la joven Matilde en una isla desierta, perdida en la inmensidad de un océano de cerrazón.

Matilde, por tanto, fue una mujer con voluntad de hierro acompañada en su lucha contra "una sociedad injusta por naturaleza y antagonista por sistema", por las personas más valientes y generosas que sabían que el mundo estaba poblado, de igual manera, por seres oscuros y mezquinos, cuyo sexo y género no determina el bando en el que deciden colocarse para librar sus personales batallas. Hombres y mujeres fueron sus enemigos por igual. Y hombres y mujeres, también por igual, fueron sus más grandes aliados.

Pero también el hierro se dobla. También el hierro se enmohece y debilita y el temple natural de Matilde no puede resistir ya la siguiente prueba.

Sus estudios de medicina se han convertido, de manera paradójica, en un motivo de tristeza, de miedo, de irritación constante. Un oficial de policía debe acompañarla todos los días de ida y vuelta a la escuela para protegerla. Además, al ingresar de lleno a la carrera y cursar de manera alterna y particular las materias preparatorias adicionales, su antes próspero consultorio se muestra abandonado. Hasta Soledad ha sido castigada por las mujeres poblanas y su máquina de coser reposa ahí, muda y estática, sin producir vestuarios ni centavos. El dinero se ha esfumado. Las carencias son cada vez más apremiantes. Aunque no es esto lo que habrá de quebrar a Matilde. ¿Qué haría falta para que algo así ocurriese? ¿Más pobreza? ¿Hambre? ¿Agotamiento físico y emocional? No. Una amenaza de muerte, tal vez.

Al final del primer año de la carrera se debían comenzar las prácticas forenses, es decir, los estudios anatómicos con cadáveres. Pero los cadáveres, ¡vaya inconveniencia!, tenían que estar desnudos para ser diseccionados. Los facultativos, por tanto, se resisten a descubrir las "partes pudendas" de un cadáver delante de Matilde. Los estudiantes se niegan igualmente a permanecer junto a ella en la misma sala en la que un hombre, así sea un hombre muerto, yace ausente de recato sobre una plancha.

El escándalo se cierne sobre la facultad y se refleja en la prensa. En un principio no se refieren a Matilde por su nombre, pero sí se habla de la "peligrosa promiscuidad de los dos sexos en los anfiteatros y en los hospitales", razón por la cual los señores profesores no pueden enseñar con toda libertad sus materias. Hasta que *El Amigo de la Verdad* lo escribe con todas sus letras: "Cuán perversa debe de ser esta mujer, Matilde Montoya, como para ser capaz de querer estudiar medicina... ¡con tal de ver hombres desnudos!".

Esa noche, durante la madrugada, Matilde Montoya y Soledad Lafragua, heridas por las esquirlas de los cristales rotos, con quemaduras y laceraciones en las manos y en la cara, caminan apresuradamente sobre las ventanas deshechas de su hogar y las innúmeras piedras que las han acribillado de nueva cuenta, en un repetida y más violenta invitación a irse, a largarse de aquel lugar y dejar a sus habitantes tranquilos y a resguardo de sus creencias y convicciones.

Soledad y Matilde se tapan la boca con pañuelos húmedos para no respirar el aire corrompido por el humo de queroseno que ha tiznado una vez más todas las paredes y cuyas llamaradas han devorado ya sus escasos muebles. Salen a hurtadillas y huyen de Puebla. Llevan tan sólo, en una humilde carreta, el instrumental médico de Matilde y la máquina de coser de Soledad. Se escapan arrastrando su azoro y su impotencia, secando sus lágrimas, con el corazón palpitante por el temor de ser descubiertas y morir linchadas ante el silencio cómplice de la negrura, del fanatismo y la maldad y quedar ahí, muertas, tendidas debajo de esa lápida funesta que representa para ellas, en esa noche trágica, la bóveda celeste.

8

A ti me entrego ¡oh mar! roto navío,
destrozado en las recias tempestades,
sin rumbo, sin timón, siempre anhelante
por el seguro puerto,
encerrando en mi pecho dolorido
las tumbas y el desierto...

Guillermo Prieto
Al mar

Matilde pierde la mirada en el estuario de la Tembladera, en Veracruz, mientras que el viento del mar le encrespa el cabello con su sal y su humedad. Matilde se encuentra absorta, viendo más allá de las aguas putrefactas del estuario —en realidad, una laguna costera formada por una temporal barra arenosa—, en el que flotan, entre iridiscencias tropicales, los cadáveres de algunos peces, en donde las algas y hojarascas, llevadas por el viento, se pudren al sol y los cangrejos moros se dan un festín carroñero con lo que el mar les ha regalado, sin sospechar que las gaviotas darán cuenta de ellos, pobres crustáceos, cuyas inútiles corazas son nada contra los picos de las aves. Una nube de mosquitos sigue el vaivén de la brisa y no son pocos los que zumban amenazantes alrededor de la joven.

Matilde se cuestiona como lo ha hecho desde hace años: "¿Qué es la medicina, qué sentido tiene si no conocemos el origen de las enfermedades? ¿De qué sirve la ciencia si no hemos podido todavía sondear los misterios del cuerpo y su relación con los males que lo corrompen?". Matilde se sumerge en sus pensamientos, mientras que un mísero cangrejo es destrozado y engullido por dos golosas guacharacas y un cormorán se zambulle más allá del estuario, en la pesca diaria: "Ya sabemos que los vahos de las ciénagas, que los miasmas de la tierra y del agua, como los de este estuario, no son, *per se*, los causantes de las enfermedades... Piensa, Matilde, piensa... ¡Entonces, debe existir un agente que lleve la enfermedad de un lado a otro! ¡No sólo las aguas estancadas, los vientos fétidos o los residuos excrementicios de las ciudades tendrían que ser los causantes de la epidemia!". El sol se alza hasta su cenit, en dirección hacia el lejano poniente. "La peste medieval tenía su conducto: las ratas, las pulgas, los piojos... Y ahora que Veracruz está infestada por el vómito negro, ¿cómo saber cuál es el vehículo? ¡Cuál puede ser el vector biológico que transporta este mal! ¡Si el doctor Montes de Oca estuviese a mi lado...!". Matilde se desespera, se golpea las mejillas y los brazos, aplastando los mosquitos que la atacan y se seca las lágrimas torrenciales que se le escapan sin discreción alguna. ¿Qué podía hacer ella, un remedo de médico, para paliar los males? ¿Cómo podría ella, tan alejada del saber, investigar, estudiar y encontrar remedios para contrarrestar la pandemia? ¿Y qué puede hacer ella, un fracaso viviente, una cruel decepción de veinte años, para arrancar a su madre de los brazos de la muerte, pues Soledad Lafragua ha sido presa de la temible fiebre amarilla y se le va la vida en convulsiones y vómitos pestilentes, negros como el carbón?

Veracruz es una ciudad sitiada. En estado de guerra y bajo control militar. La prensa habla de "combate a la fiebre amarilla", de "guerra contra la epidemia", de "exterminio". Los contagiados son tratados como criminales. Su aislamiento es forzoso, ya sea en hospitales, cuarteles o en las tiendas de campaña levantadas en las plazas públicas que hacen de la ciudad un enorme campo de concentración. En ésta y en aquella esquina se alzan cientos de fogatas en las que se queman sábanas, vestidos, pañuelos y todo el material orgánico que ha estado en contacto con los enfermos o con los más de tres mil muertos que para ese día se contaban ya. La ciudad huele a humo y a podredumbre y las campanas de las iglesias doblan por los difuntos hora tras hora, día por día.

Matilde ha podido poner a buen resguardo a su madre al interior del humilde cuarto de la casa de huéspedes en la que se albergan y que lleva por nombre, irónico o premonitorio, El Porvenir. Matilde dispone de todo su conocimiento para procurar la recuperación de Soledad... y también para engañar a las autoridades sanitarias, pues cuando madre e hija son visitadas por los censores encargados de la identificación y confinamiento de los enfermos, los argumentos médicos de Matilde —en el sentido de que los malestares de su madre eran añejos y muy distintos a los de la fiebre amarilla—, son de tal manera persuasivos, que los censores siguen de frente hacia otras viviendas. La joven sabe que no actúa según los cánones de higiene y salud públicas, pero sabe también que las inmundas buhardillas de confinamiento no son otra cosa más que antesalas de la muerte.

El médico a cargo de combatir la pandemia es el destacado bacteriólogo orizabeño Carlos Heineman, quien ha dedicado años de estudio a la fiebre amarilla, sin encontrar aún la causa real de contagio. Matilde Montoya ha ido en su búsqueda, para ofrecer su ayuda y sus servicios. Pero cuando se acerca a él, lo hace en el peor momento. Interno en una tienda de campaña, soportando un calor de los mil demonios, rodeado de infectados, Heineman se convierte en un energúmeno cuando escucha los reportes que le entregan tanto los médicos como los militares: la multitud se sublevó frente a la iglesia del Cristo del Buen Viaje, a las afueras de la ciudad, cuando las autoridades sanitarias intentaron fumigar el templo. Hay decenas de heridos y algunos médicos golpeados. "¡Donde está Dios, no puede existir enfermedad, nomás eso faltaba!", gritaban los creyentes y gritaban también sus palos y machetes. Y hasta ahora, las familias de los difuntos se han negado a permitirles a los médicos, ya no se diga realizar una autopsia, sino al menos obtener de los cadáveres un poco de sangre para observarla en el microscopio, pues "ya bastante grande es el castigo divino que hemos recibido como para todavía permitir más sacrilegios". Heineman arroja al piso las hojas de los reportes y patea una mesilla con instrumental.

—Doctor…

—¿¡Qué carajos quiere!?

Matilde se acerca a él y le habla al oído:

—¿Necesita analizar sangre de un infectado? ¿Quisiera obtener tejido vivo de un enfermo?

Heineman la mira muy serio. Matilde le sostiene la mirada. El médico toma su maletín, mete instrumentos varios y sale corriendo detrás de la muchacha.

—¿Tiene usted suero yodado, señorita? —busca Heineman afanosamente en su maletín.

—No, doctor…

El hombre se da un manotazo en la pierna.

—¡Coño! —resopla—. Está bien, no importa. Lo improvisaremos…

De inmediato le solicita a Matilde un huevo y un vaso de agua. Parte el huevo, separa un poco de clara y la mezcla con el agua y unas gotas de cloruro de sodio que vierte de un pequeño frasco sacado de su maletín. El médico nota la expresión asombrada de Matilde.

—Estamos en una guerra, ¿sabía? Y si quiere usted ser una buena enfermera, debe aprender a improvisar.

Matilde sonríe. No le ha dicho toda la verdad a Heineman. No quiere entrar en honduras.

—Muy bien, señora… su brazo, por favor… No le dolerá… casi nada…

Soledad Lafragua ofrece su brazo al doctor Heineman. Éste la punza y la sangre comienza a fluir. Heineman hiende un poco más el bisturí y obtiene una minúscula muestra de tejido. Soledad está tan ausente que ni siquiera replica. Heineman coloca la muestra en una laminilla de cristal e instruye a Matilde:

—Ponga unas gotas de nuestro suero yodado en el portaobjetos y revuelva un poco… con cuidado… Cúbralo y colóquelo en la platina. Muy bien… Haga una curación a su señora madre mientras que yo observo esto al sol.

El médico se acerca a la ventana. Mira detenidamente a través del ocular. Matilde espera paciente, tomando a Soledad de la mano. Heineman suspira y niega con la cabeza.

—Nada. Todo está igual…

Se vuelve hacia ellas.

—Siempre he creído que hay una fase de descomposición de la sangre durante la fiebre amarilla, pero no es así… Los corpúsculos rojos están íntegros. Los blancos no están aumentados en su número.

—¿Y bacterias, doctor?

Heineman niega con la cabeza.

—El médico cubano Carlos Finlay, quien tiene también gran experiencia en la fiebre amarilla en su país, por razones obvias de semejanzas climáticas, ha empezado a sospechar… —se ríe como sin poderlo creer aún—, de un mosquito…

—¿Un mosquito?

—El *Aedes aegypti*…

—¡Pero si vuelan sobre nuestras cabezas millones de esos mosquitos, doctor!

Matilde lo mira horrorizada. Se descubre un poco el brazo.

—¡Mire! ¡Ayer me devoraron los moscos esos…!

Para Heineman, Matilde se ha convertido en ese instante, en un buen conejillo de indias.

—¿Dónde la picaron?

—En los brazos, la cara, las…

—¡El lugar geográfico, señorita! —vuelve a perder los estribos el hombre.

Matilde intenta hacer memoria.

—Lejos de la ciudad… En el estuario de la Tembladera, me parece…

La desilusión de Heineman podría ser hasta insultante para alguien que no fuera Matilde.

—¡Ah, no, no, no! ¡Muy lejos de aquí! Según Finlay, los mosquitos son sólo portadores. Hay peligro si han picado antes a una persona infectada y dudo mucho que los mosquitos del estuario vayan y vengan hasta el puerto… Es una lástima…

Matilde no lo considera del mismo modo, pero guarda silencio. Soledad se ha quedado dormida.

—¿Y mi madre, doctor?

Heineman guarda sus cosas dentro del maletín.

—Se salvará… siempre y cuando siga usted a su lado. Por desgracia, no contamos con ningún tratamiento que merezca tal nombre, ni medios para ampararnos contra la fiebre amarilla.

Se planta frente a Matilde.

—Un médico franco y leal no puede menos que declararse incompetente frente al terrible contagio…

Matilde sopesa sus palabras.

—Alimente bien a su madre, señorita. Cuídele la fiebre. Si muestra constipación o estreñimiento, una purga es aconsejable. También considero razonable que le administre usted estimulantes en caso de apatía o debilidad. Y se lo ruego… ¡nada de sangrías! Deje usted que la naturaleza haga su trabajo…

Cuando el doctor Carlos Heineman está por salir, Matilde lo alcanza:

—¡Doctor! ¡Permítame ayudarlo en su trabajo!

Heineman la mira con seriedad.

—Primero cuide a su madre. Deje que los médicos nos encarguemos de encontrar el remedio para este horror…

Matilde no sabe cómo pedir también al médico que sea parte de su engaño.

—Doctor, ¿podría suplicarle que...?

—¿Que no reporte a su madre como infectada? No, no lo haré. Usted sabrá muy bien mantenerla aislada... ¡Pero, eso sí! Con una condición.

—Usted me dirá...

Heineman, por primera vez, relaja el rostro y sonríe como un cariñoso abuelo.

—Si comienza usted a tener los síntomas de la fiebre amarilla, ¿sería tan amable de informármelo? Me resultaría de gran interés y quizá... —ríe con entusiasmo—, ¡hasta podamos ayudar al querido amigo Finlay a demostrar su teoría!

Y sale de ahí sin saber que no será Matilde Montoya, sino el doctor Jesse W. Lazear quien, quince años después, se dejará picar por un mosquito *Aedes aegypti* que había ingerido sangre de pacientes con fiebre amarilla. Llevando una minuciosa bitácora del desarrollo de su enfermedad, Lazear murió trece días después. Por ese generoso sacrificio, hoy es considerado un mártir de la medicina. Aunque el cubano Carlos Finlay sólo se limitaría a levantar los hombros y decir, cuando supo la noticia: "Pobre hombre, pero su sacrificio fue en vano. ¡Hace veinte años que presenté al *Aedes aegypti* como el verdadero asesino!".

Pero mientras que esto sucede, el doctor Heineman debe continuar luchando contra la enfermedad que mató, en ese año de 1881, a más de diez mil personas en el puerto de Veracruz y lo convirtió en "las puertas del infierno", como lo llamó la prensa del mundo.

9

Mosquito de Barrabás,
¿quién a mi alcoba te echó?
¿Cuándo en paz me dejarás?
Ya no puedo sufrir más:
O callas tú o muero yo.

Modesto Lafuente
A un mosquito

Soledad Lafragua, a *tempo lento* pero con mano firme, vierte una buena cantidad de café espeso e hirviente en un vaso alto. Después agrega leche humeante y una cucharada de azúcar de caña. Revuelve y pone el café lechero frente a su hija, sentada a la mesa, sí, pero como si estuviese en otro mundo: la mirada perdida, el cabello en greñas, los ojos siempre llorosos y el humor trágico. Han pasado dos semanas desde que se encuentra así, muda, impenetrable. No está enferma. Al menos, no de fiebre amarilla. Simplemente no está. Su espíritu se ha ido a resguardar a la quietud de alguna oscura cueva. No es la primera vez que le ocurre y la madre sospecha que tampoco será la última.

Soledad, como todas las mañanas desde que ha podido levantarse, valerse por sí misma e incluso salir al mercado y a los portales para comprar algo comida, la mira con la paciencia de Job. Aunque ese día, al parecer, la Soledad de siempre está de regreso.

—Matilde, tenemos que hablar.

La muchacha no responde.

—Tenemos que hablar de tu futuro.

Matilde ríe con insolencia.

—¡Mi futuro...!

Soledad se reserva.

—Pienso que tienes cuatro caminos por seguir, hija...

—¡Cuatro! Diga sólo "uno", madre... ¡El fracaso!

Soledad le retira el café a Matilde y empieza a tomárselo ella. Un café tibio es un pecado.

—¿En qué has fracasado, si se puede saber?

Matilde llora.

—Diez mil muertos, madre... diez mil personas murieron y yo fui incapaz de hacer nada por ellos...

Soledad lanza la caballería y para empezar, da un manotazo en la mesa.

—¿Pero me quieres decir en qué momento te convertiste en una persona tan insufriblemente soberbia?

Matilde no entiende el porqué de esas palabras.

—¡Yo! ¡Soberbia...!

—¡Sí, Matilde! ¡La más soberbia de las mujeres! ¿Quién te crees que eres? ¿Dios?

—¡Mamá...!

—¡Porque sólo Dios podría arrogarse la facultad de salvar diez mil almas! ¿Tú por qué podrías haber salvado a esas diez mil personas, Matilde? ¿Qué te da derecho a pensar de esa manera? ¿Eres médico? ¡No! ¿Eres científica? ¡Tampoco! ¡Eres una mocosa soberbia que está en camino de convertirse en doctora, pero no lo eres aún! ¿O acaso pretendes saber más que el doctor Heineman o que Carlos Finlay, el cubano ese famoso? ¡O pretenderás saber lo mismo que Pasteur, para acabar pronto!

Matilde, por primera vez en semanas, responde con un espíritu recién insuflado de pasión.

—¡El origen de las enfermedades es mi principal…!

—¡Pues entonces estudia etiología, Matilde! ¡O estudia bacteriología, en lugar de estar sentada como una sombra, como un fantasma que a nadie ayuda y a nadie asiste!

A Matilde le tiemblan las manos por la furia. Su respiración es entrecortada. Soledad, en cambio, toma con tranquilidad su café caliente. No puede evitar una media sonrisa, la que le anuncia que ha roto el caparazón de su hija, ése que crece intermitentemente sobre el cuerpo de Matilde y la sume en un grave pesimismo.

Soledad se levanta y prepara un nuevo vaso. Repite el ritual sagrado del café lechero y se lo ofrece a Matilde.

—Te decía, hija, que veo para ti cuatro caminos.

Como niña emberrinchada, Matilde sorbe su café.

—El primero es el más sencillo, el más cercano. De hecho, ya estás en él…

Matilde la mira. Sabe que no le gustará lo que su madre está por decirle.

—Te puedes quedar aquí sentada, de por vida, lamiéndote las heridas…

La hija tolera la puya. Soledad saca de su bolso un par de cartas, un periódico y una gaceta.

—La segunda... —abre un sobre y extrae un folio manuscrito—. Te llega a través de la querida señora Gertrudis Murguía...

Matilde arquea las cejas. Soledad repasa las líneas de la carta.

—Me pide que te exprese el "personalísimo interés que tiene el señor gobernador Bonilla", en que regreses a Puebla...

Matilde se burla y toma más café.

—Al menos su broma me ha hecho sonreír, mamá...

—No, no es broma... —ríe también Soledad—. El gobernador te asegura "que nada de lo anterior volverá a ocurrir".

La muchacha toma más café. Disfruta el calor en su garganta.

—¿Cuál es el tercer camino, madre? Porque el de regresar al infierno no me apetece.

Soledad guarda la carta. Toma un periódico local.

—Como supuse que jamás querrías regresar a Puebla... —abre el periódico y estira bien una de las hojas—, he aquí esta maravillosa noticia. Te pido que la consideres.

Matilde busca la "maravillosa" noticia entre las apretadas ocho columnas. No ve nada. Soledad voltea para sí la gaceta y señala con el dedo.

—Mira. Aquí está —lee en voz alta—: "Ha arribado al puerto de Veracruz el vapor *Dumbarton*. Partirá dentro de ocho días rumbo a Nueva York, haciendo escalas en Texas, Florida y Carolina del Norte".

Matilde la mira como si hubiese perdido la razón.

—¿Y?

—Que te puedes ir a estudiar medicina a Nueva York...

—¿Cómo...?

—La doctora Elizabeth Blackwell ha fundado una Escuela de Medicina para Mujeres. En el estado de Nueva York, precisamente —la toma de las manos—. ¿Por qué no te vas para allá, hija?

A Matilde la conmueve profundamente la sinceridad de su madre. Se levanta y la abraza, rompiendo definitivamente la bruma de frialdad que ella misma había tendido entre las dos.

—¡Madre! Le aseguro que no me quedaré sentada a lamerme las heridas. Le aseguro también que jamás regresaré a Puebla —hace una pausa—. Y de la misma manera le aseguro... que ya no quiero ser médico...

Soledad siente un mareo. Matilde se pasea por la estancia, más por no enfrentar a su madre con la mirada que por decir en voz alta lo que piensa.

—¿Por qué no puedo quedarme aquí, en el hermoso puerto de Veracruz, y ser una obstetra reconocida, mamá? ¡Juro que no atenderé nada que no sean partos y enfermedades de señoras! ¡Lo juro! ¿Por qué seguir soñando en imposibles, madre? ¿No nos ha dicho la vida, de maneras más que suficientes, que ése no es mi camino? ¿Y ahora usted propone que me vaya a los Estados Unidos? ¡Y con qué dinero! ¿Y usted? ¿¡Y con qué idioma, por Dios, si la gente de allá ni siquiera sabe hablar francés como el resto del mundo civilizado!?

Soledad hace una pausa. Toma el segundo sobre que traía en la bolsa. No atina a decir palabra. La voz se le resiste. Carraspea.

—No sabía... que ya no querías ser médico...

A Matilde le duele escuchar esas mismas palabras, ahora en boca de Soledad.

—Pero, en fin, hija... es tu vida —hace una incómoda pausa—. Y ahora debo decirte lo que yo voy a hacer.

Matilde se sienta de nuevo.

—Sea cual sea tu decisión… yo debo volver a México, hija. Esta carta me la escribió tu hermano…

—¡José María! ¡Pero…!

—La envió al domicilio de Puebla y doña Gertrudis, bendita mujer, también me la hizo llegar. Soledad prepara la noticia:

—Tu abuela Amparo se ha vuelto loca y está internada en el hospital del Divino Salvador para mujeres dementes…

Matilde siente cómo un yunque se posa sobre su pecho.

—La abuela Amparo… ¿loca?

—Bueno, no es que no lo estuviera ya desde antes, hija…

—¡Mamá!

Soledad levanta los hombros y se carcajea con desfachatez.

—¡Hija mía, he sobrevivido al cólera y a la fiebre amarilla…! Algún derecho tendré de hacer mofa de tu santa abuela la loca, ¿no crees?

Matilde pasa todo esto por alto.

—Pero ¿qué le ha escrito mi hermano?

Soledad desdobla la carta y de nueva cuenta lee por encima:

— "Señora madre…", así lo ha escrito, mira, "Señora madre".

—Mamá…

Soledad repasa a vuelo de pájaro la misiva del hijo.

—Que está a punto de ser teniente… —y dice como en un ensueño—: "Teniente José María Montoya". Está acantonado en Querétaro y tu pobre abuela, "mamá Amparito"… A ella sí le dice "mamá", ¿te fijas?, ha perdido la razón. Tu hermano, claro está, es incapaz de cuidar de su "mamá Amparito" y me pide que regrese a México para arreglar las cosas.

—¿Y qué piensa usted hacer?

—Pues te lo estoy diciendo. Vuelvo a México. Con dos ideas muy claras: cerciorarme de que tu abuela esté en condiciones dignas de subsistencia y vender la casa de los Montoya. Con una parte del dinero procuraré para esa pobre mujer una pensión honrosa y el restante, que será más que suficiente, lo dividiré entre tú y tu hermano. Es lo correcto, ¿no te parece? Con la parte que te corresponde es que te podrías ir a los Estados Unidos... claro, antes de decidirte por abandonar la medicina. Si yo no estoy loca, hija...

Matilde baja la mirada.

—Entonces, ¿me dejaría usted?

—¡Claro! —guarda la carta en el sobre—. La venta de la casa resultaría beneficiosa para mis dos hijos y daría un poco de paz a doña Amparo.

Y ante el cuestionamiento que le hace su hija con la mirada:

—Se lo debo a tu padre. Es lo menos que puedo hacer.

Matilde sonríe con ternura.

—Pensé que no guardaba un buen recuerdo de papá...

Pero Soledad le hace trizas la ternura:

—Hija, tu padre hizo dos cosas maravillosas en su vida: me fecundó para hacerme a mis hijos y se murió joven, justo a tiempo, antes de empezar a vomitarnos rencores uno sobre el otro.

Esta mujer puede desquiciar, incluso, a Matilde Montoya, quien se levanta enojada y comienza a recoger los trastos sucios. Soledad la ignora y toma ahora una gaceta. La posa sobre la mesa. Matilde lee la portada: "Gaceta de la Academia de Medicina de México". Su cuerpo entero se paraliza.

—Te dije que tenías cuatro caminos, ¿recuerdas? Veracruz, Puebla o Nueva York... Pero como ahora me has anunciado que ya no te interesa ser médico, quizá ni vale la pena hablar de México. Creo que tampoco debería mostrarte la gaceta de la academia, lo que es una pena. ¡La encontré de milagro en la librería de los portales!

Con sádica delectancia la hojea y lee algunas noticias:

—¡Mira nada más! "El doctor Rafael Lavista realiza la primera histerectomía por vía abdominal...". ¡Participaron catorce médicos, Matilde! "Lucio, Muñoz, Ortega, Soriano..." —omite el nombre de Montes de Oca—. ¡Qué barbaridad! "La anestesia fue con cloroformo... se utilizaron las pinzas hemostáticas de Pean...", y claro, se siguió la praxis de antisepsia listeriana... Qué interesante, ¿no crees...?

Soledad sigue hojeando, mientras que Matilde contiene las ganas de arrebatarle la gaceta. Se agazapa detrás de su madre como un lince a punto de atacar.

—¡Y qué te cuento por acá, hija! Que el doctor Egea y Galindo, un hombre desagradable, pero extraordinario médico, hay que reconocérselo... acaba de realizar, con todo éxito, "una trepanación del cráneo sobre el seno longitudinal superior...". ¡Válgame la Virgen!

Matilde no puede más. Le arrebata la gaceta a su madre y la hojea como una loca. Y sí, frente a ella desfilan los nombres amados y admirados: Maximino Río de la Loza ha inventado un nuevo aparato para inhalaciones de oxígeno. En Francia, Louis Pasteur ha descubierto el estreptococo ¡que produce la fiebre puerperal! Edison creó la lámpara de filamento de carbono y Londres es la primera ciudad con iluminación eléctrica... "¿¡Se imagina, madre, un quirófano con luz artificial!?", grita Matilde y sigue leyendo. Los procesos de pasteurización y envasado al alto vacío permiten la creación de los alimentos enlatados, mientras que las técnicas de refrigeración triunfan con el primer envío de carne congelada ¡desde Argentina hasta Francia...! ¡El mundo está ahí, esperando a Matilde!

La muchacha cierra de un golpe la gaceta médica y mira a Soledad con febril ansiedad. De pronto, como una cría gigantesca, se lanza sobre la frágil mujer convaleciente, la cubre de besos y la sofoca con sus abrazos, cosa que a Soledad Lafragua, por supuesto, le parece un exceso, una desagradable muestra de sensiblería e incluso, una imperdonable falta de asepsia, dadas las circunstancias insalubres que han rodeado su vida en los meses anteriores. Así que la separa, le toma la cara... y le da un beso en la frente.

—¿Para qué está tu madre aquí? Vamos a preparar las valijas.

VII

VARIABLE SEGUNDA

1

Aún más que con los labios
hablamos con los ojos;
con los labios hablamos de la tierra,
con los ojos, del cielo y de nosotros.

Manuel Acuña
Hojas secas (VIII-1)

Francisco Montes de Oca trabaja en su despacho, en la Escuela Nacional de Medicina. Revisa los apuntes de una nueva investigación. Subraya, tacha o vuelve a escribir. Percibe, por la luz que cambia de intensidad, que se abre la puerta de su oficina, aunque esto no le llama la atención, pues de manera constante entran a ella sus asistentes, alumnos o colegas.

Pero lo que no podría haber previsto es que una mano femenina posara sobre sus apuntes un pañuelo blanco, de fina tela, en el que están bordadas sus iniciales: F.M.O.

El médico deja a un lado la pluma estilográfica —una de sus más preciadas posesiones—, toma el pañuelo con reverencia y lo acaricia, sin atreverse a levantar la mirada. Su respiración se agita, el ritmo cardiaco se le acelera y la intempestiva caída de serotonina en su cerebro, así como los repentinos ataques de dopamina y de cortisol, provocan que su torrente sanguíneo corra como un río que está a punto de salirse de cauce.

El médico contiene la respiración, procurando encubrir las reacciones químicas que lo han alterado de tal forma hasta que, finalmente, levanta los ojos y se encuentra con los dos azabaches de Matilde, quien lo observa con una etérea sonrisa dibujada en los labios.

Los amantes inconfesos se miran largamente, sin pronunciar palabra alguna, y cuando la Tierra ha avanzado casi trescientos kilómetros en su movimiento de traslación, es decir, después de diez segundos, Matilde inclina la cabeza y sale del despacho.

Montes de Oca libera, en un ahogado suspiro, el aire retenido en los pulmones. Su tez empalidece y lleva a su nariz el pañuelo, hundiendo el rostro en él para aspirar hasta la última molécula del perfume que lo adorna. Las palpitaciones de su corazón se acrecientan peligrosamente y el médico no puede hacer otra cosa más que derramar una lágrima.

—Todo llega tarde… —solloza, acariciando el pañuelo que apenas hace unos segundos guardaba, cercano a su pecho, Matilde Montoya.

VIII

INVESTIGACIÓN

1

INVESTIGACIÓN DESCRIPTIVA

Volveré a la ciudad que yo más quiero
después de tanta desventura; pero
ya seré en mi ciudad un extranjero.

Luis G. Urbina
La elegía del retorno

Sr. Dn. Joaquín Baranda y Quijano
C. Secretario de Justicia e Ynstrucción Pública

La que suscribe ante Ud. respetuosamente expone: Que habiendo hecho bajo la dirección de Profesores particulares los estudios de las materias menos importantes de preparatoria y no pudiendo ser aceptados como buenos en la Escuela de Medicina los certificados correspondientes, elevé al H. Congreso una solicitud pidiendo la revalidación de dichos certificados, gracia que no me fue otorgada, pero en su defecto se publicó un decreto que en mi concepto, me autorizaba para solicitar exámen de las materias correspondientes al primer curso de Medicina á cuyas cátedras hé asistido durante el presente año. El C. Director de dicha Escuela há contestado que (...) no concederá exámen si no se le especifica que puede concederlo sin exigirme todos mis certificados de preparatoria. En vista de ésta dificultad, y deseando no interrumpir una carrera que á costa de grandes sacrificios hé podido hasta hoy seguir, a Ud. pido en nombre del progreso y teniendo en cuenta que los estudios superiores de preparatoria los hé hecho en el Colegio del E. de Puebla y los certificados correspondientes están en toda regla, se digne concederme una órden especial para que en la E. de Medicina no me sea negado el exámen que solicito y se me considere como alumna.

En lo que recibiré honra y gracia.

Libertad en la Constitución.
México, Diciembre ocho de 1882.
Matilde P. Montoya

El salón de sesiones se prepara. Se colocan las sillas de los sinodales, siete en total, y se cubre con un paño la mesa interminable. Frente a ésta, una sola silla, casi un banquillo, en donde tomará su lugar el alumno. O la alumna.

Manuel Cordero, Prefecto Superior y Secretario de la Escuela Nacional Preparatoria.

Certifica que la Srta. Matilde Montoya ha sido examinada y aprobada con buenas calificaciones en el Colegio del Estado de Puebla de Física, Química, Botánica, Zoología y Biología, según consta en el documento que ha presentado á esta Secretaria y otra en su expediente respectivo: igualmente certifico que en vista de los anteriores estudios y considerando solo los preparatorios que la ley vigente de Ynstrucción Pública señala como esenciales para la carrera de Medicina, le falta acreditar legalmente para la expresada profesión las siguientes: Aritmética, Álgebra, Geometría plana, Español, Latín, Raíces Griegas, Francés y Geografía.

A pedimento de la interesada y para los usos que le convengan expido el presente en

México a 18 de Diciembre de 1882.
V.o B.o El Director
A. Herrera

Sobre la mesa es colocada ahora una bandeja con una jarra de cristal llena de agua. Se reparten siete copas, en precisa relación con los señores doctores. No se prevé un vaso de agua para el alumno. O la alumna.

Sr. Dn. Joaquín Baranda y Quijano
C. Secretario de Justicia e Ynstrucción Pública

La que suscribe ante Ud. respetuosamente expone: Que teniendo legalmente acreditados los estudios de Física, Química, Zoología, Botánica, Biología y Química Cualitativa que cursé en el Colegio del Estado de Puebla, y faltándome para cursar la carrera de Medicina, acreditar primer año de Matemáticas, Latín, Francés, Raíces Griegas, Español y Geografía, que estudié bajo la dirección de Profesores particulares, cuyos certificados no me son admitidos como buenos por no ser de Escuela Nacional, a Ud. pido se digne concederme exámen de primer año de Medicina, protestándole que pagaré el año próximo dos materias preparatorias de las seis que debo, y las cuatro restantes en los dos años subsecuentes.

En lo que recibiré gracia y justicia.

México. Diciembre 22 de 1882.
Matilde P. Montoya.

La puerta de entrada al salón de sesiones se abre. Las bisagras crujen un poco. Entra el alumno… no… la alumna Matilde Petra Montoya Lafragua, quien se dirige a su silla, "casi un banquillo de acusados", en efecto —no puede evitar pensarlo así—, y espera pacientemente la entrada de los señores profesores.

De la Dirección de la Escuela Nacional de Medicina.

Es exacto todo lo que expone la Sra. Matilde P. Montoya en su (escrito) del 8 del actual que elevó á esa Secretaria. A fines del año próximo pasado presentó á esta Dirección, con objeto de cursar las materias profesionales de medicina, los certificados que acreditaban haber hecho los estudios preparatorios que la ley exige para seguir la carrera médica; pero de ellos, sólo eran de escuelas nacionales los de Física, Química, Zoologia y Botánica, y el resto de escuelas particulares, no siendo por tanto, posible admitirla como alumna de número, mientras no acreditase haber sido examinada y aprobada de todos los estudios preparatorios en alguna escuela nacional, ó fueran revalidados sus estudios por el Congreso de la Unión, cuya esperanza abrigaba. En consecuencia, dispuso concurrir a las clases de primer año de medicina como supernumeraria, demostrando aplicación y aprovechamiento en las clases que cursaba, entretanto obtenía la revalidación que había solicitado. (Pero) habiéndole salido fallida esta esperanza, se presentó á esta Dirección, solicitando se le concediera sustentar el exámen de primer año de medicina, creyéndose apoyada en el artículo aprobado en la Cámara de Diputados, en Sesión de 12 de Octubre del corriente año. Mas esta Dirección le contestó que no le concedería dicho exámen, mientras no recibiese *una órden de esa Secretaria en que se le comunicase que dicho artículo estaba vigente y que procediese á cumplir con él en el presente caso y en todos los análogos que se le presentasen. Posteriormente esta Dirección está impuesta que dicho artículo no fue sancionado en la Cámara de Senadores, y por consiguiente no llegó á tener el carácter de ley. Sabedora la interesada de esta última circunstancia, no insiste en apoyarse en el artículo aludido, pero hace un nuevo ocurso á esa Secretaria, pidiendo se le conceda lo que se ha permitido á algunos alumnos que se han encontrado en circunstancias iguales á las suyas, de sustentar un examen pendiente y seguir sus estudios como alumna de número, obligándose en lo sucesivo a pagar anualmente dos de las materias preparatorias que adeuda, sin cuya circunstancia no se le concederá seguir sustentado los exámenes de los cursos siguientes.*

En este sentido no encuentra inconveniente esta Direccion en que se acceda á su solicitud.

Lo que tengo la honra de decir a U., rindiendo el informe que me pide en su comunicacion relativa, y adjuntándole el nuevo (escrito) de la interesada.

Libertad y Constitución. México,
Diciembre 23 de 1882
Francisco Ortega

Don Joaquín Baranda y Quijano, Secretario de Justicia e Instrucción Pública, no tiene más remedio que atender las instrucciones del señor presidente, el general Manuel González Flores, el Manco González, y remitirle la anterior correspondencia. El presidente comenzaba a impacientarse ante tanta ida y venida de cartas y ocursos y de tantos *dimes y diretes* en la prensa y en las tertulias. Así que toma él mismo un papel y una pluma y con una caligrafía terrible —dado que el tamaulipeco era diestro y había sido precisamente el brazo derecho el que le fuera amputado en la batalla de Tecoac, en Tlaxcala—, de manera categórica y nada política —él nunca lo fue—, ordena a los diputados y a los miembros del Consejo de la Escuela Nacional de Medicina que: Primero. Se olviden de todas esas pendejadas de que los reglamentos hablan de "los alumnos" y no de "las alumnas". Segundo. Que se dejen de estar jodiendo con el origen de los estudios de esta señorita, porque Puebla, México o Veracruz, sépanlo, son la misma patria. Tercero. Que entiendan los señores académicos y los señores legisladores, de una vez por todas y por las buenas, que lo que está haciendo la tal señorita Montoya, no es sino traer el futuro al presente; que la incorporación de las mujeres a la vida académica no es otra cosa sino la prueba de que México se encamina a ser una nación moderna, objetivo principal del señor presidente. Y les recuerda además, que ése es también el sueño del señor expresidente y actual ministro de Fomento, su querido compadre y salvaguarda de su gobierno, el general don Porfirio Díaz. Y Cuarto y último: Que si alguno de los implicados tiene alguna duda o algún comentario que hacer, ya saben dónde encontrarlo, que los atenderá con gusto y escuchará sus quejas... si es que las tienen todavía. "Dado en el despacho presidencial, en el día tal del año tal".

Y así, el presidente Manuel *el Manco* González —que no Porfirio Díaz, como se ha repetido de manera equivocada hasta nuestros tiempos— acabó de tajo con las discusiones semánticas y administrativas que pretendían negarle el ser admitida en la Escuela Nacional de Medicina y un año después, "sufrir examen" correspondiente al primer año de la carrera.

La puerta lateral del salón de sesiones se abre y Matilde se pone de pie para recibir a los galenos. Están ahí el director de la Escuela Nacional de Medicina, Francisco Ortega y del Villar, los señores doctores Francisco Montes de Oca —quien evita mirar a los ojos a Matilde—, Manuel Carmona y Valle, Rafael Lucio y otras eminencias, como el doctor Collantes y Buenrostro, cuya leyenda se había iniciado desde que era estudiante, al ofrecerse como voluntario para que se le aplicara, por primera vez en México, el cloroformo como anestesia. Matilde repasa los rostros de cada uno de ellos. Sabe muy bien quiénes la apoyan y quiénes no están de acuerdo con su presencia en aquella facultad. Pero nada hace temblar tanto a Matilde como la llegada, dos minutos tarde, del doctor Ricardo Egea y Galindo quien se sienta en un extremo y le lanza, a manera de saludo, una sardónica sonrisa.

Algo en el interior de Matilde le anuncia que, aquella mañana, su destino y su permanencia en la Escuela de Medicina corren un peligro inminente.

2

Procede como Dios que nunca llora;
o como Lucifer, que nunca reza;
o como el robledal, cuya grandeza
necesita del agua, y no la implora...

Pedro B. Palacios, *Almafuerte.*
Siete sonetos medicinales (II. Più avanti!)

El doctor Francisco Ortega y del Villar hace sonar la campanilla de bronce que tiene frente a sí y da por iniciada la sesión.

—Señores doctores, nos encontramos reunidos en esta ocasión solemne, para someter a examen del primer año de la carrera de med...

—¿Me permite antes unas palabras, doctor?

Todos se vuelven hacia el extremo de la mesa. Quien ha interrumpido es el doctor Egea. Ortega mira de un lado a otro sin saber qué hacer.

—Doctor Egea, con el debido respeto, me parece que su interrupción no tiene lugar...

—A mí me parece todo lo contrario, señor director. Les suplico, caballeros, que me permitan ahorrarles la vergüenza de realizar una ceremonia que es, a todas luces, ilegal.

Matilde se siente morir. Las voces de los médicos corren de un lado a otro. Montes de Oca se pone de pie.

—Es tan clara la animadversión que siente usted por la presencia de la señorita Montoya en esta escuela, doctor, que cualquier argumento que tenga usted que presentar carece, se lo digo de antemano, de toda validez.

El doctor Ortega le toma el brazo.

—Pancho, no te agites…

Y se vuelve hacia Egea:

—Lo escuchamos, doctor… aunque desde ahora le advierto que mi sentir y mi parecer son iguales a los del doctor Montes de Oca.

Matilde contiene la respiración. Egea y Galindo toma unos folios impresos.

—Como saben bien, señores doctores, el reglamento interno de esta honorable institución habla de "los alumnos" y no de "las alumnas"…

Innumerables murmullos que desaprueban esas palabras.

—Ese asunto me parece que ha quedado más que zanjado, doctor… —reprueba Ortega.

—Sí —replica Egea—. En cuanto a la inscripción de esta señorita a la escuela… pero no en cuanto a los exámenes. ¡Doy lectura! "Los exámenes serán realizados a los alumnos…". ¡Aquí lo dice claramente, señores! "Los alumnos", no "las alumnas"…

Protestas que crecen y decrecen. Montes de Oca se pone una vez más de pie.

—Me extraña mucho, doctor Egea, que pretenda usted llevar su interés por la teratología y el hermafroditismo ¡inclusive a la gramática! ¡No sabía yo que la gramática determinara el sexo de los individuos de una especie! ¿O tendremos, queridos colegas, que decir ahora "los animales" y "las animalas"?

Algunos se carcajean y hasta aplauden. Dos guardan conservador silencio.

—Doctor Egea... —toca de nuevo la campanilla el director—. Si no tiene usted un mejor argumento, dado que éste ya ha sido corregido por la Cámara de Diputados...

Egea y Galindo deja el impreso en la mesa y toma ahora unas hojas.

—Tengo otro argumento, doctor Ortega —y levanta las hojas, agitándolas dramáticamente en el aire—. ¡La constatación de que esta señorita adeuda todavía materias indispensables para cursar la carrera de medicina!

Las protestas crecen de proporción y como la campanilla de Ortega no es suficiente para imponer el orden, éste manotea y se pone de pie.

—¡Me parece absolutamente irresponsable, don Ricardo, la manera tan burda en la que pretende usted reventar esta sesión! Yo mismo he recibido de las autoridades de Puebla la confirmación de los estudios realizados por la señorita Montoya en aquella ciudad. Yo mismo le he informado al señor ministro de Instrucción de todo esto... ¡Y ha sido el general González, presidente de la república, ultimadamente, quien ha dado autorización para los estudios, como alumna supernumeraria, de la señorita! Por lo tanto, doctor, si no tiene nada más que agregar, le suplico que, o se siente usted, o se retire, para seguir adelante con el examen.

Pero Egea y Galindo ni se sienta ni se retira. Deja las hojas sobre la mesa y toma ahora un libro. No se le nota contrariado. Inclusive, casi podría decirse que todo esto le divierte.

—Ofrezco a sus señorías una disculpa, si es que mis argumentaciones les han ofendido. En realidad, no he hecho otra cosa más que repasar los antecedentes de la accidentada trayectoria de esta señorita.

Matilde busca los ojos de Montes de Oca. Éste la mira y la reconforta con su estrábica y amorosa mirada. Le sonríe... y el doctor Francisco Ortega los observa a los dos.

—Sólo me queda, señores, recordar a nuestro ilustre colega, el doctor José Eleuterio González...

Los médicos se miran entre sí. ¿Y qué tendría que ver en todo esto el querido amigo Gonzalitos, como era llamado de forma cariñosa el hombre que había abierto la brecha de la medicina moderna en Monterrey? Egea abre el libro.

—Aquí está compendiado el "Código de ética y moral del médico" escrito por el doctor González...

—Ricardo... —tercia, ya molesto, el doctor Rafael Lucio—: Todos lo conocemos. ¡Al punto, por favor!

—Al punto voy, Rafael —y habla con grandilocuencia—: El doctor González escribió el lema de la Escuela de Medicina de Monterrey y es muy claro que resulta propicio para cualquier facultad médica: "Capacidad. Aplicación. Honradez" —y lee del libro—: "Esta escuela sólo reconocerá como a sus hijos a los jóvenes estudiantes que reúnan estos tres preceptos..." —y cierra el libro con gesto histriónico.

El silencio se apodera de la mesa.

—¿Y? —pregunta Ortega—. ¿Acaso duda usted de que la señorita Montoya no cumpla con estos tres preceptos básicos?

Egea se relame de gusto. Posa el libro en la mesa y toma ahora un acta.

—Yo no dudo, señor director. Yo aseguro —levanta la hoja y la lee como si fuese el heraldo de un castillo—: Esta honorable comisión solicita la presencia en la sala de la señorita... Tiburcia Valeriana Montoya Lafragua, de... treinta años cumplidos al día de hoy...

Matilde se hunde en un abismo negro. Sus manos se congelan, su cuerpo permanece rígido. Los médicos reunidos no entienden qué es lo que sucede.

—¡Repito, en caso de no haber sido escuchado! ¡Solicito la presencia de la señorita Tiburcia Valeriana Montoya Lafragua, inscrita bajo ese nombre en esta honorable institución, como estudiante de obstetricia, en el año de 1870!

—No entiendo a qué se refiere, doctor... —señala con extrañeza Ortega.

—Es muy fácil de entender, señor director. Se trata, precisamente, de la honradez, un precepto que la señorita aquí presente parece ignorar.

Camina hacia Matilde, acechándola, como un tigre a una cebra herida.

—Si usted es Tiburcia Valeriana, nacida en 1852... es usted una farsante. Y si usted es Matilde Petra, nacida en 1857, es usted, igualmente, una farsante, una embustera, que no es digna de pisar estos sacrosantos pasillos, ni de robar el tiempo a todos estos hombres quienes, a diferencia suya, no se han escondido nunca detrás de una máscara o de un documento falsificado para lograr un mérito que usted ha pretendido robar con el impulso egoísta de una niña malcriada...

—¡Suficiente, Ricardo! ¡Te lo advierto como hombre y como militar! — se enfurece Montes de Oca.

Egea lo mira y sonríe.

—Ya no estamos en tiempos de guerra, Pancho. Yo he terminado. Toca ahora a ustedes honrar nuestros juramentos y hacer justicia a esta benemérita institución.

Vuelve a su lugar y se sienta. El doctor Ortega, con el rostro descompuesto, le pregunta a la muchacha:

—Hija… ¿todo esto es cierto? ¿Falsificaste un documento oficial?

El rostro de Matilde, arrasado por las lágrimas y enrojecido por la vergüenza, le confirma al director la verdad. Ortega abre la boca, sin poder creerlo, baja la cabeza y se hunde en su sillón. Montes de Oca mira con infinita tristeza a Matilde. El silencio se adueña del lugar. Los médicos intercambian miradas unos con otros. Carraspean. Toman agua. Se cuchichean palabras al oído hasta que empiezan a escucharse dos palabras, duras y precisas, como si fuesen dos balazos: "baja definitiva".

—¡No…! —grita Matilde, catapultándose de su silla.

—Señorita Montoya, es inútil que insista…

—"¿Baja definitiva?" ¿Por querer estudiar, doctor? ¿Por buscar la luz del conocimiento?

—¡Le repito, señorita…!

—¡Era yo una niña de trece años cuando me atreví a hacer eso! "¿Baja definitiva?". ¿Qué significa eso para ustedes, señores? ¿Acabar con mis sueños? ¿Acabar con mi vida? ¿Humillarme ante el mundo entero? Porque si eso es lo que buscan, entonces sí, escriban en el acta "baja definitiva". Pero estoy segura de que esas dos palabras, "baja definitiva", no significan "hambre", "pobreza", "sacrificios", "persecución" ¡y hasta "intentos de asesinato"! Y le puedo asegurar a usted, doctor Egea, que esas palabras miserables no tienen la capacidad de sintetizar los horrores que he vivido desde que empecé esta agonía...

Las lágrimas de Matilde son ahora las de una mujer valiente.

—Esas ínfimas palabras no son lo suficientemente poderosas para acallar en mí el anhelo de vivir para la ciencia y les resultarán inútiles para evitar que yo ofrezca una esperanza, aunque sea torpe y pálida, venida de una mujer, a todos los enfermos que se agolpan en los pasillos de los hospitales, a todos los que enferman, sufren y mueren hacinados en una buhardilla miserable, en una casa de campaña, esperando de nosotros una mínima muestra de compasión…

—¡La dignidad de nuestra ciencia, señorita…! —se defiende Egea.

—¿¡Eso significan para usted las palabras "baja definitiva", doctor!? ¿Dignidad? Porque si para usted significa el correrme de esta escuela… ¡para mí sería la libertad! ¡La libertad de tantas y tan estúpidas sinrazones! ¡Porque lo único que he pretendido es tener la oportunidad de elevarme hasta alcanzar una verdadera condición humana que, al parecer, ustedes están ansiosos de negarnos a las mujeres!

Matilde se acerca a la mesa y mira de frente a los atónitos Ortega y Montes de Oca.

—Ustedes saben muy bien que mi decisión de estudiar medicina no es tan sólo el "impulso egoísta de una niña malcriada". Yo he venido aquí para tener la libertad de crear mi propia libertad. Y creí haber encontrado ese camino en las aulas y en las salas de práctica, con todos los compañeros a cuyo humilde anonimato me he sumado, pensando que, con cada sutura, con cada punción, con cada niño traído al mundo, confeccionaba mi propia autonomía… hasta el día de hoy, en el que ustedes pretenden enterrar mi esperanza por un error que cometí… ¡hace trece años!

Los médicos callan y bajan las miradas. Matilde, en cambio, se yergue frente a ellos:

—Pero les juro, señores, les juro que cualquiera que sea su decisión, me convertiré en el eco que repita las voces de millones de mujeres que son acalladas por las sogas de la "dignidad" y del "decoro". Juro que lucharé hasta el fin de mi existencia por aquello que nos haga ser más libres, más sanos, más felices… ¡Juro que dondequiera que la injusticia extienda sus alas alzaré mi voz y alzaré el puño! ¡Y alzaré, antes que nada, la frente, porque no pienso vivir de rodillas ante una sociedad que nos aplasta y nos pisotea!

Al día siguiente se le entrega a Matilde una copia del Acta Resolutiva que dice así:

Se le concede a la Srta. Matilde P. Montoya Lafragua el primer grado "aprobatorio" de la carrera de medicina. Se le autoriza á pagar las materias ya señaladas en los tiempos y formas que ella há propuesto y de igual forma, se le concede la categoría de "alumna numeraria" para iniciar el segundo año de la carrera de medicina.

Acátense estas ynstrucciones con efecto de inmediato.

Libertad y Constitución.
México, Enero 28 de 1883.
Francisco Ortega. Director.

3

> Quiero, Matilde, en nombre de mi sexo
> dedicarte mi canto enternecida
> porque has abierto un porvenir brillante
> a la mujer en la azarosa vida.
>
> Camerina Pavón y Oviedo
> *A Matilde Montoya*

Cuando Matilde está por entrar a la renovada casa de los Montoya —colores claros, tiestos en flor, huerta verde y abundante—, escucha una potente voz de mujer, decidida y dictatorial, que le resulta absolutamente desconocida.

—¡Así que tú eres la heroína de nuestra era! ¡Ven acá, hija mía, que te quiero dar un beso!

El mujerón aquel la jala hacia sí y la abraza. Le da una sonoras palmadas en la espalda. Soledad aparece por detrás de la giganta.

—Matilde, quiero que conozcas a nuestra nueva amiga, doña Laureana Wright de Kleinhans.

—¡Sólo Laureana! Y no te fijes en mis apellidos, niña. Soy más mexicana que el mole. ¡Del meritito Taxco, Guerrero!

La tierra de mi madre, Eulalia González, que en paz descanse. Pero mi padre era gringo y para colmo, yo me vine a casar con un francés de apellido impronunciable… —hace un *aparte* teatral—: Mi marido, por cierto, tuvo el buen tino de morirse joven… —y suelta una risotada que contagia de inmediato a Matilde y, por supuesto, a Soledad.

La altísima mujer se sienta y las invita a ambas a hacer lo mismo, disponiendo de la sala como si estuviese en su propia casa.

—Hace tiempo que quería conocerte, Matilde… ¡Eres la comidilla de la sociedad entera!

—¿Yo…? —pregunta Matilde con auténtico interés.

—¡Pero claro, muchacha! ¿O tú te piensas que lo que estás haciendo es poca cosa?

—Bueno, señora…

—Laureana.

—Doña Laureana…

—¡Quítale el "doña", hija! ¡Laureana, simplemente!

Madre e hija están, sin duda, un tanto avasalladas por esa mujer de rostro elegante pero endurecido, de manos enormes, voz de valquiria y palabras de saeta.

—Dime, Matilde, ¿tú por qué estudias medicina?

A la muchacha le ha parecido siempre tan obvio el porqué… que no atina a explicarlo con elocuencia.

—Por… por mi amor hacia el prójimo…

—¡No! —palmea con fuerza Laureana.

Matilde se sobresalta.

—¿No?

—No, hermosa. Tú estudias medicina porque quieres acabar con la marginación de las mujeres en la esfera de lo intelectual, con respecto a los hombres.

Matilde levanta las cejas. Soledad sigue con atención los razonamientos de Laureana.

—Sí, tal vez, pero…

—El que tú estudies medicina no es obra de la casualidad, ¿lo sabías? Porque no eres la única que está dando la cara por el resto de sus congéneres. Ahí están, en Chile, las señoritas Eloísa Díaz y Ernestina Pérez, en la brega para convertirse en médicas. En Argentina también hay una muchacha, Cecilia Grierson. ¡Y así les está yendo a las pobres! ¡Igualito que a ti! —se carcajea el mujerón.

—Pues, no tenía yo idea…

—¡Tú no, pero yo sí, que para eso me dedico a lo que me dedico! Que bien enterada estoy de lo que hacen estas jóvenes, tú incluida. Así que me querías decir algo. ¿Para qué estudias medicina?

La joven sonríe.

—Supongo que es usted la que me lo quiere decir…

—¡Pues claro! —Laureana gusta de la retórica—. ¡Estudias medicina para acabar con el dominio masculino en la sociedad, hija mía! Porque a causa de su egoísmo, los hombres han obstruido el acceso de las mujeres a la educación, desheredándolas del derecho natural a pensar y obrar que tiene todo ser racional, convirtiéndolas de "personas" en "cosas", de "entidades" en "nulidades", quitándoles todo su arbitrio… ¡Y sumiéndonos a todas en un vasallaje intelectual para convertirnos en sus siervas!

Matilde no puede ni respirar.

—Pero… su marido está muerto, ¿no?

—¡No hablo en específico de mí, Matilde! ¡Ni de ti ni de tu extraordinaria madre! Hablo de la gran y dolorosa mayoría de las mujeres… ¡que quiero que se levanten de la inutilidad en la que vegetan, carajo!

La muchacha mira a su madre, como pidiendo ayuda. Laureana Wright tiene la capacidad de dejarla sin argumentos.

—Laureana, querida… —intercede Soledad—, ¿y qué podemos hacer nosotras?

Laureana sonríe y decreta:

—Tú, Matilde, debes continuar adelante. ¡No cejes en tu lucha! Deja que en la prensa se sigan dando hasta con la olla por tu culpa… ¡Diviértete con todas las sandeces que se escriben por aquí y por allá! —comienza a enumerar—: Que si se acabará la familia tal y como la conocemos, que si los hombres terminarán meciendo cunas y cambiando pañales (que no les vendría nada mal a los muy zánganos), o que si las mujeres nos estamos masculinizando de una manera tan peligrosa ¡que pronto nuestros órganos reproductivos dejarán de funcionar y se acabará la raza humana! ¡Pero qué imbéciles son, de verdad! En fin, que los pobres hombres disfruten su derecho al pataleo… A ti, mientras tanto, que te quede algo muy claro —y levanta el dedo índice, pontificando—: cuando ambos sexos puedan sentarse lado a lado, compartiendo el trono del conocimiento, las relaciones entre hombres y mujeres serán, por fin, armónicas y justas.

Matilde escucha, razona… y guarda silencio. Recuerda las pedradas de las mujeres y la asistencia que ha recibido de los hombres. Pero no se atreve a argumentar con la atronadora señora Wright.

—Y tú, querida… —le habla ahora Laureana a Soledad—. Permíteme estar cerca de ti…

Mira con interés la máquina de coser.

—¿Para qué la utilizas?

—Para tener independencia económica.

Laureana sonríe con su bocaza llena de dientes blancos y bien alineados. Se palmea las rodillas con gusto.

—Eres una mujer inteligente… ¡pero te falta una máquina de escribir, te lo informo! La de coser le ha dado dinero e independencia a las mujeres, claro está. Pero las mantiene encerradas en la esfera privada de nuestra sociedad. En cambio, la nueva máquina de escribir comienza a darnos presencia en el ámbito público…

Laureana se inclina hacia Matilde y Soledad como para confiarles un secreto, llamándolas también con las manos:

—Estamos entrando ya en los despachos de los abogados, en las salas de juntas de los grandes empresarios, en las oficinas gubernamentales… como secretarias, ¿me entienden?

Laureana deja flotando en el aire un espíritu conspiratorio.

—Lo nuestro es una revolución, queridas mías… Y tenemos que invadir las esferas públicas… ¡para derrocar a esos hijos de la tiznada! —y vuelve a carcajearse.

Laureana Wright González —abandonaría pronto el "de Kleinhans"— no se separará nunca de Soledad y de Matilde. Será la primera biógrafa de ambas; será también su cómplice y les ofrecerá lo más valioso que la amistad puede dar: lealtad y sinceridad. A toda prueba.

Aunque aquella "revolución" anunciada por Laureana no tiene mucho sentido para Soledad, quien a sus cuarenta y tres años considera que sólo tiene dos misiones en la vida y un trabajo.

El trabajo consiste en pasar las tardes y las noches sentada frente a la máquina de coser en la que sus industriosas manos crean y forjan decenas, cientos de prendas de vestir. Gracias a esto y a la minúscula ayuda que José María le envía para el sostenimiento de "mamá Amparito", el hogar de las tres mujeres no padece de graves carencias, aunque el dinero no abunda tampoco y menos ahora que el presidente Manuel González ha tenido el mal tino de acuñar monedas de níquel, que no valen ni un ochavo, provocando una terrible crisis financiera que el ministro de Fomento, don Porfirio Díaz, está tratando de resolver.

Y en cuanto a las "misiones" autoimpuestas de Soledad, la primera de ellas es, precisamente, "mamá Amparito". Soledad la rescató muy a tiempo del cruel manicomio y procura, en su propia casa y con afanosa caridad, el bienestar de su infortunada suegra. Resguardada en una pulcra habitación con vista a la huerta, la nuera la baña, la viste, la peina y alimenta a diario. Doña Amparo es un ser silente la mayor parte del tiempo, perdida en los abismos de una mente perturbada, sin conciencia alguna de su persona y sin poder reconocer a los suyos. Cuando, de manera desarticulada, logra pronunciar algunas palabras, sólo alcanza a decir de manera inconexa: "Jo...sé...Ma...ría... Jo...sé..." sin que sepa Soledad por cuál de los dos José María de su vida clama, si por el hijo muerto o por el nieto ausente.

Si las tardes y las noches las gasta en la atención de la suegra y en el cuidado de su pequeño negocio, las mañanas las ocupa en la misión más sagrada para ella: cuidar del buen nombre y la reputación de Matilde. Para esto acompaña a la hija, día tras día, a todas y cada una de sus clases en el antiguo Palacio de la Inquisición. Después de haberse asegurado de que su hija entra a la asignatura que le corresponde, según el día y el horario, se sienta en una banca del patio central a tejer sin descanso. Por burla o por cariño, los jóvenes estudiantes la llaman "Penélope", pues mientras Matilde asiste a la cátedra de Histología, Soledad teje un gorrito. A Patología Externa le corresponde una bufanda, a Farmacia Elemental, un chaleco, y a Medicina Legal, unos guantes sin puntas en los dedos. Soledad regala a algunos de los Montoyos las prendas que salen de sus manos. Si alguno de ellos le ofrece dinero a cambio, ella declina la oferta con cortesía. Sus regalos a los Montoyos son una muestra de agradecimiento y de ninguna manera va a mercar con esto.

Los llamados "Montoyos" son todos aquellos profesores y alumnos que aprueban, apoyan y se solidarizan con los estudios de Matilde. Han formado una sólida cofradía de lealtad y amistad hacia la joven. No hacen distingos con ella, más que en el elemental pundonor, y reciben contentos las muestras de cariño y de aliento que Matilde les otorga. Incluso la respetan. Respetan sus ya muchos años de estudios —Matilde comenzó a estudiar obstetricia a los trece años, habrá que recordar—, y respetan también su mayoría de edad, pues si algunos de los estudiantes de primero y segundo año son recientes bachilleres que no pasan de los veinte o veintiún años, Matilde es ya una mujer hecha y derecha que está por cumplir los veintiséis y con una cauda de vida sólo comparable a las que dejan los grandes trasatlánticos de hierro que empiezan a surcar los mares.

En cuanto Matilde sale del aula, del laboratorio o de la sala de diagnósticos, Soledad se apresura a alcanzarla, a cubrirle la cabeza con un chal... y conducirla al siguiente salón. Y de nueva cuenta a sentarse, a tejer y a esperar.

—No me importa lo que tenga que opinar la querida Laureana... — dice para sí en voz alta, dando una rápida sucesión de puntadas—. No hemos llegado hasta aquí, hija mía, como para que nadie te llame... —se detiene y suspira—. Lo que no me quiero ni imaginar...

Así que Penélope continúa con su diaria labor de tejer alianzas... y destejer posibles amores o enamoramientos, vigilando muy de cerca a los imberbes Montoyos, sin sospechar —¿en realidad no lo sabe? — que ya existe un amor en la vida de Matilde, uno tejido con hilo de oro y que la tiene ya apresada en las redes de la admiración, del conocimiento, del carácter sosegado, de las dulces maneras, de la torpeza infantil de ese niño enfermizo y desvalido que es Francisco Montes de Oca.

IX

DESARROLLO

1

> Por cada objeto / (No son habladas)
> Prestan peseta / tostón o nada.
> Para que un duro / salga de casa,
> se necesita / que evaluada
> esté la prenda / por cien del águila.
> (...)
> Y a los marchantes / y a las marchantas
> Les dicen cosas / ¡que hay que escucharlas!
>
> Rafael López de Mendoza
> *Los empeñeros en México*

Cuando Matilde y Soledad regresan del funeral y entran a su casa, empiezan a aparecer, ante los ojos de Matilde, diferentes ausencias que no habían sido tomadas en cuenta con anterioridad.

—Madre... ¡nos han robado...!

Soledad intenta disimular.

—¿Robado? ¿Qué, Matilde...?

—¡Faltan muchas cosas, madre!

Soledad se despoja del velo negro.

—Falta tu abuela, hija, pero eso es porque la acabamos de enterrar.

—¡Mi abuela no es una "cosa"...!

Soledad se deja caer en el sofá, descansando las piernas y los pies después de caminar un buen trecho, a paso lento y bajo el rayo del sol, detrás de la austera carroza fúnebre que transportaba el ataúd en el que descansaba la pobre doña Amparo, quien murió sin enterarse, sin saberlo, como ya no sabía, desde un par de años atrás, quién era esa anciana alucinada que la miraba de manera indiscreta desde el espejo o quiénes eran las buenas mujeres que la aseaban y alimentaban todos los días. Matilde se ha sentado también, aunque no en actitud de descanso, sino de alerta.

—Su crueldad es increíble, madre.

Soledad revolea los ojos.

—Le pido, madre superiora, que perdone mi maldad... pero no pienso lamentar ni por un minuto la muerte de tu abuela. Le ruego a Dios y a todos los santos, por supuesto, que la reciban en su Santa Gloria. Y pagaré los rosarios, no te preocupes... ¡pero hasta ahí llego!

Matilde, sin embargo, descubre al fin una de las ausencias:

—¡La bandeja de plata! ¡No está la bandeja de plata, madre...! ¡Estaba sobre el trinchador junto a...! ¡Los candelabros! ¡Los candelabros de plata de la abuela! ¡Le digo que alguien nos han robado! —y comienza a abrir las cajoneras—. ¡Falta la cubertería, madre! ¡Los manteles de lino...! ¿¡Pero quién puede ser tan perverso como para aprovechar nuestra salida al funeral de una pobre anciana para robarla...!?

Matilde sigue revolviendo estantes y vitrinas. Soledad se pone en pie y con toda calma, saca de su bolso un papel. Se lo entrega a su hija.

—Aquí están las cosas de plata de tu abuela, hija... Nadie nos ha robado.

Matilde lee, con angustia creciente, la boleta de empeño de la casa de don Agapito Cortés en el Portal de Cartagena, en Tacubaya.

—¿Qué es esto, madre?

—Me parece que es muy claro. Una boleta de empeño. Toma. Aquí hay otras...

Le entrega un buen fajo de boletas. Matilde las repasa con desesperación.

—Los cubiertos de plata... los candelabros... ¡El cuadro del Divino Rostro...!

—Era horrible, ¿no? Muy tétrico...

—¡Era un tesoro del siglo XVII!

—¡Peor! ¡Una antigualla...!

—¡Y... madre! ¿¡Los vestidos y las crinolinas de la abuela...!?

—¡Bueno, hija, la pobre mujer ya no se iba a ir de verbena! ¿O sí?

Matilde la mira con indignación. ¿Qué clase de monstruo es éste que tiene enfrente?

—¿Cómo pudo...?

Soledad le retira de las manos las boletas de empeño. Busca una en especial. La encuentra y se la muestra:

—No sólo le "robé" a tu abuela. Mira. Lee.

A Matilde se le escurre una lágrima.

—¿Su anillo de compromiso, mamá? ¿Su camafeo de marfil...?

Soledad, descubierta, vuelve a sentarse.

—¿Cuánto crees que costó el estetoscopio que necesitabas, hija, si ahora ya los hacen de aurículas dobles y de metal galvanizado? ¿Y el maletín de instrumental quirúrgico que nos robaron durante la huida a Veracruz? Lo repusimos, ¿te acuerdas?, con un estuche marca Odelga, austriaco o no sé de dónde... Y aunque era usado, fue muy caro, hija. Eso sí, estaba en magníficas condiciones...

Matilde deja las boletas de empeño en la mesita de centro.

—¿Y recuerdas la edición francesa de la *Correspondence de Pasteur*? ¿Por la que suspirabas noche y día? Tuve que escribir directamente a los editores Vallery y Radot... ¡desde París la mandaron! Sólo el primer tomo, claro...

El gesto de Matilde se ha suavizado.

—Es el mejor regalo de cumpleaños que he recibido...

—¿Para qué está tu madre aquí? —sonríe Soledad.

Matilde la señala con el dedo índice.

—Para empeñar los vestidos de la pobre abuela Amparito...

Ambas se carcajean, pero de inmediato se recatan, se persignan y piden perdón a Dios por su falta de piedad cristiana.

Esa noche, Matilde escribe una misiva a la luz del quinqué:

Sr. Profesor Dn. Joaquín Baranda.
C. Srio de Justicia e Ynstrucción Pública.
Asunto: Pido se me proporcionen treinta pesos para comprar los libros correspondientes al tercer año de Medicina.

Matilde P. Montoya ante usted respetuosamente pone en su conocimiento haber sustentado los exámenes de las materias correspondientes al segundo año de Medicina que son: Pato-

logía Externa, Patología Ynterna y Fisiología, siendo aprobada por unanimidad, con las calificaciones de tres M. B. (Muy Bien) en Patología Ynterna, un P. B. (Perfectamente Bien) y dos M. B. en Patología Externa, dos P. B. y una M. B. en Fisiología. Teniendo que cursar tercer año y careciendo de treinta pesos, importe de los libros para dicho curso.

A Ud. pido se sirva proporcionarme la mencionada cantidad.

En lo que recibiré gracia y justicia.

México, Noviembre 12 de 1883.

Matilde P. Montoya

P. S. Ruega a Ud. se digne aceptar esta solicitud con timbre de cinco centavos por carecer de recursos para usarlo de cincuenta.

Y una vez más, mediante la intercesión del doctor Francisco Ortega y del Villar, el Ministerio de Instrucción Pública apoya a Matilde.

2

(...) que tu espíritu despierte
para cumplir con su misión sublime,
y que hallemos en ti a la mujer fuerte
que del oscurantismo se redime.

Manuel Acuña
A Laura

A pesar del apoyo de los Montoyos, a pesar del interés que el caso de Matilde despierta en las instancias estatales —los gobernadores de Morelos, Hidalgo y Puebla, por ejemplo, le otorgan *motu proprio* algunas modestas pero significativas mesadas— y a pesar de la valiente defensa que hacen de su causa algunos periodistas como José María Vigil o las plumas femeninas del diario *El Correo de las Señoras*, el desconcierto y la incredulidad dan sus coletazos de vez en vez. No hay insultos, pedradas ni escupitajos, es cierto, pero sí protestas públicas frente a la Escuela Nacional de Medicina cuando, una vez más, se da a conocer la noticia de que la señorita Montoya debe iniciar sus prácticas anatómicas con cadáveres desnudos, junto a los alumnos varones, asunto resuelto finalmente y de manera más que hábil por el doctor Montes de Oca.

Sin embargo, los embates y las argumentaciones públicas comienzan a encontrar también "puntos intermedios", que no por ser tolerantes eran respetuosos. "Tolerar es ofender", dijo Goethe. Pero algunas voces, antes discordantes, concedían que la mujer estudiase la ciencia médica "para practicarla en su hogar". Hubo quien pidió seguir el ejemplo de Inglaterra y los Estados Unidos y crear en México escuelas de medicina exclusivas para mujeres. Y los más "modernos" podían aceptar el hecho —¡qué se podía hacer con las que nacieron *cerebrales*!— de que una mujer médico se graduase de las escuelas y facultades, "siempre y cuando se dedicase únicamente a la atención de mujeres y niños". Muchas gracias.

—¿Matilde?

La muchacha levanta la mirada del microscopio. Reconocería la voz que la llama en el último confín del universo.

—Diga usted, doctor Montes de Oca.

El médico se acerca a ella. Finge revisar su trabajo.

—¿Bacteriología?

Matilde asiente.

—Ajá... Muy bien... —no sabe qué más decir—. Robert Koch, en Alemania, ha descubierto recientemente...

—...el bacilo de la tuberculosis. Lo leí.

Montes de Oca sonríe satisfecho, pero como siempre, avergonzado por su fealdad, no se atreve a mirar a Matilde a los ojos.

—Matilde...

La joven da un paso al frente y lo obliga a posar sus ojos en los suyos. Y entonces, Montes de Oca parece notar por primera vez el negro absoluto de su mirar. Un negro vasto como el universo. Negro de una manera tan rotunda que podría sumergirse en él, hacia la quietud de la noche, hacia la tranquilidad de la Nada. Podría navegar en esa absoluta negrura como un cometa solitario vaga, de manera interminable, por los confines del cosmos.

—¿Sabía usted que el número de células que conforman el cuerpo humano… es igual o superior al número de estrellas que hay en el universo?

Matilde le sonríe.

—No lo sabía, aunque es fácil de suponer, doctor…

Montes de Oca hace una pausa. Está pálido.

—Sí, claro… Quería decirle, Matilde… quería informarle… invitarla más bien a…

La joven respira de manera entrecortada.

—¿Doctor…?

Montes de Oca se aclara la garganta:

—He dispuesto para usted… de un cadáver en el Hospital Militar. Me haría muy feliz si aceptara diseccionar el cuerpo el próximo lunes, en la intimidad del anfiteatro de mi hospital. Si usted está de acuerdo, me comprometo a proporcionarle un cadáver a la semana para que realice sus prácticas y no sufra retraso alguno en su preparación.

Matilde no resiste y le toma las manos, emocionada.

—¡Mil gracias, doctor! ¡Mil gracias…! Es usted mi ángel de la guarda…

Montes de Oca está a punto del desmayo. Su corazón es un pequeño gong que retumba dentro de su pecho. Retira sus manos, ya sudorosas. Ríe con torpeza.

—Desgraciadamente, Matilde… un agnóstico como yo no cree en los ángeles…

Carraspea y se recompone en su gallardía.

—La cita es el próximo lunes. A las ocho. Hospital Militar. Calle del Cacahuatal. En el anfiteatro. No tolero la impuntualidad. Que su trabajo le sea provechoso.

Matilde baja la cabeza y se muerde los labios para ocultar la sonrisa burlona que le adorna el rostro. Montes de Oca no lo nota, por supuesto, y hace un intento por salir, pero detiene sus pasos.

—¿Sabía, Matilde… que las nebulosas que se observan en el firmamento, como la del Cangrejo, por ejemplo, son sólo los restos de una estrella muerta? ¿De una estrella que ha estallado? ¿Que ya no existe?

Matilde lo mira sin comprender.

—¿Por qué me dice esto, doctor?

Montes de Oca levanta los hombros.

—No lo sé… De pronto, caigo en cuenta de que los médicos y los astrónomos nos parecemos demasiado. Nos dedicamos a lo mismo: a encontrar el origen y el sentido de la vida en cuerpos muertos…

3

> A veces pienso en darte mi eterna despedida,
> borrarte en mis recuerdos y hundirte en mi pasión;
> mas si es en vano todo y el alma no te olvida,
> ¿qué quieres tú que yo haga, pedazo de mi vida,
> qué quieres tú que yo haga con este corazón?
>
> Manuel Acuña
> *Nocturno*

Al cruzar por los pasillos de consultorios de la Escuela Nacional de Medicina, el doctor Ortega y del Villar se detiene alarmado frente a la puerta del despacho de Francisco Montes de Oca. Pega el oído a la puerta y confirma sus sospechas: Montes de Oca respira de manera entrecortada. Temiendo un problema mayor, abre la puerta sin ningún miramiento, encontrando a su colega sentado en un sillón orejón tapizado en piel verde, el rostro clavado en el pecho y un libro entre las manos.

—¡Pancho! ¿Qué te pasa? ¡Pancho, contéstame!

Montes de Oca reacciona de inmediato. Levanta el encendido rostro.

—Dime tus síntomas, Pancho… ¡Vamos de inmediato a un quirófano!

—¡No, no…! Estoy bien…

—¡Pero cómo vas a estar bien, hombre del señor! ¿Dónde te duele?

Montes de Oca sonríe.

—No, Francisco, no te preocupes… No tengo ningún mal…

Le muestra el libro. Ortega no comprende. Lo toma y lee su portada.

—¿Poesías de Manuel Acuña? ¿Y ahora lo lees? ¡Pero si tú, prácticamente, no lo trataste…!

Montes de Oca suspira largamente.

—A veces puedes ser tan intolerablemente racional…

Ortega bufa. Sí, lo es, ¿y cuál es el problema? Abre la página marcada por la cinta de seda roja que la separa y lee: "Comprendo que tus besos jamás han de ser míos, / comprendo que en tus ojos no me he de ver jamás…".

—Pues no entiendo, Pancho… A mí estas cosas, francamente…

Montes de Oca se levanta y le quita el libro.

—Dame acá, bestia insensible… —acaricia el libro—. Acabo de entender lo que este pobre muchacho escribió entonces… Acabo de entender que él y yo, y que todos los que poseemos un alma solitaria, errante y adolorida, somos en realidad hermanos. Manuel Acuña era mi hermano, doctor Ortega. Conoció, como yo, un amor imposible. Conoció la pasión que surge como una llamarada… y pudo escuchar el sonido de su corazón cuando se rompía en mil pedazos. Sólo que él tuvo el valor de escribir lo que yo ni siquiera me atrevo a hablar…

Ortega le pone una mano sobre el hombro.

—Es Matilde, ¿verdad? Los he visto. Hay cosas que no se pueden ocultar.

Montes de Oca calla, admitiendo así la verdad.

—Pero, Pancho… ¿Te has puesto a pensar en lo que estás haciendo?

Montes de Oca le sostiene la mirada, pero en sus ojos no hay molestia, sino una luz vacilante que da respuesta al amigo querido.

—Tú sabes muy bien lo que estoy haciendo, ¿para qué me lo preguntas?

Se acerca y lo toma por los hombros. Su voz tiembla de emoción.

—¡Me estoy aferrando a la vida, Francisco! Al último asidero que me mantiene en este mundo, antes de caer en el abismo…

El doctor Ortega jala hacia sí el cuerpo de Montes de Oca y ambos se funden en un abrazo viril y fraterno que no precisa de palabras, de explicaciones ni razonamiento alguno.

4

Hoy, que exangüe me siento, a cada gota
quisiera lo imposible: por mi mano
ligar la arteria rota;
vivir de nuevo modo la existencia,
y no del que condeno
cuando a solas pregunto a mi conciencia:
¿fui sabio, he sido artista, he sido bueno?

Francisco A. de Icaza
La arteria rota

Adrián González es un joven Montoyo. Y lo es porque su corazón es limpio, porque siendo él un hombre justo, no entiende la injusticia; porque siendo él un brillantísimo estudiante —los P.B. tapizan sus boletas de calificaciones—, no tiene razón para envidiar a nadie y porque teniendo un espíritu amplio y generoso no puede hacer otra cosa sino admirar a quienes se esfuerzan como él lo hace, retándose a sí mismos para llegar a ser médicos excepcionales sin importar el trabajo extenuante que deben soportar, como lo hace la misma Matilde: un desempeño riguroso en las aulas, los anfiteatros y el hospital; constantes exámenes orales frente a los exigentes médicos de la escuela; vigilias prolongadas hasta el desmayo, guardias de hasta setenta y dos horas y para colmo, castigos de resguardo en caso de cometer alguna falla, sea ésta por inexperiencia, descuido o cansancio. Todo esto conduce a los estudiantes a un agotamiento físico y nervioso tan insoportable que lleva, no a pocos, a abandonar la carrera. Los que resisten son proclives a caer en estados de neurosis y psicastenia y los todavía más desafortunados pueden ser víctimas de la tuberculosis, e incluso algunos llegan a cometer suicidio.

Los grandes médicos militares del siglo, como el mismo Francisco Montes de Oca o como uno de sus brillantes alumnos, Fernando López y Sánchez Román, con grado de mayor, han llevado la disciplina castrense directamente desde los campos de batalla a las aulas de las escuelas, ya fuese la Nacional de Medicina o la Médico Militar. De ahí que Adrián le profese a Matilde una admiración tan manifiesta y sincera, tratándola con miramientos de caballero y con la nobleza de un colega. Asunto este que a Soledad Lafragua, naturalmente, no le sienta nada bien. Y no sólo a ella. El doctor Francisco Montes de Oca se enardece ante cada sonrisa que Matilde le regala al estudiantillo aquel, ante cada caminata que realizan juntos, Matilde y el gusano, por los pasillos; ante cada práctica en conjunto sobre los modelos anatómicos realizados en cera —de un realismo asombroso—, fabricados en los talleres parisinos de Vasseur-Tramond. Francisco Montes de Oca siente que la sangre le hierve cuando observa a Adrián, primerísima reserva en un combate si de él dependiera, alcanzándole a Matilde un botamen de cerámica, en la botica de la escuela. Mientras que la inconsciente y cruel Desdémona destila alcohol en un matraz, el homúnculo ese muele hierbas y semillas en un mortero, sin saber que lo único que pulveriza con la macilla es el equilibrio emocional del general Montes de Oca…

—¿¡Me quiere explicar que está usted haciendo, González!? —el grito resuena por los pasillos.

Adrián se sobresalta, lo mismo que Matilde. Y lo mismo que Francisco Montes de Oca pues, a pesar de que sin problema alguno atravesaría al muchacho con una bayoneta, él no ha abierto la boca. Es el doctor Egea y Galindo quien interrumpe el trabajo de los estudiantes.

—¡Ahora resulta que por apoyar el trabajo de una enfermera, usted se ha convertido en un vulgar boticario!

Adrián no atina a contestar nada, tal es el pasmo que lo amordaza.

—¿Será que por perder el tiempo viniendo a moler hierbitas con la señora me haya usted entregado un trabajo tan mediocre sobre la necrosis tubular aguda? ¿O pensará que con un tecito puede arreglar usted una embolia en las arterias renales?

—Doctor, si me permite…

—¡Lo único que le permito es que se someta a resguardo disciplinario de veinticuatro horas!

—¡Pero…!

—Joven González… —se hace presente Montes de Oca—. Obedezca al doctor Egea…

Adrián baja la vista, lleno de vergüenza, y se retira. Egea mira con extrañeza a Montes de Oca y con burla sempiterna a Matilde. Se va de ahí sin pronunciar palabra. Matilde inquiere con los ojos al general médico, llena de indignación y de extrañeza. Montes de Oca no se siente orgulloso de sí mismo.

—Continúe con su trabajo, señorita Montoya…

Horas después, el joven Adrián González recibe en la celda una visita inesperada. Se pone en pie de inmediato. Francisco Montes de Oca le pide que se siente.

—No es necesario, Adrián.

Ambos toman asiento y se miran frente a frente a través de la mesa.

—Lamento lo sucedido con el doctor Egea… Me permití intervenir para evitarle a usted un castigo mayor.

Adrián sonríe nervioso.

—Se lo agradezco, general.

Montes de Oca lo observa. ¿Por qué le inspira tanta inseguridad este muchacho? Es un joven inexperto, incapaz de representarle ninguna amenaza, ni en lo profesional, ni en lo intelectual. Es un crío. Un manojo de nervios. Pero no, no es un gusano ni un homúnculo. Es un mocetón increíblemente bien parecido. Los anchos hombros sostienen una cabeza romana en la que encuentran acomodo, con gran armonía, una nariz recta, dos ojos grandes y negros, bien poblados de pestañas y mejor enmarcados por unas cejas que parecen dibujadas con pincel. El cabello ensortijado y una piel apiñonada son emisarios de una belleza mediterránea que no ha terminado de madurar. Montes de Oca entiende que no es inseguridad lo que Adrián le provoca, sino envidia y hasta miedo. Miedo de no contar con las mismas armas que el otro tiene para luchar por Matilde. Eran ellos un Cyrano y un Christian, precoz inspiración de un drama por escribirse.

—Joven —inicia sin mayor rodeo el general—. He seguido sus pasos durante mucho tiempo y quisiera ofrecerle, en virtud de su desempeño académico, un asiento en la Asociación Médico Quirúrgica Larrey…

Adrián abre los ojos de manera inusitada.

—Doctor... Ése es un grandísimo honor, pero... ¡aún no soy médico titulado...!

—Y yo aún sigo siendo el presidente fundador de la Asociación Larrey. Es usted tercianista, ¿no es verdad?

Montes de Oca se refería al hecho de que Adrián había cursado ya tres años de la carrera en la Escuela Nacional de Medicina.

—Sí, doctor, lo soy...

—¡Perfecto! Podría empezar a cursar de inmediato la carrera médico militar en el Hospital de Instrucción... ¡Nada mejor que una escuela-hospital para un joven de su categoría!

—Gracias, pero...

—Los jóvenes que ingresan a la Escuela Práctica Médico Militar lo hacen con el rango de soldado médico, pero debido a su magnífico aprovechamiento, estoy en posición de ofrecerle de inmediato el rango de subteniente. Más un empleo y salario seguro, claro está.

Y ante el esbozo de un nuevo argumento por parte de Adrián, Montes de Oca corta la retirada al posible fugitivo:

—A su titulación, será nombrado mayor cirujano. Sólo debe comprometerse a prestar su servicio durante un término de cinco años en las corporaciones militares y bajo mi jurisdicción.

Adrián duda aún. Montes de Oca cambia el frente estratégico.

—¿O qué busca, Adrián? ¿Quedarse en la Nacional soportando los arrebatos histéricos del doctor Egea? ¿O convertirse en un blandengue gracias a la delicadeza extrema de mi querido amigo el doctor Ortega? ¡Sea usted un hombre, González, y acepte mi propuesta!

Adrián se soba las manos. Respira. Cierra los ojos. Se pone de pie y realiza un saludo militar.

—Señor general doctor Francisco Montes de Oca, será para mí un honor dedicar mis servicios a la noble medicina militar del país.

Montes de Oca, de manera solemne, se pone también de pie y le estrecha la mano.

—Doctor Adrián González, la patria, agradecida, lo saluda.

Nunca más se volvió a ver a Adrián por los pasillos de la Nacional de Medicina. Su desarrollo en la Escuela Médico Militar fue brillante. Su partida le trajo la tan anhelada paz a Soledad Lafragua y una sutil tristeza a Matilde al perder a un compañero tan leal. Mientras tanto, Francisco Montes de Oca disfrutaba y sufría de un gozoso arrepentimiento, de una delectable vergüenza, preguntándole a su conciencia: "¿Fui sabio, he sido artista, fui bueno?". Hasta que su alma le responde: "No, Francisco. Sólo eres un hombre enamorado...".

5

> Aquí estás ya... tras de la lucha impía
> en que romper al cabo conseguiste
> la cárcel que al dolor te retenía.
>
> Manuel Acuña
> *Ante un cadáver*

—Pase, Matilde. ¿O se piensa que esto va arder toda la noche?

Matilde se sobresalta al escuchar la voz amada de Francisco Montes de Oca, quien ha manejado el bisturí lo mismo que la espada y el sable, quien ha visto cara a cara a la Muerte igual en una sala de operaciones que en los campos de batalla y quien la ha procurado con solícito y torpe amor desde que la conoció.

Matilde atiende la orden y extiende el pie derecho. Debajo de él hay un cuadro blanco y uno negro, vecinos inmediatos. Duda unos segundos y posa el escarpín, sin saber por qué, sobre un mosaico blanco.

—¿Lo ve? Así es siempre nuestra vida, Matilde... Un péndulo donde oscilan nuestro valor y nuestra cobardía, nuestras dudas y certezas...

Matilde llega hasta él.

—Espero que sepa disculparme, pero no he podido conseguirle un mejor cadáver —sonríe de manera lacónica—. El doctor Andrade se lleva siempre los mejores…

Montes de Oca toma una jarra de agua y apaga el fuego que consume las escasas madejas del cadáver.

—Con eso es suficiente. No podemos permitirnos una epidemia de pulgas o de piojos…

Montes de Oca toma sus pertenencias, dispuesto a marcharse. Matilde se apresta para ayudarlo a cubrirse y el dulce olor a nardos que despide la muchacha lo embriaga y lo marea a un grado tal que está a punto de perder el sentido. La joven se acerca a él y lo mira frente a frente.

—Doctor…

Montes de Oca suda ligeramente y si la muchacha pudiese tomarle el pulso, constataría que los latidos de su corazón superan los cien por minuto, presentando una taquicardia declarada. Con delicadeza, Montes de Oca le retira las manos de sus solapas.

—No estiremos tanto la cuerda, Matilde...

Los ojos del médico se arrasan en lágrimas. Montes de Oca se los oprime con los dedos.

—¡Ah… el humo del zacate…!

Categórico, le entrega su propio cuaderno y un lápiz.

—Lo único que le estoy pidiendo es una amputación a la altura de la articulación coxofemoral. Haga aquí sus apuntes y mañana los coteja conmigo.

Se coloca el sombrero como quien se encasqueta un chacó de infantería.

—Que el trabajo le sea provechoso...

Toca el ala del sombrero y sale con gallardía militar. Antes de cruzar el umbral, se vuelve hacia Matilde, lleno de asombro y arrobada admiración, al mirarla ahí, sola, abandonada a su suerte, a mitad de la noche, intentando una disección humana en el más absoluto desamparo, incapaz él de romper los convencionalismos que le atan las manos y trabajar codo a codo con su alumna más rutilante, la que emana la luz más pura.

Entonces deshace sus propios pasos y se acerca de nuevo hasta la joven, quien lo mira con enorme expectación.

—Matilde...

Y un nuevo temblor en su corazón le hace casi perder el control absoluto de su cuerpo.

—Matilde... Debo informarle que, por prescripción médica —sonríe—, dada por el doctor Ortega, debo marcharme mañana mismo a una pequeña hacienda que poseo en los Llanos de Apan, en Hidalgo.

Matilde camina hasta él, preocupada.

—¿Se encuentra bien, doctor?

Montes de Oca desestima con la mano.

—Un malestar sin importancia... Demasiado trabajo y necesito un descanso. Estaré fuera unas semanas tan sólo...

Ambos callan. Se beben la mirada uno del otro.

—Matilde... —hace un nuevo y supremo esfuerzo "por romper la cárcel que al dolor lo retiene"—. ¡Matilde, yo...!

Pero Matilde posa su mano sobre la boca del médico.

—No es necesario que me lo diga —hace una larga y amorosa pausa—. Sólo quiero que sepa... que yo lo amo de igual manera...

Los diques cardiacos de Montes de Oca están por reventarse. Saca prestamente de la manga de su abrigo el libro de poemas de Acuña y se lo coloca a Matilde entre las manos. Al hacerlo, las aprieta con viveza y finalmente, planta en ellas un beso, un beso largo, dulce, cálido y eterno. Le entrega así el alma entera y sabe bien Matilde lo que Francisco le deja en depósito. Montes de Oca sale corriendo. Matilde no puede decir nada más. Lleva el libro a su rostro y aspira el olor de su amado en él resguardado y que ahora vive también y para siempre entre sus propias manos.

Entonces, cae una flor al piso. Es una florecita silvestre, seca y marchita, guardada entre las hojas del poemario, que ha marcado con sus tintes violáceos y muertos una de las páginas. Matilde no puede evitar leer la estrofa ahí escrita:

Mañana que ya no puedan
encontrarse nuestros ojos,
y que vivamos ausentes
muy lejos uno del otro,
que te hable de mí este libro
como de ti me habla todo...

Un oscuro presentimiento se apodera del alma de Matilde, para quien la presencia del muerto que está a sus espaldas, de ese cadáver pálido, verdoso, rígido y frío, tendido en la mesa de obducción, se convierte en el símbolo más claro de lo que en realidad es: la muerte, el abandono, la indefensión absoluta, la única certeza de nuestro futuro, la luz en nuestras pupilas que ya no habrá de refulgir, el círculo de nuestra existencia que se cierra y nos dispone con presteza para volver a la tierra, en donde "el poder de la lluvia y del verano fecundará con gérmenes nuestro cieno...".

6

Tened confianza en mí. Os afirmo que siempre os seré fiel.
(Pero) si sólo canto vuestros méritos y virtudes;
si callo nuestros defectos, mi voz no será escuchada.
Para definiros debo ser imparcial: si no lo fuera,
mis opiniones no tendrían fuerza.

Concepción Gimeno de Flaquer
"Cuatro palabras a las mujeres españolas y americanas"
Prólogo a *La mujer juzgada por una mujer*

Las manos de Matilde abren con premura las hojas del periódico buscando la noticia fatídica. Finalmente la encuentra y lee con toda claridad el encabezado: "Escándalo en la Preparatoria". El señor profesor don Francisco Rivas, titular de la materia de Raíces Griegas de la Escuela Nacional Preparatoria ha reprobado "de manera injusta y alevosa" a la "heroica señorita doña Matilde Petra Montoya".

—¡No te atrevas a llorar, hija!

—¡No todas las lágrimas son de debilidad, madre! —se defiende Matilde, efectivamente, con el llanto desbordándosele por los ojos.

Soledad ha comprendido, poco a poco, que su hija ya no es una chiquilla. Tendrá que procurarse una nueva manera de entendimiento con ella.

—¡Era la última materia que me faltaba para concluir la preparatoria! ¿Qué pretende ese viejo bribón? ¿Que le diga en griego clásico que es un grandísimo hij…?

—¡Ni en griego, ni en arameo, hija, por favor…! —la contiene la madre con delicadeza—. Ya arreglaremos esto.

Pero ellas no tuvieron que hacer gran cosa. Siendo éste el último obstáculo académico con respecto a su graduación en la Escuela Nacional Preparatoria, el cabeceo editorial del reportaje se convirtió en realidad y se armó un verdadero escándalo. Con muchas más voces a favor que en contra, debe aclararse. Todos tomaron la palestra desde los diarios *El Correo de las Doce*, *El Monitor Republicano* y *El Diario del Hogar*. Y desde la publicación feminista *El Álbum de la Mujer*, sus editoras, con Concepción Gimeno de Flaquer al frente y con la complicidad de Laureana Wright, exigieron que se repitiese el examen con la presencia de "múltiples especialistas en el tema". "¿No te lo decía yo, muchacha?", le dice Laureana a Matilde, con gran alborozo, "¡Tu vida es como una novela de pasquín, hija! ¡Todo el mundo está esperando a leer el siguiente capítulo!", y se carcajea de nuevo.

Y para azuzar la llama, algunos profesores de la preparatoria dieron testimonio de que fue el mismo profesor Rivas quien les confesó, previo a la examinación, que "él se encargaría de impedir que la tal señorita Montoya terminara de una vez y para siempre con tantas locuras". Testigos del examen aseguraron también que las preguntas de Rivas habían sido planteadas de manera abiertamente ambigua y aunque la alumna respondiera de manera correcta, él se dedicó a escribir notas negativas en su cuadernillo.

Un estudiante de medicina, miembro de los Montoyos, retó a duelo al profesor Rivas y lo citó para que se presentase, junto con sus padrinos, en el bosque de Chapultepec el siguiente sábado a las seis de la mañana. No se sabe tampoco desde cuál bando llegó la cordura, pues el dicho duelo no llegó a tener lugar.

Soledad le aconsejó a Matilde que le escribiera, sin ninguna tardanza y de nueva cuenta, a don Joaquín Baranda, ministro de Instrucción. Pero Matilde guardó silencio unos momentos y sentenció:

—No. Mucho he molestado ya al señor Baranda. Le escribiré directamente al señor presidente para que me conceda la repetición del examen.

—¡Pero, hija! ¡El general Díaz regresó a la presidencia hace apenas unas semanas y andará vuelto loco arreglando los desaguisados del Manco González!

Pero esto no le importó a la joven. Le escribió a Porfirio Díaz quien, en efecto, no le respondió. Al menos no personalmente, pero sí le dio seguimiento al asunto delegándole la responsabilidad de la respuesta a don Joaquín Baranda. El ministro de Instrucción le escribió a su vez a don Justo Sierra, entonces director en San Ildefonso, y éste respondió a través del Secretario de la institución: *Mi parecer, señor Ministro, salvando el mejor de Ud., es que podrá accederse a la solicitud de la interesada, en consideración a su sexo y a las dificultades que por esa causa há tenido que luchar en sus estudios.*

—Pues así no hago el examen… —cruza los brazos Matilde.

La sorpresa de todas las ahí reunidas es mayúscula.

—¿¡Por qué…!? —parecen gritar al unísono Soledad Lafragua, Laureana Wright, Laura Méndez de Cuenca y Concepción Gimeno de Flaquer.

—¿No se dan cuenta, señoras? Justo Sierra me hace una "graciosa concesión" ¡en "consideración a mi sexo"!

—Bueno, hija, es un caballero… —articula Soledad.

—¡Que no necesito de un caballero con armadura para que me venga a rescatar, mamá! ¿¡Tan difícil es de entender!? Fui víctima de una injusticia, de una infamia. ¡Y como ciudadana libre y no como mujer, exijo, que no suplico, una compensación! ¡Ahora mismo le escribiré al profesor Sierra rechazando su "caballerosa" propuesta…!

Y como la joven se lanza a tomar papel y pluma, las cuatro mujeres mayores se aprestan a detenerla.

—¡No, no, no, no…! ¡Ven acá, Matilde! —le arrebata la pluma Laureana—. Habla tú, Concepción, que eres la más articulada.

La aragonesa, doña Concepción Gimeno de Flaquer, medita bien sus palabras.

—Matilde, hija… no seas una gilipollas…

—¡Concepción! —le reclama Laureana.

Laura Méndez se tapa la cara y Matilde y Soledad se indignan.

—¡Joder, Laureana, que primero me pides que articule y cuando lo hago…!

—¡Bueno, sí, pero no la insultes…!

—¡Es que hay que ser tonta del culo como para armar una rabieta semejante por un asunto tan nimio, digo yo…!

Aquello se vuelve un guirigay hasta que Concepción se impone.

—¡Bueno, ya, está bien! Se me olvida que los mexicanos os "sentís" hasta porque vuela la mosca…

—¡A lo que vamos, Concepción, que aquí nadie está sentida!

La señora Gimeno de Flaquer cruza las manos y suaviza el tono.

—Hija, querida… Nuestro siglo es el siglo de las "grandes aspiraciones", por llamarlo de algún modo, y sobre todo, de las mujeres. Pero esas grandes aspiraciones nuestras cristalizarán en el siglo XX, escucha mis palabras. Yo ya no lo veré, pero tú sí. Por lo tanto, si bien el feminismo a ultranza de Laureana, por ejemplo, exige grandes e inmediatos cambios, yo te conmino a que ejerzas un feminismo conservador en lo ideológico y sí, furioso en la expresión…

—No la entiendo bien, señora.

Concepción se aclara la garganta. Nunca sabe cómo pueden reaccionar los mexicanos cuando se les habla de su propia identidad.

—La ideología de un pueblo, en particular del pueblo vuestro, el mexicano… tan particular, pobrecillos… no se cambia con un plumazo, ni con una carta airada a un funcionario que, dentro de su ideología, concibe la ayuda que te ofrece, no como una "humillación deleznable hacia una mujer estúpida". ¡El señor Sierra está siendo un caballero! ¿Por qué no puedes aceptar la cortesía de un caballero? ¿Te hace esto un ser inferior? ¡Los impulsos del hombre pueden ser tan buenos como los de la mujer, hija! ¿Por qué exagerar las cosas? Anda, Matilde, no seas tontina. Acepta la oferta, repite el examen… ¡y termina de una vez por todas tu carrera, hija, que es algo que las mujeres esperamos con grandes anhelos y mayor orgullo!

Matilde guarda silencio y después de un momento, asiente con la cabeza. Todas respiran aliviadas.

—¿Ves cómo, cuando te da la gana, eres convincente? —le reclama Laureana a Concepción—. ¿A qué venía lo de llamarla "gilipollas"?

—¡Cómo! —sonríe Concepción—. ¡Pero si te lo he dicho a ti, Laureana! Que no he conocido una gilipollas mayor en estas tierras…

Matilde aceptó la "galantería", repitió el examen, obtuvo un P.B. y se graduó de la Escuela Nacional Preparatoria, diez años después de otro escándalo, del que fuera defendida por Gabino Barreda.

7

Ésa era mi esperanza... mas ya que a sus fulgores
se opone el hondo abismo que existe entre los dos,
¡adiós por la vez última, amor de mis amores;
la luz de mis tinieblas, la esencia de mis flores;
mi lira de poeta, mi juventud, adiós!

Manuel Acuña
Nocturno

Esa mañana se han retrasado Matilde y Soledad, pues la madre no ha amanecido bien de salud. A pesar de la solicitud de la hija para que guardara reposo, Soledad ha insistido en acompañarla.

Las mujeres llegan casi corriendo, ya con veinte minutos de retraso para la primera clase, Principios de Cardiología, con el doctor Maximino Galán.

Cuando trasponen el umbral achaflanado de la Escuela Nacional de Medicina y entran al patio central, notan de inmediato que algo grave ha ocurrido, pues casi la totalidad de los estudiantes se encuentra ahí, de pie, en silencio, mirando hacia el balcón superior. En el centro del mismo, acompañado por el cuerpo docente de la escuela, habla el doctor Francisco Ortega y del Villar. En la oscura voz del médico se refleja la mayor de las tristezas y no son pocos los jóvenes que lloran conmovidos.

—...y es por esto que hoy, nuestros acongojados labios exclaman al Cielo: "¡Gracias, doctor! ¡Gracias por tanta sabiduría, por tanta pasión y por tanto amor a la ciencia...!".

"¿De quién hablan...? ¿¡De quién están hablando!?", se pregunta Matilde con angustia creciente.

—¡Jóvenes alumnos! La muerte del doctor Francisco Montes de Oca nos deja en la orfandad y su nombre habrá de resonar...

—No... no, por favor...

—...en los anales de la historia, en nuestra memoria agradecida...

—Él no, por Dios... Él no...

—...y en los corazones de todos aquellos quienes lo amamos y... —la voz de Ortega se quiebra en llanto. Carmona y Valle lo consuela.

—No... no... ¡No, madre...! ¡Él no, por piedad...! —Matilde se siente enloquecer.

—No lo escuches, Matilde... ¡No los oigas! ¡Ven conmigo!

—¡No...! ¡Nooo...!

—¡Tápate los oídos, hijita! —Soledad llora también—. ¡Tápate los oídos, te lo ruego...!

Pero Matilde ha perdido toda razón y juicio y es un bramido lo que sale de su pecho.

—¡¡Piedad...!!

Las dos mujeres caen al suelo, abrazadas. Varios jóvenes, alarmados por la conmoción, las rodean de inmediato para auxiliarlas. Uno de ellos carga en vilo a Matilde y todos, junto con Soledad, corren tras él hacia la enfermería, pues la joven se ha desmayado.

Días más tarde, cuando tiene lugar el sepelio del médico y militar Francisco Montes de Oca en la Rotonda de los Hombres Ilustres del Panteón Civil de Dolores, Matilde Montoya, de luto riguroso, mira descender a través del velo, el féretro de Francisco a su sepultura y, como si ofreciera una silenciosa plegaria, recuerda los versos de Acuña: "Tu misión no está acabada, que ni es la nada el punto en que nacemos, ni el punto en que morimos es la nada…".

—Matilde, hija, debemos irnos…

El presidente se ha ido. Los dolientes comienzan a abandonar el cementerio. El cielo negro amenaza tormenta y el viento arrafagado hace volar los crespones del túmulo y las hojas caídas de los árboles.

—Hija…

Pero Matilde no se mueve. Está ahí, pétrea, mirando la fosa abierta, sintiéndose imantada hacia ella por su pacífica oscuridad, recibiendo sobre su cuerpo las lágrimas vertidas por el firmamento en forma de llovizna. "En tanto que las grietas de tu fosa…", continúa con su plegaria, "verán alzarse de su fondo abierto la larva convertida en mariposa, que en los ensayos de su vuelo incierto, irá al lecho infeliz de tus amores a llevarle tus ósculos de muerto…".

—¡¡Matilde…!!

Soledad detiene por los hombros a su hija, quien, así le ha parecido, ha estado a punto de lanzarse a la tumba abierta. Matilde se recupera, como saliendo de un embrujo.

—Estoy bien, mamá, no se preocupe…

Entonces se levanta el velo y mira frente a frente a Soledad.

—El doctor Montes de Oca fue, es y lo será siempre, el más grande amor de mi vida, debe saberlo. Lamento no haber podido compartir con usted esta dicha…

Soledad baja la vista. Le toma las manos. Se las besa.

—La vida no ha terminado para ti, Matilde. Apenas comienza. El doctor Montes de Oca fue y será, en realidad, tu primer amor. Llora por él y atesora su recuerdo. Llévalo siempre en tu memoria, pero debes prometerme que no dejarás de vivir.

Matilde y su madre se abrazan ahí, junto a la tumba del que será, hasta el final de sus días, el primero, el más grande y el único amor de su vida.

8

¡Adiós y siempre adiós! Desde la cuna
cuántos seres amamos que nos dejan.
Los genios y los ángeles se alejan
asidos a los rayos de la luna.

Josefa Murillo
Adiós y siempre adiós

Las teclas del piano en casa de la familia Ortega y del Villar son pulsadas a ritmo de vals, a ritmo de marcha, a ritmo de habanera y para acabar pronto, a todos los ritmos posibles, por Aniceto Ortega, hermano menor de Francisco, médico también, pero músico de ocasión que disfruta ahora de una bien fundada fama como compositor a raíz del estreno de su ópera *Guatimotzin*, en el Gran Teatro Nacional y con las voces, nada menos, que del "Ruiseñor Mexicano", Ángela Peralta, y de uno de los primeros tenores legendarios de la ópera, Enrico Tamberlick. Aunque su severo hermano Francisco le recrimina siempre lo que él considera "una excesiva dedicación al arte".

—¡Imagínate, Aniceto! Si como médico has alcanzado los más grandes logros, que cualquier otro doctor te envidiaría... ¿qué no sería de tu carrera si fueses un médico serio?

Pero Aniceto sólo ríe del cascarrabias de Francisco.

—Hermanito...

—¡No soy tu "hermanito"! Soy tu hermano mayor...

—Hermanito, mis inteligentísimos estudios sobre embriología...

—Que deberías aplicar más en tu hospital de maternidad, por cierto...

—...no me impiden dedicarte mi nueva composición. ¡Para ti... hermanito! —y se lanza sobre su *Oda a Beethoven*.

Don Francisco Ortega refunfuña y lo da por perdido. Quienes disfrutan enormemente las visitas del "tío Aniceto" en casa son las cinco hijas que el médico ha procreado con su gentil esposa, Isabel, y que forman una graciosa escalera que va de los veinte a los diez años de edad.

—¡Toque una mazurca, tío!

Y el tío toca una mazurca.

—¡Un vals, por favor!

Y las jovencitas bailan con su madre al compás de *Enriqueta*, creación del tío Aniceto.

—Esta casa es una locura... —se queja el viejo doctor—. ¡No son horas de tocar el piano!

Aniceto desiste de sus interpretaciones, ante los reclamos de las sobrinas. No quiere molestar al hermano gruñón y adorado. Siempre sonriente, saca una caja de regalo y se las ofrece a sus sobrinas. Las muchachitas gritan de alborozo al descubrir las finísimas trufas de chocolate que el tío se hace traer de Francia.

—¿Y cuándo les regalarás un libro a tus sobrinas? —se queja Francisco.

—Hermanito... de la educación de tus hijas, te encargas tú...

Isabel, quien termina de acomodar los platitos para el postre y las tazas para el café, interviene:

—¡Y eso, sólo la educación necesaria, Aniceto! Aunque el doctor Ortega se moleste conmigo, yo siempre he dicho lo que he dicho: "Mujer que sabe latín...

—...¡ni tiene marido ni tiene buen fin...!" —repite el quinteto vocal de las muchachas.

La parvada de muchachitas se arremolina sobre la mesa cuando Cuca, la criada, trae la carlota de piña hasta el centro de la mesa. Todo son gritos y algazara. Demasiado ruido para el pobre viejo quien, sin querer reconocerlo, está perdiendo el oído y cualquier cambio brusco en los decibeles de su entorno le embota el sentido de la escucha. Se levanta, siempre refunfuñando, y se dirige a su estudio. Poco después sale de él, con abrigo y sombrero y con un par de libros bajo el brazo. Se dirige a la puerta.

—¡Francisco! ¿A dónde crees que vas? —le grita Isabel.

Lo han descubierto.

—Ehhh... a la escuela... tengo unos pendientes...

—¡Pero es sábado!

—¿Y? ¿Somos judíos, acaso?

—¡Pero está aquí tu hermano!

Francisco lo mira con hastío.

—Sí, ya lo sé. Está igual que cuando nos visitó hace tres meses... y nos interpretó también su *Oda a Beethoven*...

—¡Pero es tu cumpleaños, Francisco! —se molesta ya la esposa.

Al doctor Ortega no le queda más que ceder o repeler el ataque.

—¡Pues si es mi cumpleaños lo celebro entonces como yo quiera y en donde yo quiera, mujer!

Sale dando un portazo.

Don Francisco Ortega sabe muy bien que, un sábado a las seis de la tarde, a la única persona que puede encontrar en la biblioteca de la escuela es a Matilde.

—¿La interrumpo, niña…?

Matilde sonríe y levanta la cara. Ortega la escudriña y sabe muy bien que no es ninguna "niña" la que lo mira, ninguna "jovencita". Es ya una mujer.

—¿Le puedo preguntar qué hace aquí sola? ¿Por qué no está en su casa, descansando?

—Yo estoy aquí estudiando, doctor. Y con todo respeto, me parece que le podría preguntar a usted lo mismo.

Ortega hace un gesto de enfado.

—¿Yo? ¡Yo huyo de mi familia, Matilde!

—Doctor… —sonríe con cariño.

—¡No, no, no…! ¿Qué quiere usted que haga ahí? ¿Soportar las pláticas interminablemente sosas de mi mujer y las niñas sobre… organzas, encajes y la moda de París o cualquier nueva ridiculez que se le ocurre a la gente? ¡Ahora resulta, figúrese usted, que quieren poner un "árbol de navidad"! Así lo llaman… ¡Que porque el embajador de Estados Unidos pone un "árbol de navidad" en su casa! ¿Puede haber algo más ridículo que un árbol, justo a la mitad de la sala, y adornado con colgajos y listones…?

Matilde ríe abiertamente. Francisco se solaza en la sonrisa de la muchacha.

—Dígame qué investiga y para qué.

—Bacteriología. Para mi tesis de titulación.

Ortega no termina nunca de sorprenderse.

—Falta un año para eso, muchacha... y la bacteriología... es algo tan novedoso...

—¡Por eso es que me fascina, doctor! ¡Ahí está la clave, el origen de lo que amamos! ¡La causa, la etiología de las enfermedades! ¿Quiere usted que le diga cuál es el título de mi tesis?

—Se lo ruego...

—¡Prometa no reírse!

—¿Por qué lo haría, niña...?

Matilde abre su cuaderno de notas y se prepara como quien fuese a declamar el primer canto de *La Odisea*:

— "Técnicas de laboratorio en algunas investigaciones clínicas: Bacteriología y Etiología".

Se hace una larga pausa.

—¿Qué le parece, doctor?

Francisco Ortega saca un pañuelo y se enjuga una impertinente lágrima.

—Ahora entiendo por qué despertó en Pancho tal pasión...

Matilde pierde el aliento. Inclina la cabeza.

—Siempre lo supe, hija, no me juzgue a mal. Todo lo contrario. Porque mientras Pancho era consumido por la cardiopatía isquémica que lo mataba, sólo ante su presencia veía yo refulgir su mirada, ensanchar los hombros y aspirar de nuevo el aliento de la vida.

Ortega le toma las manos.

—Sólo por eso, querida niña, podría yo vivir eternamente agradecido con usted...

Matilde también se seca unas lágrimas. El doctor Ortega toma los libros que carga desde su casa y los pone frente a ella.

—Estos libros eran de Pancho. Quiero que los conserve usted. Éste... —señala uno empastado en un azul profundo— me lo prestó en una ocasión... ¡y nunca se lo regresé! Ya sabe lo que dice el dicho —sonríe el viejo médico—, "El que presta un libro, merece que le corten una mano. Y el que lo devuelve, merece que le corten las dos".

Matilde vuelve a iluminar la biblioteca con su sonrisa.

—Es una recopilación de sus artículos, de sus notas... Hay de todo ahí: elefantiasis, sífilis... y otras enfermedades, ehhh... propias de los hombres. Ésas se las puede saltar si quiere... —se sonroja ligeramente—. ¡Y claro! Su internacionalmente reconocida técnica de "corte en raqueta" para lograr una correcta amputación y obtener muñones perfectos... ¡Una delicia de libro!

Matilde toma el otro ejemplar. Al abrirlo, se sorprende al encontrar en él hojas manuscritas. El título también le parece extraño:

"¿Fundación de la Sociedad Bohemia?".

Ahora es Ortega quien se carcajea.

—¡Me lo dio para que yo lo destruyera! ¡Quería que lo quemara! Pero, hombre, claro que me lo dio a mí porque sabía que no lo iba yo a hacer... Guárdelo usted, hija.

—Pero, ¿qué era la...?

—La Sociedad Bohemia era eso, Matilde. Un grupo de jóvenes exultantes que se reunían a leer ¡y a escribir! poesía, a tocar el piano, quien lo sabía hacer, a discutir sobre los grandes autores, yo qué sé... Por ahí se encontrará algunos versos escritos por Pancho. Como yo no sé de esas cosas ni me interesan, la mera verdad, no le puedo decir si era buen poeta o no...

Matilde repasa las hojas escritas, como acariciándolas, pero Ortega le quita el cuaderno de las manos y lo cierra.

—En fin, Matilde, vamos a lo importante. Su tesis. Explíqueme usted el principio de inmunidad de Pasteur y qué diferencias se han encontrado hasta ahora entre una bacteria, un virus y un parásito. Y me explica, por favor, cómo se procede para atacar a uno y a otro...

Matilde mira hacia el techo, acomoda sus pensamientos y comienza a exponer al querido maestro la primera estructura de su tesis. Al viejo Francisco Ortega y del Villar, quien ya no podrá leer la versión final de la misma, quien no podrá ser su sinodal en el examen de graduación, ni podrá entregarle el certificado correspondiente, pues la Muerte, la Gran Igualadora, lo llevará muy pronto allí, donde "acaban la fuerza y el talento, los goces y los males, la fe y el sentimiento"; a donde "el ánimo se agota y perece la máquina"; allí, donde "el ser que muere es otro ser que brota", y en donde "la vida, en su bóveda mortuoria, prosigue alimentándose en secreto...".

X

SÍNTESIS

1

> Marchan ante mí estos ojos llenos de luces
> que un Ángel sapientísimo sin duda ha imantado.
> Avanzan esos divinos hermanos que son mis hermanos,
> sacudiendo ante mis ojos sus fuegos diamantinos.
>
> Charles Baudelaire
> *La antorcha viviente*

Si al inicio de este relato se planteó la posibilidad de que el año de 1857 pudiese ser llamado el "Año de las Promesas", siguiendo el mismo caprichoso y arbitrario recurso, podríamos decir ahora que el año de 1887, tres décadas después, bien pudiese ser llamado el "Año de las Promesas Cumplidas" o el "Año de los Logros" o "de la Consolidación", según lo decida nuestro personal apego a lo grandilocuente o a lo abiertamente cursi. De cualquier manera, los intentos de adjetivación le importan muy poco al péndulo de Foucault cuya presencia y objetivo científico en el Museo de Artes y Oficios de París se ha convertido ya en algo cotidiano, en algo familiar, en algo, incluso, que *tiene* que estar ahí, como las hojas tienen que estar en los árboles o las nubes en el cielo.

El péndulo de Foucault, ante los inquietos humanos que pierden prontamente su capacidad de asombro y piden más y siempre más, ha dejado de ser un portento científico para convertirse, tal vez, en una atracción turística. Se le visita como se visita el Louvre o la recientemente renovada catedral de Notre Dame o bien, como se acude, casi en secreto, al barrio de Montmartre, decadente y burdelero, pero excitante a los sentidos.

Pero el que un hecho sea "cotidiano" no le resta grandeza ni importancia. Por ejemplo, el caso del pequeño Boyd Dunlop, quien recorre las maltrechas calles de su barrio en Belfast, Irlanda, encima de su triciclo, lastimándose las piernas y la espalda, a causa no sólo de los baches, sino también de las llantas hechas de una goma rígida y quebradiza. Hasta que llega papá al rescate, John Dunlop, quien fabrica una goma muy delgada y flexible, hace tubos con ella, los infla de aire, los recubre con lona… y *voilà!* Ha inventado el neumático. Así de simple. Igual que cuando George Eastman le dice a su mujer: "¡No te muevas, querida! ¡Sonríe…!", y le toma la primera fotografía con rollo de película y con una pequeña cámara, ambas, invenciones suyas. ¿Y es acaso algo fuera de lo cotidiano el salto de terror que da Soledad Lafragua cuando, estando en casa de Laureana Wright, repiquetea uno de los primeros teléfonos que se instalan en la Ciudad de México? "No te avergüences, querida", la reconforta Laureana, "a mí me pasa lo mismo con estos odiosos aparatos. ¡Dónde demonios ha quedado la privacidad del hogar, me pregunto! ¡Todo mundo te busca a la hora que le viene en gana! ¿Dónde quedarán las cartas, las solicitudes de visita? ¡El respeto a la vida íntima, en pocas palabras!".

A los ciudadanos de Manneim les resulta también cotidiano el ver a la hermosa señora Bertha Benz, acompañada por sus hijos, manejando el *Benz Patent-Motorwagen*, primer automotor de combustión interna de la historia, a la escandalosa velocidad de 16 kilómetros por hora, sin tener cuidado alguno ni de sus propios hijos, ni del resto de los peatones.

Y muy pronto llegaría la cotidianidad al referirse a las ondas electromagnéticas después de que las investigaciones de Heinrich Hertz demostraran, en 1887, naturalmente, que éstas viajan libremente por el aire y por el vacío, sentando así las bases de lo que sería también habitual a la vuelta de unas décadas: las transmisiones de radio, de televisión, las comunicaciones satelitales y la telefonía celular.

Los Mártires de Chicago, con su sacrificio, inician una revolución obrera y social que cimbrará al mundo entero. Como lo hará Sigmund Freud, en el mismo 1887, al experimentar con la cocaína ya sea como un eficaz anestésico o como un mejor antidepresivo, para "desinhibir la lengua y tonificar el cuerpo", o para hacer "de los días malos, días buenos; y de los días buenos, días mejores...".

Y como lo harán en París Louis Pasteur y su colega mexicano, el doctor Eduardo Liceaga. El mexicano le regala al francés todos los estudios elaborados en su país sobre la fiebre amarilla y la lepra. El francés, en reciprocidad, le regala a Liceaga un conejo. Aunque no uno cualquiera, ya que el cerebro del animal ha sido inoculado con rabia. Liceaga deberá regresar de inmediato a México —tardó veintidós días— manteniendo vivo al pobre conejillo para poder inocular a otros más en el Laboratorio de Bacteriología del Consejo Superior de Salubridad.

A la muerte del animalillo viajero, su médula rabiosa es conservada en glicerina, según una novísima técnica desarrollada por el doctor Rodríguez de Arellano. Fue el niño Isidro Delgadillo, de doce años y mordido por un perro rabioso, el primer ser humano en el continente en ser vacunado contra la rabia.

Sí, 1887 fue el Año de las Promesas Cumplidas. Empezando por la de Matilde Montoya, la primera mujer en México y aún en buena parte de Europa en titularse como Médica Cirujana y Obstetra en la Escuela Nacional de Medicina.

Tenía treinta años y una vida por delante.

2

Oremos por las nuevas generaciones,
abrumadas de tedios y decepciones (...)

Oremos por los místicos, por los neuróticos,
nostálgicos de sombra, de templos góticos (...)

Oremos por los que odian los ideales,
por los que van cegando los manantiales
de amor y de esperanza de que bebemos (...)

Oremos por los sabios, por el enjambre
de artistas exquisitos que mueren de hambre (...)

Oremos por las células de donde brotan
ideas y resplandores, y que se agotan
prodigando su savia. ¡No las burlemos!
¿Qué fuera de nosotros sin su energía?
Oremos por el siglo, por su agonía (...)
¡Oremos!

Amado Nervo
Oremus

Matilde y Soledad llegan puntuales a la cita tanto tiempo esperada. Entran al salón de sesiones… y se encuentran con un sitio oscuro y deshabitado. No entienden qué es lo que pasa. Han llegado antes de la hora, sí, naturalmente, pero…

—Buenos días, señorita.

Matilde Montoya sabe muy bien quién es ese espectro gigantesco que va apareciendo por entre la penumbra desde el fondo del salón. Se le erizan los pelillos de la nuca.

—Buenos días, doctor Egea…

Soledad la toma por el brazo, previendo en ella alguna desmesura.

—¿A qué viene usted por aquí, Montoya?

Matilde trata de contener un temblor en el labio inferior.

—Como bien sabrá, doctor, hoy es mi examen de titulación.

—¡Ah, sí, claro! Algo de eso escuché. Debe ser difícil para usted…

Matilde lo reta con una mirada de hielo.

—…encontrarse sola, sin sus ángeles guardianes, sin sus "Montoyos" principales: Montes de Oca y Ortega…

Matilde se siente como el náufrago que resiste días enteros flotando en el mar y cuando mira por fin un madero del cual asirse, abandona todo esfuerzo y comienza a ahogarse.

—Vámonos, hija. Debemos ir a las oficinas —la urge Soledad.

Matilde se zafa de ella sin quitarle de encima a Egea una mirada llena de rencor.

—¡Pero los exámenes de titulación son aquí…! —dice con la voz quebrada.

Egea y Galindo se le aproxima. Su cercanía es peligrosa.

—Vaya al salón de la Sociedad Filoiátrica. Ahora recuerdo que su "actuación" está programada en ese escenario —disfruta su ingenio cruel—. Hay de exámenes a exámenes... señorita partera... —y sale por la puerta.

Ahora es Matilde quien detiene a Soledad pues es ésta quien quisiera desgarrarle el cuello a ese hombre.

El salón aludido, llamado pomposamente De la Sociedad Filoiátrica, es en realidad una pequeña sala en la que se estudian los casos de los alumnos candidatos a obtener recursos provenientes de la beneficencia, pues eso significa la palabreja "filoiátrico": amigo de los médicos.

Aquel "cuarto de los trebejos", según fue calificado en diversas crónicas, se encuentra pletórico de personas: maestros, alumnos, invitados o no; gente que está ahí para ser testigo de la gloria o del fracaso largamente anunciados, uno y otro, de Matilde Montoya.

Apenas hay espacio para que la muchacha pueda sentarse en una silla. Su madre debe permanecer de pie. A la entrada de los sinodales Maximino Galán, cardiólogo; José María Bandera, oftalmólogo; José G. Lobato, higienista; Fernando Altamirano, farmacólogo; Nicolás Ramírez de Arellano, médico legal, e Ignacio Capetillo, ginecólogo, todos los presentes se ponen de pie. Entra al final el doctor Carmona y Valle, quien ha pasado a ocupar el puesto de director, a la muerte del doctor Ortega.

La molestia del médico ilustre es manifiesta. "¿Por qué aquí?", pregunta al secretario de actas quien sólo levanta los hombros. "¡No se puede ni respirar! ¡Hagan el favor de abrir las ventanas y despejar la puerta!".

—Disculpe usted, pequeña Agnódice... —le ofrece un saludo a Matilde—. No estaba enterado de todo esto...

Matilde, agradecida, siente un escalofrío en el cuerpo, sin poder creer que el venerable galeno la haya reconocido como la niña que perdió la vista, hace diecisiete años, dada la pesada carga de trabajo y de estudio que desde entonces soporta sobre sus hombros.

Carmona y Valle mira, con preocupación, que el recurso de abrir las ventanas y las puertas pueda quizá resultar contraproducente, dada la multiplicidad de cabezas y rostros que se arremolinan sobre ellas para atestiguar el acto. Pareciera todo eso un motín. "Hay gente en las escaleras, en el patio y salen hasta la calle y la plaza...", le susurra el secretario al oído. Y como si nada de esto fuese suficiente, desde la entrada del edificio, del claustro, las escaleras y los pasillos, se escucha una atropellada carrera de un par de botas militares cuyo dueño, un joven cadete, grita a voz en cuello: "¡Ahí viene! ¡Ahí viene...! ¡Prevenidos todos, que ahí viene!". El cadete, pálido y sudoroso, llega hasta el salón de filoiatría y grita a voz en cuello: "¡Vienen en camino el señor presidente de la república, su señora esposa y el señor ministro de Gobernación...!

—¡Preparen el salón de sesiones...! —grita también Carmona y Valle.

Una barahúnda desciende hasta el auditorio principal. En las carreras, Matilde es empujada por la turba como si fuese una espectadora más y no el origen, el motivo y el centro de aquel maremágnum.

Un ejército de empleados y académicos, quienes comandan también a muchos estudiantes voluntarios, arrean las cuerdas de los enormes candiles y encienden sus velas. Colocan la mesa y los manteles, descorren las cortinas, barren el estrado, llenan de agua jarras y vasos, colocan carpetas, hojas en blanco y lápices en cada uno de los lugares, dan paso a la multitud, ayudan a entrar a los señores académicos, rescatan a Matilde y le ofrecen un asiento de primera fila a Soledad, la querida Penélope.

Colocan, de manera perpendicular a la mesa principal, una mesilla de honor, con tres elegantes asientos por detrás, en los que se sentarán el general Porfirio Díaz y sus acompañantes.

Cuando apenas están terminando de plantar una bandera nacional detrás de esta mesa y el pendón de la Escuela Nacional de Medicina en el otro costado, una ola de aplausos y vivas llega desde la entrada.

Todos en el patio y el pasillo se repliegan, según les es posible, al paso del enérgico Porfirio Díaz, de cincuenta y siete años, de su elegante y jovencísima esposa, doña Carmelita Romero Rubio, de veintitrés, y del padre de ésta, suegro del presidente y ministro de Gobernación, don Manuel Romero Rubio.

La escolta de cadetes que los custodia toma sus respectivos y estratégicos lugares. Todo mundo se pone de pie para recibir a los distinguidos, y ciertamente inesperados, huéspedes. El presidente de la república saluda a cada uno de los miembros colegiados y dedica un fervoroso apretón de manos a Matilde, a quien conoce, como todos en México, por lo que se dice y deja de decirse en la prensa del país.

Díaz, su esposa y su suegro toman sus lugares. Todos los demás hacen lo mismo. Carmona y Valle hace sonar una campanilla y da por iniciada la sesión.

Dos horas dura el examen. Los sinodales, como les corresponde, son severos y no guardan a Matilde consideración alguna "en razón a su sexo". Matilde no esperaría otra cosa, por supuesto.

—...No, señores doctores, me permito disentir. Las enfermedades epidémicas no son resultado de la incuria, el abandono o la desidia de los pueblos. Por ello, la naciente ciencia de la bacteriología es una fuente fecunda para atisbar en ella la solución al gran misterio de los misterios: la etiología, la causalidad de las enfermedades...

Las preguntas y cuestionamientos siguen y Matilde expone, con autoridad creciente, las diferentes técnicas de investigación científica que la bacteriología exige en los laboratorios. Explica los procedimientos generales de técnica microbiológica que ella misma ha experimentado en la práctica y realiza una pormenorizada explicación sobre las preparaciones de los líquidos, los tejidos y la coloración de los mismos para su estudio.

Refuta la teoría miasmática de las enfermedades; explica su propio trabajo como recolectora de pus vacuno y la elaboración de inmunizadores que ha llevado a cabo en el laboratorio. Habla de su propia experiencia en el contagio y en el combate contra la fiebre amarilla en Veracruz y defiende la teoría del doctor Carlos Finlay sobre su propagación a través de un mosquito.

Nada escapa de la esfera de sus conocimientos. Habla de las distintas infecciones que atacan a las parturientas y a los recién nacidos, así como de los novísimos recursos de la inmunología, señalando las respuestas del organismo ante la invasión de microorganismos nocivos.

—La ciencia médica, caballeros, ha entrado hoy en un irrefrenable camino de progreso e investigación. Se ha avanzado, en los días que en este siglo han corrido, más de lo que la humanidad entera ha hecho en miles de años. La bacteriología ha nacido como ciencia de manera reciente, es cierto, y por ello tenemos la obligación de continuar a la búsqueda de los remedios para las enfermedades infecciosas. Durante siglos, el hombre ha escudriñado el firmamento, buscando respuestas y conocimientos en las estrellas. Pero ahora, hemos descubierto un universo mucho más vasto, aunque microscópico, mucho más intrigante y mucho más cercano pues está, de manera literal, en la palma de nuestras manos. Las moléculas que nos conforman y los microorganismos con los que éstas coexisten, luchan, vencen o mueren, son todavía más numerosas que los cuerpos celestes que pueblan el cosmos, como un hombre sabio me dijo hace algún tiempo... ¡Conozcamos el universo que nos habita y nos conforma! ¡Estudiémoslo a profundidad y aprendamos de él para saber cuidarlo y defenderlo! Para que el título de "médico" sea en realidad, el honroso título del defensor de la humanidad doliente...

Una ovación de pie rompe el silencio y rubrica el acto solemne.

En un ánfora de cristal, los sinodales deben colocar un pequeña pelota para dar su dictamen: blanca si es aprobatorio, negra si es lo contrario. Al final de la votación, hay seis pelotas blancas en la esfera de cristal. El resultado del examen: aprobada por unanimidad.

3

> Inscrito está tu nombre en nuestra historia
> porque al tomar valiente el escalpelo,
> nulificaste a la opinión odiosa
> que a la mujer negaba alzar el vuelo.
>
> Camerina Pavón y Oviedo
> *A Matilde Montoya*

La comitiva de médicos, autoridades e invitados especiales —de nueva cuenta el ministro de Gobernación, don Manuel Romero Rubio—, Matilde Montoya y Soledad Lafragua franquean las puertas del Hospital de San Andrés para asistir al examen práctico de Matilde.

Para evitar los tumultos del día anterior, una barrera de policías a caballo contiene a la multitud de curiosos, de estudiantes y de periodistas que habrán de aguardar ahí afuera, bajo la llovizna, a que la heroína de la época recorra los pasillos del hospital, realizando diagnósticos a los pacientes, señalando tratamientos según las mismas enfermedades o bien, según los casos hipotéticos que le son planteados por los sinodales.

Matilde no se encuentra bien. Le tiemblan las piernas, tiene los labios entumecidos y su visión se vuelve borrosa.

—¡Madre! —aparta a Soledad de la comitiva y se resguarda detrás de una columna—. No puedo hacerlo... ¡Lo he olvidado todo! ¡He olvidado todo lo que se refiere a la medicina, madre! ¡No recuerdo nada! ¡Mi mente está en blanco...!

Soledad la toma por los hombros.

—Hija mía, no permitas que el miedo te aniquile... es sólo un paso, Matilde, una mañana más, te lo prometo. No llores, hija... —y la abraza con una fuerza sobrehumana como queriendo impedir que aquella represa se cuartee y se desborde.

La mano de un hombre toma por el hombro a Matilde.

—Vamos, mi pequeña Agnódice... Recupérate, niña, y demuestra al mundo lo que sabes.

Matilde se seca las lágrimas y abraza ahora al doctor Carmona y Valle, quien no sabe cómo reaccionar a tal muestra de afecto. La comitiva reinicia el camino.

El proceso es largo y penoso a través de los diferentes pabellones del hospital en los que cada uno de los médicos sinodales elige un caso —seguramente el más complicado— para que sea analizado por Matilde. La muchacha ausculta a cada uno de los enfermos: a la parturienta que padece de fiebre puerperal y a su bebé anémico, al recién amputado, al sifilítico, al que se recupera de una cirugía oftálmica, a la anciana que está ahí sólo para morir... De todos ellos realiza Matilde el diagnóstico y el pronóstico. Los sinodales asienten con la cabeza, plantean nuevos problemas e hipotéticas sintomatologías, escribiendo siempre en sus cuadernos.

Soledad camina una vez más por esos mismos pasillos, los que cruzó corriendo mil veces hace casi cuarenta años. Se ve a sí misma vestida de blanco, con su pulcra cofia y su blanco delantal cubriendo el hábito de novicia. Vuelve a destejer sábanas limpias, sostiene de nuevo el inhalador de cloroformo, ayuda una vez más a suturar una herida con hilo de seda y se detiene pasmada, con las manos frías, cuando se ve a sí misma, al fondo de aquel corredor, recibiendo unos chocolates y unos cigarros, envueltos en un pañuelo, de manos de un joven militar. José María Montoya es su nombre. Soledad los observa a través de las arcadas y los años y casi se avergüenza al observar que la novicia sonríe al militar sin la menor reserva, con coquetería y encanto. Si pudiera hacerlo, ¿qué le diría a esa niña? ¿Correría de nuevo por el pasillo para alcanzarla y decirle... qué? ¿Qué le puede decir a la enfermerita improvisada? "¡Corre, niña! ¡Corre y no vuelvas la mirada!". ¿En verdad le diría eso? ¿O la animaría a tomar el envoltorio y aguardar a que el comandante —¡qué guapo es! — regrese a buscarlo y la lleve consigo a una tierra lejana? "¡Mándalo a freír espárragos, niña tonta, y quédate aquí en el hospital! ¿O no quisieras ser doctora? ¿La primera mujer doctora...? ¡No, no...! ¡No lo dejes ir! Pero si regresa, muchacha, ámalo siempre, ámalo con todas las fuerzas de tu corazón, no lo ames a medias ni con condiciones y sobre todo, no permitas que él haga lo mismo contigo...".

—¿Señora?

La voz del secretario la saca de su ilusión.

—Su hija pregunta por usted. Vamos a ingresar al anfiteatro.

Soledad se vuelve de nuevo al final del corredor y lo encuentra vacío, habitado tan sólo por sombras y fantasmas, ensoñaciones de otros ayeres.

Los tiempos han cambiado, sin duda. El cadáver de un hombre desnudo, tendido en la mesa de obducción y cuyas partes pudendas han sido convenientemente cubiertas con una manta, espera los surcos que el escalpelo de Matilde está por abrir en su cuerpo. El resto de la concurrencia, salvo Soledad, son hombres. No hay muestra alguna de escándalo. Sólo se trata de una disección anatómica a cargo de una profesional de la medicina.

Matilde respira hondo antes de empezar. Titubea. Se seca con el dorso de la mano el sudor de la frente. Su visión se vuelve borrosa una vez más. La mano le tiembla de manera imperceptible.

—No te vas a asustar ahora, ¿verdad?

Matilde se sobresalta, reconociendo de inmediato la voz que la llama por su nombre.

—¡Matilde! ¿Vas a vivir con miedo o vas a hacer lo que tienes que hacer?

Ahí, parado frente al extremo de la plancha, a los pies del cadáver, se encuentra Francisco Montes de Oca, mirándola con su estrábica serenidad, con una sonrisa inefable.

—Recuerda, Matilde, que tu vida es así sólo porque tú has decidido que así sea: un juego de opuestos, de blancos y negros, un tablero donde nos aguarda lo mismo el bien que el mal, la desgracia y la fortuna… Un péndulo donde oscilan nuestro valor y nuestra cobardía, nuestras dudas y certezas.

Matilde lo mira como sólo lo podría hacer una niña que no quiere que su padre se ausente nuevamente de casa.

—Francisco… Tengo miedo…

Montes de Oca sonríe.

—¿Quieres saber a qué le tengo yo micdo, Matilde? Le tengo miedo a que este sueño termine por tu falta de entereza...

Y sin mediar pregunta alguna, camina hacia ella y le toma la mano con la suya, sosteniendo ambos el escalpelo.

—El corte tiene que ser rápido, preciso, sin dudar por un segundo. Matilde, ¿me estás escuchando? Recuerda que sólo los débiles se atreven a dudar. Así que dime, Matilde, ¿vas a ser débil o vas a...?

—¡La estamos esperando, señorita! —advierte el doctor Manuel Carmona y Valle.

Ante la quimera rota, Matilde reacciona vivamente. Olvida su miedo y su cansancio y su rostro se transforma en el signo de la determinación. Hiende el bisturí con un corte certero y preciso que se abre camino desde el torso hasta la ingle del cadáver. Y sabe Matilde que al hacerlo —al igual que lo saben los asombrados sinodales— no sólo encontrará en el interior de ese cuerpo músculos, tendones y sangre seca, arterias, venas, nervios, grasa, cartílagos y huesos; sabe Matilde que en las entrañas de ese cuerpo se encuentra, antes que nada, el Conocimiento, su dios único y verdadero, la fuente primigenia de su voluntad, el fin último de sus desvelos, el origen de todas sus desdichas y de su olvidada gloria.

Cuando los sinodales y el auditorio entero se ponen de pie para aplaudir a la recién nombrada Doctora en Medicina Matilde Montoya Lafragua, las vicisitudes de una vida entera se agolpan en su cerebro y cae desmayada.

Al recuperar el sentido, después de que se le han dado a oler sales de Schüssler, todos la abrazan y felicitan. Ese día, 26 de agosto de 1887, un parteaguas se ha abierto en la sociedad de

México, de Hispanoamérica y aun de buena parte de Europa, pues en Italia por ejemplo, tendrían que pasar nueve años más para que la primera médica se titulara en aquel país: María Montessori.

Don Manuel Romero Rubio, después de entregarle los certificados de rigor, le obsequia un libro bellamente impreso y empastado en la tipografía de Filomeno Mata.

—Doctora, me tomé el atrevimiento de solicitar una copia de su tesis y mandarla a imprimir de inmediato. Reciba usted este humilde presente.

Matilde toma el libro y ni siquiera lo abre. Se lo entrega a Soledad con los brazos extendidos y con una reverencia. Ella lo toma y lee la dedicatoria: *A mi madre, doña Soledad Lafragua, quien me impulsó más que nadie en este mundo para alcanzar mis sueños. Quien me ha infundido valor cuando el desaliento me abatía...*

Soledad no llora. Sólo eso le faltaría. Se acerca a la hija, la toma por la barbilla y le dice:

—Sabe, Matilde, que eres mi hija, mi contento, mi orgullo más grande y más noble. Sábelo.

4

> Aún tienes que luchar: pero no importa,
> que el mundo admirará tu asiduidad.
> ¡Cumple con tu misión, noble doctora,
> para bien de la pobre humanidad!
>
> Camerina Pavón y Oviedo
> *A Matilde Montoya*

La vida de Matilde se ha convertido en un apostolado, como ya su espíritu se lo venía demandando desde tiempo ha. Sí, se ha alejado de la investigación clínica y se prodiga de manera generosa en la atención de sus múltiples pacientes en los dos consultorios que atiende: uno particular, en Jardín de Guerrero núm. 100, y otro, gratuito, en San Lorenzo núm. 24. Después cambiaría el consultorio particular a Mixcoac, lo que le representaba largas horas de trayecto desde ahí a la ciudad, en carretela colorada, de a tostón el viaje, o bien en tranvía de mulitas. Su salud la traiciona constantemente, pero siempre encuentra la manera de recuperarse.

—No es posible que te mates trabajando así, hija mía —la regaña Soledad mientras envuelve las viandas para el almuerzo de Matilde—. ¡Es muy loable, claro, que quieras atender a los menesterosos, como Jesús lo hizo con los leprosos! ¡Pero por todos lados se les puede encontrar, Matilde! ¿Por qué no atiendes a unos menesterosos que te queden más cercanos?

Matilde la mira muy seria y sí, con la mirada le está diciendo:

—¡Farisea! ¡Ya lo sé! ¡Eso es lo que has pensado siempre de mí…!

Pero Matilde le descarga de los hombros tales acusaciones.

—¿Y El Obrador, madre?

Matilde se refiere a El Obrador: Luz y Trabajo, una escuela, asilo o taller, según las necesidades de las mujeres que ahí se educan y laboran, fundado precisamente por Soledad Lafragua, doña Laureana Wright y ella misma. En El Obrador hay máquinas de coser y de escribir y en él se atiende y educa a mujeres pauperizadas y sin estudios, con el fin de darles un oficio y rescatarlas de la mendicidad o la prostitución.

—Bueno —se defiende Soledad—, decidí apoyar a Laureana con El Obrador porque ya no tenía nada que hacer. Con tu titulación y tu ausencia eterna de la casa… en algo me tenía que ocupar…

Matilde guarda en una bolsa la comida preparada por la madre.

—¿Y no es eso un apostolado? ¿No atiende usted también a las menesterosas? —no puede evitar reír—. ¡Nos hemos convertido en monjas, mamá!

—¿Monja, yo…? —Soledad no oculta su molestia.

—¡Es la verdad! El otro día, una de la pobres prostitutas a las que atendemos me dijo: “Dios la bendiga, madrecita”… ¿Lo puede creer? ¿Acaso parezco monja?

Soledad la mira desde los pies a la cabeza.

—Para serte sincera, sí... Mira nada más cómo te vistes, cómo te peinas, ¡con tu chongo eterno! ¿Y por qué no te pones un poco de rubor, niña? ¡Eres una doctora, por Dios, no la monja tornera de un convento...!

Sí, Soledad Lafragua mantenía incólume su extraordinaria capacidad para sacar de quicio a Matilde, quien toma su bolsa y se dirige hasta la puerta, sin despedirse.

—¡Antes de que te vayas, quiero hablar contigo, Matilde!

—¿Hay algo más que me quiera decir? ¿Alguna otra descalificación a mi persona que se haya guardado?

Soledad baja la mirada, a manera de disculpa. La hija se sienta.

—Dígame usted, madre.

Soledad escoge bien las palabras.

—Matilde... ¿por qué te has alejado de la investigación en los laboratorios?

—No sólo en los laboratorios se puede hacer investigación.

—Sabes bien de lo que hablo. Y otra cosa, hija... ¿Por qué insistes en trabajar en dos consultorios particulares, en lugar de trabajar en un gran hospital?

—¿En cuál, si me puede usted informar...?

—¡Ha empezado ya la construcción del Hospital General de México! ¡Figúrate! Con tu nombre, con tu prestigio... ¡tu fama!

Matilde sonríe.

—¿Cuál fama, madre?

Soledad se levanta y saca de una gaveta un paquete enorme de publicaciones periódicas.

—¿Cuál fama? ¡Esta fama, hija! ¡No hay periódico en donde no se hable de ti!

Matilde baja la mirada.

—¿Y por qué no me muestra también, madre, las gacetas médicas? ¿Por qué no me dice todo lo que se habla de mí en las publicaciones académicas?

Soledad calla, pues sabe que su hija tiene razón. Si el nombre de Matilde Montoya fue glorificado por la prensa nacional, ese mismo nombre fue silenciado por la academia. Ni una sola mención sobre la primera doctora mexicana. *La Gaceta Médica de México* y *El Observador Médico* ignoraron el hecho. Poco importó que dos de los sinodales de Matilde fuesen, uno, el presidente y otro, el tesorero de la Academia Nacional.

—No he recibido, ya no digamos una invitación para incorporarme al cuerpo médico del San Andrés, por ejemplo, ¡y no es que yo esté esperando, sentada en mis laureles, una invitación, mamá! ¡No he recibido una sola respuesta a las muchas solicitudes de trabajo que he enviado a todos los hospitales de la ciudad! ¿Y usted cree que me van a compartir sus laboratorios?

Soledad traba las quijadas.

—No es justo.

—No es justo, pero así es, madre. Y yo tengo que hacer lo mejor posible dentro de lo que me es posible. Y si me es posible atender mis consultorios, pues lo seguiré haciendo.

—¡Pero te estás matando! ¡Ya sé que me vas a decir que no piensas abandonar el consultorio de los menesterosos! Pero con la cantidad interminable de pacientes que te vienen a buscar, hija, podrías vivir de una manera mucho más holgada… y regresar a la investigación…

—¡Y dale con la investigación! ¿Qué no le he dicho que no la he abandonado?

Se levanta enojada y encara a la madre.

—¿Sabe usted quién ha sido la primera doctora en México en recibir una muestra del suero antidiftérico del doctor Behring? ¡Yo! ¿Sabe quién ha seguido paso a paso la investigación del japonés Kitasato sobre la antitoxina del tétanos? ¡Yo, madre! ¡Para seguir adelante me basto yo sola! ¡Y no necesito que nada de esto me valide…!

Hecha una furia, hace volar por los aires, de un manotazo, los cientos de periódicos acumulados sobre la mesa. Y como no tiene la mínima intención de disculparse con su madre, se dirige hacia la puerta y la abre enérgicamente. Tanto, que el pobre mensajero que está ahí fuera tiembla del susto.

—¿La doctora Matilde Montoya?

—¿¡Qué quiere…!?

El hombrecillo, diminuto y flaco, señala una hermosa calesa tirada por un brioso caballo canelo.

—Entregarle este regalo que le envía la señora doña Carmelita Romero Rubio, esposa del señor presidente de la república.

Y le entrega, con mano temblorosa, una carta. Soledad ha alcanzado a su hija y lee sobre su hombro la breve misiva: *Con fervor, a la insigne Doctora Matilde Montoya. Que sea este presente una simple ayuda para su encomiable labor. CRR.*

Naturalmente, el gesto de Matilde se suaviza y hasta se sonroja, sintiéndose tan mal como se siente por haber tratado tan bruscamente al flaquito. Matilde saca unas monedas de plata y se las entrega.

—Le agradezco su molestia y le suplico se sirva dispensar mis bruscas maneras. El día no ha empezado bien. Ya le haré llegar a doña Carmelita el mayor y el más sincero de mis agradecimientos.

El mensajero toma sus monedas y se echa a correr.

Las mujeres no pueden dejar de mirar la elegante calesa y el caballo que la tira.

—Es hermosa… —dice Matilde.

—Hermosa sí es, hija… pero ¿me quieres decir dónde y cómo vamos a alimentar a este caballo? Muy amable doña Carmelita, pero ¿se pensará que somos miembros del Jockey Club o qué…?

—Vuelvo en la tarde… —menea la cabeza Matilde. Su madre es un caso perdido.

Sube a la calesa y toma, por primera vez en su vida, las riendas de un caballo.

—¡Pero si tú no sabes manejar una carroza!

—¡Pero sí sé cómo mantener la circulación en la femoral profunda y en las circunflejas cuando se presenta un aneurisma, mamá…! ¡Arre!

Matilde respira hondo y a trompicones. Entre gritos y relinchos, la doctora Montoya se aleja de ahí.

5

¡Con ella, todo; sin ella, nada!
(...)
¡Qué importan soles en la jornada!
Qué más me da
la ciudad loca, la mar rizada,
el valle plácido, la cima helada,
¡si ya conmigo mi amor no está!

Amado Nervo
La amada inmóvil (VII: ¿Qué más me da?)

La calesa corre por las calles de manera frenética y peligrosa, en sentido opuesto al de la partida, dirigido el corcel por diestra mano y semanas después de que iniciaran juntos, doctora, caballo y calesa, sus recorridos. Matilde cruza las calles y las avenidas, las fuentes y sus glorietas como un torbellino minúsculo que asola a la ciudad, como un espíritu azuzado por el terror que se lanza a los confines del universo en un carrera abismal y perentoria.

El caballo canelo, extrañando la velocidad a la que es obligado a correr, rezuma sudores y babas, cabalgando sobre adoquines, piedras y lodazales. Cruza puentes y riachuelos, sintiendo en el hocico el filete de metal libérrimo, la expansión de la frontalera y la testera de las riendas floja, dejándolo correr a su antojo. Sólo el apremiante golpeteo de las riendas le da a entender que tiene que llegar lo antes posible al auxilio de la emergencia médica.

Matilde mantiene el equilibrio, sujeta las riendas, grita al corcel y de cuando en cuando, tiene que detener en el asiento a Lalo, el pequeñajo que ha corrido como un demonio para alcanzarla, ya en la ciudad, y urgirla a regresar. Lalito llora y se aferra al barandal, estando a punto y constantemente de salir disparado de la calesa que chispea con las rocas que sus ruedas trituran, hasta que llegan a la casa y la doctora entra en ella de inmediato.

Es el año de 1893 y Soledad Lafragua está muriendo.

6

Tú eras la sola verdad de mi vida.
El resto, ¿qué es?
Humo... palabras, palabras, palabras...
(...)
Tú lo eras todo: ley, verdad y vida...
El resto, ¿qué es?

Amado Nervo
La amada inmóvil (IV: El resto, ¿qué es?)

Matilde está ya junto al lecho de su madre, de ictérico semblante, toda ella hecha un ovillo de dolor y con la máscara insondable de la muerte posándose sobre su rostro. El cáncer de páncreas ha actuado de manera rápida y alevosa, sin cortapisas. Tres semanas le han bastado para acallar a Soledad Lafragua. Matilde le inyecta morfina. No puede actuar de una manera más piadosa. Soledad reconoce a su hija y le sonríe. Abre los labios y dice en un murmullo la palabra tanto tiempo esperada por Matilde:

—Abrázame...

Matilde se recuesta junto a ella, colocando debajo de sus espaldas unos almohadones. La toma entre sus brazos, en roles alternados, en los que la madre se ha convertido en una cría y la hija es ahora la madre que la acurruca. Matilde se balancea lentamente. La respiración de Soledad se vuelve entrecortada y con un gran esfuerzo, levanta hacia su hija una mirada llena de adioses. Matilde le acaricia la frente. Una frente de cincuenta y tres años arrasada por las arrugas y la enfermedad.

—Dime, hija... —habla ya en un susurro—. ¿Para qué está tu madre aquí...?

Matilde se atenaza la garganta con la mano.

—No llores, Matilde... y contéstame... ¿Para qué está tu madre aquí...?

Matilde pone dique al lamento que tanto molesta a Soledad.

—Usted está aquí, madre, para llenar mis días de luz y de alegría... Para retarme y hacerme desatinar. Usted está aquí, madre, para mover mis manos, para darle fuerza a mis pies y a mi cuerpo entero, para darle a mi espíritu el soplo de vida que lo hace crecer y navegar, que hincha sus velas para recorrer los mares y surcar las estrellas. Usted está aquí, madre, para que mis días tengan un sentido y una misión, para que mis manos sean siempre industriosas y mi pensamiento se eleve con constancia a los confines de lo sublime, de lo etéreo, de lo ignoto... Para que no me deje hundir en las sombras de la angustia, para que no me deje vencer por los miasmas de la depresión, para que no me pierda en mi propia oscuridad. Usted está aquí, porque un ángel bondadoso la puso a mi cuidado. Usted está aquí, mamá... Usted tiene que estar aquí... ¡para amarla un poco más todavía, para verter en su pecho el amor de mil nuevos corazones! ¡Para colmar de flores, de risas y de gloria sus instantes...! Quédese conmigo… y vayamos juntas a la muerte como fuimos por la vida: de la mano… sin temer…

Pero Soledad se ha ido. No a la muerte, que eso es poco interesante para ella. Se ha calzado unas botas largas y muy gruesas, se ha colocado un visor oscuro y se ha ido al Polo Norte, acompañando al noruego Fridtjof Nansen, para alcanzar junto con él un nuevo récord en la latitud norte: 86º 13', según lo constató ese día, en París, el péndulo de Foucault.

Por lo tanto, Matilde, no llores. Y mucho menos le digas a Soledad que se acaba de inventar el cierre de cremallera porque, después de tantos años de batallar con ojales y botones, después de pincharse los dedos mil veces con agujas de canevá, puede ser que se moleste… ¡y ya sabemos lo que pasa cuando Soledad Lafragua pierde la paciencia!

XI

CONCLUSIÓN

1

Y pensar que pudimos,
al rendir la jornada,
desde la sosegada
sombra de tu portal y en una suave
conjunción de existencias,
ver las cintilaciones del Zodiaco
sobre la sombra de nuestras conciencias...

Ramón López Velarde
Y pensar que pudimos...

Matilde Montoya sube con lentitud las pesadas escaleras que la conducen a la azotea de su casa, el número 9 del callejón del Recreo, en Mixcoac. Es de noche y sus ojos no le responden ya como quisiera.

—Cuidado, abuela...

Con sus casi ochenta y un años a cuestas, cobijada con un grueso suéter y un abrigo, llega a la cima. Ahí, los jóvenes observan con entusiasmo el fenómeno atmosférico que tiene lugar en esa madrugada del 25 de enero de 1938: una gigantesca aurora boreal, teñida de rojo, se ha extendido mucho más allá de sus límites polares, territorios míticos del dios griego Bóreas, y ha bañado todo el hemisferio norte del planeta. Su presencia detiene los disparos de la guerra civil española, incluso hasta Andalucía, causa alarma por un supuesto incendio en California y anuncia bienaventuranzas por el nacimiento de una princesa europea. En el norte de México concita también curiosidad, pasmo o terror, mientras que en la capital, tan sólo con ese telescopio, comprado por la abuela Matilde a sus nietos, se puede vislumbrar la línea roja que entinta el horizonte.

—¡A un lado! Déjenme verla... ¡Y todo el mundo callado!

Nadie se atreve a retobarle a la doctora. Matilde se sienta en una silla que le acercan y observa.

—Sí. Ahí está... ¡Qué maravilla! El choque esplendoroso de las partículas solares con la magnetósfera de la Tierra... ¡Pum...! Dos fuerzas cósmicas que se encuentran y se entrelazan en un combate sideral...

Todos guardan un silencio lleno de fascinación y respeto. Matilde se retira del telescopio.

—Esto, mis hijos, es un fulgurante fenómeno atmosférico que ocurre a diario en nuestro planeta, si bien éste es gigantesco... —intenta mover el cuerpo aterido—. Bueno... pues ya la he visto... Ahora me voy a la cama... —sentencia con la hosquedad del anciano.

Hay en Matilde un hilo roto que la aísla del mundo y de sus hijos. Una pared invisible que la separa de los que le son queridos. Esa pared, deduce, es el tiempo. El tiempo y su marcha inexorable. La memoria de Matilde, se lamenta, es ahora un cementerio. Su madre, sus maestros, Laureana, sus aliados y hasta sus adversarios, todos se han ido... ¿Y qué había de sus hijos? ¿De sus cuatro niños adoptados? Los había tomado bajo su cuidado hacía ya más de veinte años, cuando ella tenía cuarenta y un poco más y había pasado la "edad natural de la maternidad". Se ocupó de ellos como de sus pacientes. Con seriedad, con responsabilidad, pero con un absoluto desapego sentimental, temerosa siempre de involucrarse con ellos. Y ahora ninguno conocía verdaderamente a la "doctora" quien sólo les hablaba de personajes muertos y de ciencia. ¿Pero qué sabían ellos de sus luchas? ¿De la gran epopeya que había sido su vida? Sólo entendían que ella era "la primera". Nada más. "¿Y por qué tendrían que saber otra cosa, mujer vanidosa y engreída?", se recriminaba. Si ella misma sufría por su carácter impositivo y austero, siempre ensimismada en sus conocimientos y en sus pacientes. ¿Cómo culpar a los hijos y a los nietos por su desinterés?

Matilde se levanta de la silla.

—Bueno, pues ya les he dado gusto subiendo a estas horas a la azotea... Pero bastantes cosas han visto mis ojos, como para arriesgarme a pescar una pulmonía por una aurora boreal, así sea tan inusual como lo es ésta...

Sí. Eran los suyos unos ojos que habían descubierto el mundo imperceptible de los microorganismos y miraban ahora la primera fisión nuclear de la historia. Sus ojos habían visto la presidencia de Juárez, el imperio de Maximiliano, la Revolución mexicana y atestiguaban ya el gobierno socialista de Lázaro Cárdenas. Sus ojos vieron los lienzos de Renoir y conocieron el *Guernica* de Picasso. Eran sus ojos los mismos que vieron morir a Manuel Acuña y vieron nacer a Superman, los que estudiaron la anatomía humana con dibujos y bosquejos y observaron después una radiografía. Los que comprobaron los efectos que sobre la psique causaban el opio, la cocaína y después, el LSD. Eran los mismos ojos que siguieron con asombro el primer vuelo de los hermanos Wright y ahora atestiguaban las pruebas del primer avión a reacción…

Matilde camina hacia las escaleras. Pero entonces, una brisa, un sonido venido desde lo arcano, alguna resonancia de la música de las esferas llega hasta sus oídos y la hace detenerse. Se vuelve hacia la luz escarlata.

—¿O eres tú? ¿Eres tú quien me llama…?

Los jóvenes se miran preocupados entre sí.

—¿Abuela? ¿Está usted bien?

Pero Matilde no los escucha.

—¿Y por qué no podrías ser tú, Francisco? ¿Por qué no podrían ser tus moléculas, convertidas en polvo de estrellas, las que vienen a acariciarme? ¿Por qué no podrías viajar a través del éter cósmico en el que creían nuestros maestros…?

La anciana se acerca de manera peligrosa a la cornisa de la azotea, pero a su derredor no hay otra cosa más que el cosmos infinito.

—Yo sé que es una locura y que me reprenderías por hablar así, pero hoy quiero, Francisco… hoy quiero pensar que eres un viento solar, que eres una molécula de oxígeno o de nitrógeno que viene hasta mí para ayudarme a alzar el vuelo, para acariciarme toda y para llevarme a tu lado… "valsando un vals sin fin por el planeta…".

Todos miran con pasmo a la anciana Matilde quien se abraza a sí misma y se mueve en cadencioso compás. El viento hace volar los faldones de su abrigo. Los resplandores bermejos de la aurora crecen y decrecen en intermitencias celestes.

—Llévame, Francisco, llévame hacia nuevas constelaciones, ponme a la grupa de una onda electromagnética y transpórtame hasta los confines del universo, coloca mi cuerpo herrumbroso y viejo en una laminilla y obsérvalo a través de un microscopio solar. Mira mis galaxias, contempla las esféricas formas de mis planetas y mis satélites; examina y considera las circunvoluciones elípticas de mi cerebro y haz ya que se detengan... Hazme estallar en la pirotecnia de una supernova, que mis ojos están rotos... como dos vasos de cristal colmados de mirar tantas maravillas...

Las pupilas de Matilde se encienden al contemplarse inmersa en una lluvia de estrellas, al ser bañada por la blanca leche de la Vía Láctea. Matilde, celestial y cósmica, observa maravillada al imponente péndulo, del tamaño de un sol, que va y viene, oscilando sobre la Tierra —que es ya un minúsculo grano de arena—, marcando un compás de olvido, un compás de silencios y memorias perdidas...

Matilde baja los brazos. Un haz de partículas lunares la posa de nuevo en la azotea de su casa. Se vuelve hacia los nietos y les dice con un brillo astral en la mirada:

—Hoy es un buen día para morir, ¿no les parece?

XII

APÉNDICES

La doctora Matilde Montoya Lafragua ejerció la medicina durante cincuenta años.

Nunca fue admitida en una Sociedad o Academia de Médicos.

En 1923 participó como delegada en la Segunda Conferencia Panamericana de Mujeres, en la que se discutió la restricción de la natalidad, el derecho de la mujer al voto y la abolición del matrimonio. La prensa de la época calificó el evento como "un peligroso foco de inmoralidad" y "un atentado contra el candor y pudor de las mujeres de México".

En 1925, Matilde Montoya fundó la Asociación de Médicas Mexicanas. Contaba con catorce socias.

En 2020 se tienen registradas ciento ochenta mil médicas en activo.

Actualmente, la proporción de estudiantes de Medicina en las universidades de México es la siguiente: 65% son mujeres, 35% son hombres.

El moderno Hospital General de Especialidades de Tláhuac, uno de los más grandes de la Ciudad de México, lleva el nombre de la doctora Matilde Montoya Lafragua.

XIII

AGRADECIMIENTOS

Al doctor Carlos Pascual Góngora, por muchas razones:

Porque me enseñó a amar la ópera, arte al que dediqué veinte años de mi vida.

Porque me enseñó también a amar y a respetar la medicina, invitándome a sus operaciones en el Centro Médico Nacional, dándome a conocer siempre el ejemplo de un profesional intachable.

Porque el doctor Pascual Góngora es un pilar fundamental en el desarrollo de la urología pediátrica en México.

Porque fue mi tío quien me dio a conocer la existencia de la doctora Matilde Montoya y tuvo después la cortesía de revisar el borrador de esta novela para hacerme puntuales notas, aclaraciones y sugerencias.

Al doctor Augusto Pascual Escoto, quien me hizo llegar material invaluable sobre la doctora Matilde Montoya.

A Verónica Alvarado, mi esposa, por su paciencia, su amor y sus comentarios siempre certeros. Su intuición y su inteligencia me resultan indispensables.

A Dalia Rodríguez, mi cómplice siempre, por poner orden en el extenso material de consulta y por ser ella misma la responsable de buscar nuevas fuentes de investigación.

A mi abuelo, Miguel Quiroz Rubín, quien insistía, durante mi juventud, en que me convirtiera en médico militar cuando le anuncié mi deseo de estudiar medicina.

Finalmente no seguí ese camino, pero mi amor por la medicina y la memoria de mi abuelo han germinado, así lo espero, en esta novela.

XIV

BIBLIOHEMEROGRAFÍA Y SITIOGRAFÍA

Alfaro Gómez, Cecilia (2012). *La erudición de las bocas color púrpura. Defensa pública en torno al derecho de la educación femenina en la revista La Mujer Mexicana*. Letras Históricas (Colección Entramados). No. 6. Primavera-Verano. pp. 117-136.

Almada, Mario Dr. (2018). "Materiales de sutura: Antecedentes históricos", en Anales de la Facultad de Medicina. Universidad de la República de Uruguay. Vol. 5. No. 2.

Alvarado, María de Lourdes (2010). "Mujeres y educación superior en el siglo XIX", en *Tiempo Universitario*. Gaceta Histórica de la Benemérita Universidad Autónoma de Puebla. Año 13. No. 1.

Anónimo (2006). *Crónica detallada de los funerales de Benito Juárez. Julio, 1872*. Primera edición electrónica: 500 años de México en documentos. México: Universidad Autónoma Metropolitana.

Arauz Mercado, Diana (2015). "Primeras Mujeres Profesionales en México", en *Historia de las Mujeres en México*. Patricia Galeana (prólogo). México: Instituto Nacional de Estudios Históricos de las Revoluciones de México y Secretaría de Educación Pública.

Artous, Antoine (2007). *Los orígenes de la opresión de la mujer*. México: Editorial Fontamara (Colección Argumentos).

Baeza-Bacab, Miguel Antonio Dr. (2018). "El doctor Eduardo Liceaga, pediatra", en *Gaceta Médica de México*. No. 154. pp. 398-408.

Bandera, Benjamín Dr. (1960). "Historia de la Anestesiología en México. Evolución, Desarrollo y Futuro" en *Revista Mexicana de Anestesiología*. Noviembre.

Bazant, Mílada (2006). *Historia de la educación durante el Porfiriato*. México: El Colegio de México (Serie Historia de la Educación).

Cano, Gabriela (diciembre 2012). *Ansiedades de género en México frente al ingreso de las mujeres a las profesiones de medicina y jurisprudencia*. Projeto História, São Paulo, no. 45, pp. 13-28. https://ces.colmex.mx/pdfs/gabriela/g_cano_8.pdf

Cano, Gabriela (2010). "La polémica en torno al acceso de las mujeres a las profesiones entre los siglos XIX y XX", en *Miradas sobre la nación liberal: 1848-1948. Proyectos, debates y desafíos*. Mac Gregor, Josefina (coord.). Libro 2. *Formar e informar: La diversidad cultural*. México: Universidad Nacional Autónoma de México.

Cano, Gabriela. *México 1923: Primer Congreso Feminista Panamericano*. Memoria. www.debatefeminista.cieg.unam.mx/wp-content/uploads/2016/03/.../001_34.pdf

Carreres Rodríguez, Begoña (mayo 2015). "Historia del vestido, el siglo XIX", en *Revista de Historia*. https://revistadehistoeia.es. España.

Carrillo, Ana María (2002). *Matilde Montoya: Primera médica mexicana*. México: Editorial Documentación y Estudios de Mujeres, A.C. (Colección Premios DEMAC 2001-2002).

Castañeda López, Gabriela y Ana Cecilia Rodríguez de Romo (enero-marzo 2015). "Mujeres médico graduadas en la Escuela Nacional de Medicina de México durante el Porfiriato (1876-1910)", en *Revista Inclusiones*, Universidad de Los Lagos, Campus Santiago. Vol. 2. No. 1.

Castañeda López, Gabriela y Ana Cecilia Rodríguez de Romo (junio 2016). *Trabajo iconoiátrico: Fotografías de las primeras mujeres que se graduaron en la Escuela Nacional de Medicina de México: tres casos particulares*. Eä Journal, Vol 8. No. 1: www.ea-journal.com

Castro, Miguel Ángel y Guadalupe Curiel (2003). (coordinación y asesoría). *Publicaciones periódicas mexicanas del siglo XIX: 1856-1876 (parte I)*. México: Universidad Nacional Autónoma de México. México.

Cerecedo Cortina, Vicente, José Felipe Cerecedo Olivares *et al* (noviembre-diciembre 2007). "El hospital General de San Andrés. Reuniones y Sociedades Médicas del siglo XIX", en *Revista de la Facultad de Medicina*. Vol. 50. No. 6.

Chávez-López, Rafael (2017). "Estuarios ciegos en la costa de Veracruz, México", en *Revistas UNAM. Biología, Ciencia y Tecnología*. Vol. 10. No. 37-39.

Elier Berrío, Joaquín y Felipe Jaramillo (enero-febrero 1999). "Lepra lepromatosa, fenómeno de Lucio", en *Revista Acta Médica Colombiana*. Vol. 24. No. 3. Colombia.

Fajardo Ortiz, Guillermo y Alberto Salazar (2008). *Médicos, muerte y acta de defunción de Benito Juárez*. México: Departamento de Historia y Filosofía. Facultad de Medicina, UNAM.

Flisser, Ana (2009). "La medicina en México hacia el siglo XX", en *Gaceta Médica de México*. Vol. 145. No. 2.

Florescano Mayett, Sergio (1992). *Las epidemias y la sociedad veracruzana en el siglo XIX*. México: Centro de Investigaciones Históricas. Instituto de Investigaciones Humanísticas. Universidad Veracruzana. Anuario VIII, pp. 57-96.

Fresán, Magdalena (1993). *El vencedor del mundo invisible: Louis Pasteur*. México: Pangea Editores (Colección Viajeros del Conocimiento).

Galván González, Cecilia, Irma Gómez Alejandre, Sara Huerta Téllez *et al.* (enero-marzo 1995). "Matilde Montoya, la búsqueda por el reconocimiento femenino en la medicina mexicana", en *Revista de la Facultad de Medicina de la UNAM*. Vol. 38. No. 1.

García de Alba-García, Javier Dr. y Dra. Ana Salcedo-Rocha (marzo-abril 2002). "Fiebre amarilla en México, hace 120 años", en *Revista Cirugía y Cirujanos*. Vol. 70. No. 2. pp. 116-123.

Garrido, Juan S. (1981). *Historia de la música popular en México*. México: Editorial Extemporáneos (Colección Ediciones Especiales).

Gómez-Quiroz, Luis, Jesús Zavaleta Castro, y Monserrat Gerardo (2018). "El tifo, la fiebre amarilla y la medicina en México durante la intervención francesa", en *Gaceta Médica de México*. 154. 10.24875/GMM.17002811.

Gonzalbo Aizpuru, Pilar (dir.) (2011). *Historia de la vida cotidiana en México*. Tomo IV: *Bienes y vivencias. El siglo* XIX. Anne Staples (coord.). México: Fondo de Cultura Económica y El Colegio de México.

Guarner, Vicente (julio-agosto 2010). "Francisco Montes de Oca y Saucedo, destacado cirujano en el México del siglo XIX", en *Revista de la Facultad de Medicina de la* UNAM. Vol. 53. No. 4.

Hernández López, Conrado (enero-junio 2008). "Las fuerzas armadas durante la Guerra de Reforma (1856-1867)", en *Signos Históricos*. Universidad Autónoma Metropolitana. No. 19. pp. 36-67.

Infante Vargas, Lucrecia *et al.* (2015) *Las maestras de México*. Patricia Galeana (prólogo). México: Secretaría de Educación Pública e Instituto Nacional de Estudios Históricos de las Revoluciones de México.

Leicht, Hugo (2016). *Las calles de Puebla*. México: Gobierno del Estado de Puebla y Secretaría de Cultura y Turismo.

Mansuy Navarro, Celeste (julio-diciembre 2016). "Matilde Montoya: fuentes para el análisis de la educación de la mujer mexicana finisecular ", en *Revista Signos históricos*. Universidad Autónoma Metropolitana. Vol. XVIII. No. 36. pp. 182-192.

Martínez Cortés, Fernando (2003). *La medicina científica y el siglo XIX mexicano*. María del Carmen Frías (coord.). Número 45. México: Secretaría de Educación Pública, Fondo de Cultura Económica y Consejo Nacional de Ciencia y Tecnología (Colección la Ciencia para todos).

Martínez Ortega, Bernardo (enero-marzo 1992). "El cólera en México durante el siglo XIX", en *Revista Ciencias*. No. 25. pp. 37-40.

Meyer, Jean (2012). *La Cristiada*. Tomo II. Aurelio Garzón del Camino (trad.). México: Siglo XXI Editores.

Moldenhauer, Julie S. (2019) *Distocia fetal*. Manuales MSD. Merck and Co., Inc., Kenilworth, NJ, USA. www.msdmanuals.com/professional.

Molina-Enríquez, Gracia y Carmen Lugo Hubp (2009). *Mujeres en la Historia. Historias de Mujeres*. México: Salsipuedes Ediciones (Colección Época Antigua. México 1950).

Moreno-Guzmán, Antonio. M.M.C. (enero-febrero 2016). "Síntesis histórica de la Escuela Médico Militar", en *Colección Historia y Filosofía de la Medicina en la Revista de Sanidad Militar*. Vol. 70. No. 1.

Monsiváis, Carlos (introducción, selección y notas) (1979). *Poesía Mexicana II (1915-1979)*. México: Promexa Editores (Colección Clásicos de la Literatura Mexicana).

Moreno Guzmán, Antonio. M.M.C. (2017). "Los edificios de la Escuela Médico Militar en cien años de historia", en *Revista de Sanidad Militar de México*. No. 71. pp. 105-122.

Pacheco, José Emilio (introducción, selección y notas) (1979). *Poesía Mexicana I (1810-1914)*. México: Promexa Editores (Colección Clásicos de la Literatura Mexicana).

Palenque, Martha. *Los nuevos Prometeos: La imagen positiva de la ciencia y el progreso en la poesía española del siglo* XIX *(1868-1900)*. Biblioteca Virtual Miguel de Cervantes. www.cervantesvirtual.com

Pérez Loría, David. *La Escuela Médico Militar*. http://perezloria.tripod.com/escuela-medico-militar/index.html

Pérez Tamayo, Ruy (coord.) (2010). *Historia de la Ciencia en México*. México: Fondo de Cultura Económica y Consejo Nacional para la Cultura y las Artes (Colección Biblioteca Mexicana: Serie Historia y Antropología).

Rodríguez de Romo, Ana Cecilia; Gabriela Castañeda López y Rita Robles Valencia (2008). *Protagonistas de la Medicina Científica mexicana, 1800-2006*. México: Universidad Nacional Autónoma de México, Facultad de Medicina de la UNAM y Plaza y Valdés.

Rodríguez Paz, Carlos Agustín (2014). "El licor de Labarraque, primer antiséptico de los cirujanos mexicanos del siglo XIX", en *Revista virtual Elsevier*. Vol. 36. Núm. 4. pp. 195-260. www.elsevier.es

Rodríguez Pérez, Martha Eugenia (2013). "La Academia Nacional de Medicina de México (1836-1912). Historia y Filosofía de la Medicina", en *Gaceta Médica de México*. No. 149. pp. 569-575.

Rodríguez Pérez, Martha Eugenia (mayo-junio 2009). "Tres médicos mexicanos y su referencia al ejercicio ético moral de la medicina. Segunda mitad del siglo XIX", en *Revista Cirugía y Cirujanos*. Vol. 77. No. 3, pp. 241-246. México: Academia Mexicana de Cirugía, A. C.

Romero Sotelo, María Eugenia y Luis Jáuregui (2003). "México 1821-1867. Población y crecimiento económico", en *Revista Iberoamericana*. Vol. III. No. 12. pp. 25-52.

Sánchez-Meneses, Silvestre Antonio (2007). "Ramón Alfaro y la anestesia mexicana", en *Gaceta Médica de México*. Vol. 143. No. 6.

Sánchez Ron, José Manuel (2018). *El jardín de Newton. La ciencia a través de su historia*. Barcelona: Crítica, Editorial Planeta.

Sanfilippo B., José Dr. (2003). *Historiografía de la historia de la medicina mexicana*. Boletín. Vol. VIII. No. 1 y 2. Primer y Segundo Semestres.

Sanfilippo B., José Dr. (mayo 2001). "Biografía del Doctor Manuel Carmona y Valle", en Gaceta de la Facultad de Medicina de la UNAM.

Schifter Aceves, Liliana (2010). "La trayectoria científica de Maximino Río de la Loza como parte de la identidad de la Química mexicana", en *Boletín de la Sociedad Química de México*. No. 5 (2-3).

Schifter Aceves, Liliana y Angélica Morales Sarabia (2012). "La trayectoria de Francisco Río de la Loza en la sección de Química

Analítica del Instituto Médico Nacional", en *Revista Mexicana de Ciencias Farmacéuticas*. Vol. 43. Núm. 4. pp. 69-78. México: Asociación Farmacéutica Mexicana, A.C.

Sitio de la Asociación Nacional de Médicas Mexicanas. A. C. http://medicasmexicanasac.tripod.com/index.htm

Sitio Apupok. *El luto*. http://curiosidadesapupok.blogspot.com. Agosto 2013.

Stelmié, Raoul H. (2008). *El quirófano, historia, evolución y perspectivas*. México: Archivo Neurociencias. (Colección Historia de la Medicina). Vol. 13. No. 1. pp. 43-53.

Parra, Guillermo Dr. (formador) (1893). *Formulario de la Facultad Médica Mexicana*. México: Imprenta y encuadernación de Manero y Nava. http://cdigital.dgb.uanl.mx/la/1030020902/1030020902.PDF

Velasco, María del Pilar (enero-abril 1992). "La epidemia de cólera de 1833 y la mortalidad en la Ciudad de México", en *Estudios Demográficos y Urbanos*. México: El Colegio de México. Vol. 7. No. 1. pp. 95-135.

Viesca-Treviño, Carlos (2010). "Epidemias y enfermedades en tiempos de la Independencia", en *Revista Médica del Instituto Mexicano del Seguro Social* (Colección Conmemoración Histórica). Vol. 48. pp. 47-54.

Wootton, David (2017). *La invención de la Ciencia. Una nueva historia de la Revolución Científica*. España: Ediciones Culturales Paidós (Sello Crítica).

Wright, Laureana (2015). *Mujeres notables mexicanas*. Patricia Galeana (prólogo). México: Secretaría de Educación Pública e Instituto Nacional de Estudios Históricos de las Revoluciones de México.

ÍNDICE

Matilde de Carlos Pascual
se terminó de imprimir en febrero de 2021
en los talleres de
Litográfica Ingramex, S.A. de C.V.
Centeno 162-1, Col. Granjas Esmeralda, C.P. 09810
Ciudad de México.